Als die kleine Janie Pike im Alter von sechs Jahren durch einen tragischen Unfall ums Leben kommt, hinterläßt sie eine Familie, die in ihrem Schmerz, ihren Schuld- und Ohnmachtsgefühlen unterzugehen droht.
Anne Tyler erfühlt und beschreibt, wie jedes einzelne Familienmitglied langsam lernt, der Zukunft dennoch entgegenzutreten und mit dem unfaßbaren Schmerz zu leben. Anne Tyler besitzt bereits jene seltene Fähigkeit – die ihr Jahre später mit ›Atemübungen‹ den Pulitzerpreis eintragen sollte –, Personen durch besondere, oft unscheinbare Eigenheiten knapp und dabei unendlich beredt zu beschreiben, Stimmungen schwebend einzufangen und Empfindungen spürbar zu machen. Wir haben die Mutter noch nicht kennengelernt, aber sie kommt, Tage nach der Beerdigung, erstmals aus ihrem Zimmer und die Treppe hinunter, langsam, Schritt für Schritt, immer einen Fuß neben den anderen vorsichtig auf jede Stufe setzend. Wie könnte eindringlicher von der Trauer einer noch jungen Frau um ihr Kind gesprochen werden? Tylers phänomenales Gespür für die Auswirkungen des Unvorhersehbaren, von dem jedes Leben betroffen ist, paart sich mit ihrem eigenwilligen Sensus für Dialoge. So wird die Veranda eines etwas schäbigen Hauses, in dem drei Familien dicht beieinander leben, zur Bühne, auf der sich einschneidende Veränderungen abspielen.
›Der Blechbüchsenbaum‹ ist der zweite von vier frühen Romanen der Autorin, die der Fischer Taschenbuch Verlag als deutsche Erstveröffentlichungen plant.

Anne Tyler, die 1941 in Minneapolis geboren wurde, ist in North Carolina aufgewachsen. Die promovierte Slawistin zählt zu den erfolgreichsten Autorinnen der amerikanischen Gegenwartsliteratur, ihr Roman ›Breathing Lessons‹ (›Atemübungen‹ Bd. 10924) wurde mit dem renommierten Pulitzerpreis ausgezeichnet. Anne Tyler lebt mit ihrer Familie in Baltimore.
Im Fischer Taschenbuch Verlag: ›Caleb oder das Glück aus den Karten‹ (Bd. 10829), ›Nur nicht stehenbleiben‹ (Bd. 11409), ›Mr. Morgan und die Puppenspielerin‹ (Bd. 12047), ›Fast ein Heiliger‹ (Bd. 12721), ›Wenn je der Morgen kommt‹ (Bd. 12806).
Bei S. Fischer: ›Segeln mit den Sternen‹, ›Kleine Abschiede‹.

Anne Tyler

Der Blechbüchsenbaum

Roman

Aus dem Amerikanischen
von Ulrike Becker
und Claus Varrelmann

Fischer Taschenbuch Verlag

Deutsche Erstausgabe
Veröffentlicht im Fischer Taschenbuch Verlag GmbH,
Frankfurt am Main, Oktober 1996

Die amerikanische Originalausgabe erschien 1965
unter dem Titel ›The Tin Can Tree‹ bei Russel & Volkening, New York

Druck und Bindung: Clausen & Bosse, Leck
Printed in Germany
ISBN 3-596-12809-9

Gedruckt auf chlor- und säurefreiem Papier

1

Nach der Beerdigung machte James sich gleich auf den Heimweg, um nach seinem Bruder zu sehen. Mr. und Mrs. Pike standen noch auf dem Hügel im Wind, während ihr kleiner Sohn etwas abseits im Kreis herumspazierte, und nur Joan sah James weggehen. Sie schaute wortlos zu ihm hinüber. Als er ein paar Schritte entfernt war, hörte er, wie sie sagte: »Wir müssen jetzt nach Hause gehen, Tante Lou. Wir müssen wieder nach unten.« Aber Mrs. Pike stand schweigend da, und die einzige Antwort, die James hörte, war das Rauschen des Windes. Auf dem Weg den Hügel hinunter schritt er weit aus – er war ein hochgewachsener Mann, und wegen des steilen Abhangs lief er schneller, als er eigentlich wollte. Es war zu heiß, um schnell zu gehen. Die weiß flimmernde Sonne durchdrang sein dichtes schwarzes Haar, und als er mit dem Handrücken über sein Gesicht wischte, fühlte es sich glitschig an. Nach einem kurzen Stück Wegs blieb er stehen und zog sein Jackett aus. Während er seine Hemdärmel hochkrempelte, blickte er zurück, um zu sehen, ob die anderen hinterherkamen, aber sie kehrten ihm noch immer den Rücken zu. Von hier sah es aus, als würden sie von dem Wind kaum berührt; ganz in Schwarz gekleidet, die Köpfe gesenkt, standen sie wie versteinert, und ihre Gestalten bildeten starre dunkle Silhouetten vor dem Himmel. Nur der kleine Simon Pike bewegte sich; er kam jetzt durch das Dornengestrüpp auf James zugelaufen. Simon sah seltsam aus in seiner feinen Kleidung. Sonst trug er immer Levi's und zerknautschte Lederstiefel, aber heute hatte ihn jemand dazu gebracht, seinen Anzug anzuziehen. Wahrscheinlich Joan. Mrs. Pike hatte seit zwei Tagen die Augen nicht vom Boden gehoben und bemerkte sicher gar nicht, was Simon trug. Joan hatte bestimmt auch Simons weiße Halbschuhe geputzt, die inzwischen voller Grasflecken waren, und an seinem Hemd die letzten zwei Zentimeter der Manschettensäume ausgelassen, damit die Ärmel bis über die Handgelenke reichten. An der Stelle des alten Saums war eine feine Linie zu erkennen; James sah sie ganz deutlich, als Simon ihn eingeholt hatte. Er starrte die Manschetten eine Weile an, dann richtete er seinen Blick auf Simons Gesicht und sah, daß der Junge mit gerunzelter Stirn zu ihm hochschaute, seine Augenbrauen eine einzige Linie bildeten. Die Lippen hatte er wegen des Windes zusammengepreßt.

»Ich komme mit«, erklärte er. Seine Stimme hatte einen tiefen, heiseren Klang; er war erst zehn, aber in ein paar Jahren würde er in den Stimmbruch kommen.

James war mit dem Aufkrempeln seiner Ärmel fertig und nickte. Die Haut unter seinem Kragen war feucht. Er lockerte seine Krawatte, öffnete den obersten Hemdknopf und ging dann weiter, Simon neben ihm. Er ging jetzt langsamer, stemmte sich gegen den steilen Hang. Simon machte doppelt so viele Schritte wie er, aber als James zu ihm hinüberschaute, um festzustellen, ob er müde wurde, nahm Simon keine Notiz von ihm und lief schneller. Er schwitzte überhaupt nicht. Er sah aus, als wäre ihm kalt. James wischte sich mit dem Hemdärmel übers Gesicht und ging hinter Simon zwischen den Steinen hindurch.

»Es ist bald Zeit zum Mittagessen«, sagte er schließlich.

Simon gab keine Antwort.

»Willst du mit Ansel und mir essen?«

»Ach, ich weiß nicht.«

»Mach dir keine Sorgen wegen deiner Mutter. Ich sage ihr nachher Bescheid, wo du bist.«

Simon murmelte mit gesenktem Kopf etwas, das James nicht verstand.

»Wie bitte?« fragte er.

»Die Mühe kannst du dir sparen.«

»Dann sagen wir eben deiner Cousine Joan Bescheid«, sagte James. »Sobald sie zurück ist.«

Der heiße Wind brannte auf dem Gesicht; er sang so laut in James' Ohren, daß er seine eigenen Schritte nicht hören konnte.

James strich sich das Haar aus der Stirn, aber es fiel ihm gleich wieder in die Augen und hing wie ein wirres Geflecht am oberen Rand seines Blickfeldes. Simon, der neben ihm ging, scherte sich nicht um sein Haar. Er hatte es mit irgend etwas Fettigem an den Kopf geklatscht (es mußte geschnitten werden, aber Joan war zu sehr mit ihrer Tante beschäftigt gewesen, um sich darum zu kümmern), und jetzt war es strähnig und stand in alle Richtungen ab. Als James den Jungen ansah, mußte er beinahe lächeln. Wenn er den Kopf seitlich zum Wind hielt, war das Rauschen leiser, daher schaute er weiter in Simons Richtung, bis Simon unruhig wurde.
»Was guckst du denn so? Ist was?« fragte er.
»Ach nichts«, sagte James. »Ganz schön windig heute.« Er schaute wieder geradeaus, und das dröhnende Rauschen kehrte in seine Ohren zurück.
Der Boden war unbefestigt und grasig; hier und da ragten Steine aus der Erde, die so weiß waren, daß sie angemalt wirkten. Es gab keinen richtigen Weg. Unter ihnen erstreckte sich Larksville – die Hauptstraße war hinter Bäumen verborgen, aber die Häuser am Stadtrand und die Tabakfelder lagen offen und ungeschützt in der Sonne. Am Fuß des Hügels verlief die helle Schotterstraße, an der Simon und James wohnten. Sie wohnten in einem Dreifamilienhaus, von dem aus dieser Perspektive nur das lange Blechdach zu sehen war. Kein anderes Haus stand in der Nähe. James' Bruder Ansel sagte immer, derjenige, der ihr Haus gebaut hatte, müsse angenommen haben, daß aus Larksville eines Tages eine Großstadt werden würde. In Wirklichkeit wurde Larksville aber von Jahr zu Jahr kleiner. Zog jemand zum Studieren in eine andere Stadt, rechnete man nicht damit, daß er je zurückkommen würde, jedenfalls nicht für länger als einen Weihnachtsbesuch in dem Haus, in dem er aufgewachsen war. Dennoch stand dort dieses lange, schmale Haus, einen Kilometer Luftlinie und zwei Straßenkilometer außerhalb der Stadt, dessen drei Schornsteine so dicht beieinander lagen, daß sich im Winter ihr Rauch vermischte.
Das Grün am Rand der Stadt sah kühl und einladend aus; James dachte bei dem Anblick an ein kaltes Bier in der Kneipe gegen-

über vom Postamt. Er schaute zu Simon hinunter, aber Simon hatte die Schultern hochgezogen und schien trotz der Anzugjacke immer noch zu frieren.
»Magst du gern Sardinen?« fragte ihn James.
»Nicht besonders.«
»Und Aufschnitt?«
»Nein.«
Sie mußten durch ein Dornengebüsch gehen, und die Zweige machten ein ratschendes Geräusch an ihren Kleidern. »Eine Pizza wäre nicht schlecht«, sagte Simon.
»Dann solltest du mit Ansel reden. Der kann Pizza machen.«
Simon stolperte und fing sich wieder. Er betrachtete den kleinen Stein, über den er gestolpert war, und begann, ihn vor sich her zu kicken. Jedesmal, wenn der Stein seitlich wegrollte, änderte Simon seine Richtung, um ihm zu folgen. Seine Schuhe bekamen davon graue Streifen, aber James ließ ihn gewähren.
Als sie unten angekommen waren, bogen sie rechts in die Schotterstraße ein und gingen auf das Haus zu. Simons Stein rollte in einen Graben; er ließ ihn liegen. Vielleicht würden sie auf diese Weise bis nach Hause gelangen – ohne viel zu reden und ohne viel zu sagen, wenn sie doch redeten –, so als machten sie einen ganz normalen Spaziergang an einem ganz normalen Tag. James war das nur recht. Er hatte in den letzten zwei Tagen zuviel gegrübelt – hatte hin und her überlegt und darüber nachgedacht, ob es anders hätte kommen können, wenn irgendeine Kleinigkeit nicht passiert oder eben doch passiert wäre. Jetzt tat ihm alles weh, und jeder weitere Gedanke verursachte ihm Übelkeit. Er schlenderte schweigend neben Simon die Straße entlang, und es wurde ihm gerade etwas leichter ums Herz, da drehte sich Simon um und lief rückwärts vor James her, die braunen Augen angestrengt auf einen Punkt in der Ferne gerichtet. Er öffnete den Mund und schloß ihn wieder. Dann öffnete er ihn erneut und sagte: »James.«
»Ja?«
»Wie tief muß man graben, bis es kalt wird?«
»Nicht sehr tief«, sagte James.
»*Wie* tief?«

»Nicht sehr tief.«
»Ich denke über etwas nach«, sagte Simon.
Um ihn von weiterem Nachdenken abzuhalten, sagte James: »Aber dann wird es wieder warm, weiter unten, am Mittelpunkt der Erde. Aber so tief kann man nicht graben.«
»Zwei Meter unter der Erde ist es eiskalt«, sagte Simon.
»Ja, stimmt.«
»Mensch, die arme Janie Rose.«
»Hör mal«, sagte James. »Janie Rose spürt nicht mehr, ob es warm oder kalt ist, Simon. Das mußt du dir klarmachen.«
»Weiß ich doch.«
»Mach es dir bitte jetzt gleich klar, bevor du auf die Idee kommst, deine Mutter damit zu belästigen.«
»Es ist mir schon klar«, sagte Simon. Er drehte sich schwungvoll um und lief wieder vorwärts, immer noch ein paar Meter vor James. Einige Haarsträhnen standen steil von seinem Hinterkopf ab, wie die Schwanzfedern eines exotischen Vogels. »Du verstehst nicht, was ich meine«, rief er über die Schulter.
»Mag sein.«
»Also, du weißt doch, wie Janie Rose war.«
»Ja«, sagte James, und unwillkürlich hatte er Janie Rose klar und deutlich vor Augen – sie sah genauso aus, wie ihr Name klang, sechs Jahre alt, blond und pummelig, mit rosigen Pausbacken und dicken runden Brillengläsern. Er hatte eigentlich nicht an sie denken wollen. Er sagte: »Ja, ich weiß«, und wartete auf das, was kommen würde, während er mit einem Teil seiner Gedanken absichtlich weit weg war.
»Sie konnte Kälte nicht ausstehen«, sagte Simon. »Wenn wir abends nach dem Essen das ›Was willst du lieber‹-Spiel spielten – was willst du lieber sein, blind oder taub; was willst du lieber, an Hitze oder an Kälte sterben –, dann entschied sie sich immer für Hitze. Sie schlief unter einem zwanzig Pfund schweren Federbett, sogar im Hochsommer.«
»Ich habe dir doch gerade erklärt –«, begann James.
»Ja, ich *weiß*«, sagte Simon, dann lief er schneller und begann zu pfeifen. Er pfiff falsch, und der Wind trug die Melodie davon.
Als sie vor ihrem leicht nach hinten geneigten Haus ankamen,

das nur auf der Seite zur Straße einen Anstrich hatte, blieb James stehen, um in seinen Briefkasten zu schauen. Es war nur ein Werbeprospekt für Düngemittel drin, den er in seine Gesäßtasche schob, um ihn später wegzuwerfen. »Schau doch mal nach, ob ihr Post bekommen habt«, sagte er zu Simon.
Simon umrundete mehrmals in gleichmäßigen, kleinen Kreisen die drei Briefkästen. Er streckte eine Hand nach dem Kasten mit der Aufschrift »R. J. Pike« aus und öffnete die Klappe. Er lief noch einmal im Kreis, blieb dann vor dem Kasten stehen und schaute hinein. »Düngemittelreklame«, sagte er. Er zog den Prospekt heraus und warf ihn auf die Erde. »Brief für Mama.« Er zog den Brief ebenfalls heraus und warf ihn zu dem Prospekt. »Sie liest ihn sowieso nicht.«
James hob den Brief auf und folgte Simon über den Sandweg zum Haus. In der Mitte des Vorgartens teilte sich der Weg in drei Pfade, die jeweils zu einer der Eingangstüren auf der langen Veranda führten. Simon nahm den linken und ging auf James' Haustür zu, James nahm den rechten, um den Brief für die Pikes abzuliefern. Auf dem Veranda-Abschnitt der Pikes standen eine Waschmaschine und ein ausgedienter Kinder-Klostuhl sowie alle möglichen Topfpflanzen; er mußte aufpassen, wo er hintrat. Als er sich bückte, um den Brief unter der Tür durchzuschieben, hörte er ein Kratzen und ein leises Jaulen. Er richtete sich auf und rief: »Simon, euer Hund will raus. Darf er?«
»Ja, meinetwegen.«
James öffnete die Tür ein Stück, und eine sehr alte und fette Chihuahua-Hündin zwängte sich durch den Spalt, auf steifen Beinen tänzelnd, als täten ihr die Füße weh. »Ist ja gut, Nellie«, sagte er, tätschelte sie kurz, stieg dann über sie hinweg und ging die Veranda entlang. Als er am Fenster der Schwestern Potter vorbeikam, winkte er Miss Faye zu, lächelte und schüttelte den Kopf, um ihr zu bedeuten, daß er nicht hereinkommen konnte. Sie saß hinter dem geschlossenen Fenster, das Gesicht so dicht wie möglich an der Scheibe, und schaute erwartungsvoll nach draußen, aber als James den Kopf schüttelte, sackten ihre Mundwinkel nach unten, und sie lehnte sich im Sessel zurück. Weder sie noch Miss Lucy waren in der Lage, den Hügel zum Friedhof hinauf-

zusteigen, daher hofften sie, daß James ihnen alles über die Beerdigung erzählen würde.

Simon stand mit den Händen in den Hosentaschen vor James' Tür. »Warum bist du nicht schon reingegangen?« fragte James. Simon schüttelte nur den Kopf.

»Ich wollte auf dich warten«, sagte er.

»Ansel hätte dich reingelassen.«

»Ist doch egal«, sagte Simon und trat beiseite, damit James die Tür für ihn aufmachen konnte.

Im Haus war es kühl und düster. Die Holzdielen waren nicht lackiert, und es gab keine Teppiche. Simon trat mit den Absätzen hart auf, genau wie er es machte, wenn er seine Stiefel trug. Durch seine dünnen Beine und die schwungvollen, übermäßig großen Schritte wirkte er jünger und sah aus wie ein kleines Kind, das ein dunkles Zimmer betritt. Er schaute nicht nach links, obwohl er wußte, daß James' Bruder Ansel wie immer auf der Couch lag.

»Ansel?« sagte James.

»Hier bin ich.«

James schloß die Fliegengittertür hinter sich und schaute zur Couch hinüber. Ansel hatte die Füße auf den Boden gestellt und saß aufrecht. Normalerweise lag er den ganzen Tag auf dem Rükken (er hatte Anämie, und zwar die Art, die weder besser noch schlimmer wird, solange man sich schont), aber heute hatte er sich zusammengerissen und war auf. Er trug seinen schwarzen Sonntagsanzug und hatte sein helles Haar mit Wasser so eng an den Kopf gelegt, daß man die Form der Schädelknochen erkennen konnte. Wahrscheinlich dachte er, das sei das mindeste, was er für Janie Rose tun konnte. Als James hereinkam, schaute Ansel nicht in seine Richtung, sondern betrachtete Simon. Er wartete, bis Simon sich endlich umdrehte und ihn ebenfalls ansah, dann stand er auf und krümmte wie zu einer Verbeugung den Rücken. »Ich hoffe, der heutige Tag war nicht allzu schwer für dich«, sagte er förmlich, dann setzte er sich wieder und schwieg abwartend, während Simon ihn mit gerunzelter Stirn anschaute.

»Wir sind vor den anderen gegangen«, sagte James. »Ich habe Simon Mittagessen versprochen.«

»Oh. Also, ich glaube kaum, daß – hier, willst du dich setzen?« Er klopfte neben sich auf das Polster und erwies Simon damit eine besondere Ehre, denn sonst mochte er es nicht, wenn jemand sich zu ihm auf das Sofa setzte. Nach kurzem Zögern zuckte Simon die Schultern und ging mit klackenden Schritten zur Couch. Ansel rückte zur Seite, um Platz zu machen.
»Ich habe noch gar nicht mit dir gesprochen seit dem, ähem – es ist ja schon ein paar Tage her. Aber ich wollte dir sagen –«
»Ich war beschäftigt«, sagte Simon.
»Ja, natürlich«, sagte Ansel. »Ich weiß.« Er saß jetzt vorgebeugt, hatte die Fingerspitzen aneinandergelegt und starrte mit seinen klaren blauen Augen geistesabwesend auf den Fußboden. James wurde nervös (Ansel war bei derartigen Anlässen oft allzu feierlich), aber ehe er einen Versuch unternehmen konnte, die Stimmung aufzulockern, sprach Ansel schon weiter. »Also, ich wollte dir sagen«, wiederholte er, »ich möchte, daß du weißt – Herrgott, James! Würdest du bitte die Tür zumachen?«
James versetzte der inneren Tür einen Stoß, und sie fiel ins Schloß.
»Es zieht«, sagte Ansel. »Also, Simon, ich wollte dir, ähem, mein Beileid aussprechen. Dir sagen, wie leid es mir tut, daß ich nicht bei der Beerdigung war. James meinte, ich sollte lieber nicht hingehen, aber du kannst dir gar nicht vorstellen, wie –«
»Du hast nicht viel verpaßt«, sagte Simon.
»Was? Also, ich wünschte, ich hätte dabeisein können, um meine Anteilnahme zu bekunden, wie man so sagt. Das habe ich auch James erklärt. Aber James meinte –«
Simon saß angespannt da, hatte die Hände zwischen seine zusammengepreßten Knie geschoben und die Augen starr geradeaus gerichtet. Als James Anstalten machte, in die Küche zu gehen, erschienen erneut die steilen Falten auf Simons Stirn und er stand halb auf, daher blieb James im Zimmer und lehnte sich wieder gegen die Wand. Er verstand nicht, was los war; bisher hatte Simon eher an Ansel gehangen und James seiner Schwester Janie Rose überlassen. Aber jetzt sank Simon erleichtert zurück auf das Sofa und wippte träge mit einem Fuß. Ansel redete einfach weiter; seine Stimme wurde allmählich fester.

»Noch nie hat mich eine Nachricht so entsetzt«, sagte er. »Ich sagte zu James: ›Aber sie und Simon waren doch eben noch hier bei uns‹, sagte ich. ›Stell dir mal vor, wie sich Simon fühlen muß.‹«

»Ich fühle mich gut«, sagte Simon.

»Ich meine –«

»Ich fühle mich gut.«

Ansel rieb sich den Nasenrücken und schaute zu James hinüber. James richtete sich auf und ging von der Wand weg. »Er hat vor allem Hunger«, erklärte er Ansel. »Ich habe versprochen, ihm etwas zum Mittagessen zu machen.«

»Ja, natürlich«, sagte Ansel. »Wenn er essen will. Aber das bezweifle ich. Hast du Hunger, Simon?«

»Und wie«, sagte Simon.

»Und du willst etwas essen?«

»Na klar.«

»Oh«, sagte Ansel.

Simon stand auf und ging zu James. Er blieb mit dem Rücken zu Ansel neben James stehen, schaute geradeaus und wartete. »Machen wir jetzt die Pizza?«

»Ja, wenn du willst.«

»Pizza«, sagte Ansel, und Simon drehte sich halb um und sah James an.

»Das habe ich ihm versprochen«, sagte James.

»Aber Simon –«

»Schscht«, sagte James. »Also, Simon, wir haben drei Sorten Pizza-Mischung. Salami, Käse und noch eine. Ich weiß nicht genau. Such dir eine Sorte aus, und dann backen wir sie. Okay?«

»Okay«, sagte Simon. Er drehte sich um, warf Ansel einen Blick zu und ging in die Küche. Als er weg war, ging James zum Sofa und setzte sich neben Ansel.

»Hör zu«, sagte er.

Kaum war er mit seinem Bruder allein, sackte Ansel in sich zusammen und ließ die Schultern hängen. Er hatte dunkle Ränder unter den Augen, weil er schlecht geschlafen hatte. »Du sitzt auf meinem Sofa«, sagte er mechanisch. »Davon leiern die Federn aus. Wann begreifst du das endlich?«

»Simons Familie ist noch oben auf dem Hügel«, sagte James. »Wir müssen ihn hierbehalten; ich habe Joan versprochen, ihn nicht allein zu Hause zu lassen.«

»Ja, ja«, sagte Ansel. »Allein zu Hause sein ist nicht gut.« Er seufzte.

»Nein. Hilfst du mir, ihn abzulenken?«

»James, das Sofa.«

James stand auf, und Ansel schwang die Beine herum und rutschte nach unten, bis er ausgestreckt auf dem Rücken lag. »Ich begreife nicht, wie er ans Essen denken kann«, sagte er.

»Er hat Hunger.«

»Manchmal verstehe ich die Welt nicht.«

»Die Menschen gehen unterschiedlich mit ihren Problemen um«, sagte James. »Erzähl ihm nichts vom Sterben, Ansel.«

»Hmh.«

»Versprochen?«

»Hmh.«

In der Küche schepperte etwas. Eine Schranktür wurde zugeschlagen, und Simon rief: »He, James. Ich habe mich entschieden.«

»Welche möchtest du?«

»Die mit Salami. Es sind sowieso nur zwei da.« Er kam mit der Packung Pizza-Mischung ins Wohnzimmer, und Ansel hob kurz den Kopf, um Simon anzuschauen, stöhnte, legte sich zurück und starrte an die Decke. Simon zögerte einen Augenblick. Dann ging er zu Ansel und sagte: »Du bist der Pizzabäcker.«

»Wer sagt das?« fragte Ansel.

»Na ja, vorhin auf dem Hügel hat James gesagt –«

»Also schön.« Ansel setzte sich langsam auf und strich mit den Fingern durch sein Haar. »Nie hat man seine Ruhe«, sagte er.

»Also, vielleicht –«

»Nein, nein, schon gut, es macht mir nichts aus.«

Und dann lächelte Ansel. Er setzte sein breitestes Lächeln auf, bei dem er wie auf einer Kinderzeichnung von einem glücklichen Mann seine Mundwinkel weit hochzog und mit den Lippen einen ausgeprägten Bogen beschrieb. Dadurch wurde die Wangenpartie seines länglichen Gesichts plötzlich breit, und sein

Kinn glänzte. »Wir machen meine Spezialität«, sagte er. »Sie heißt Eisschrank-Pizza. Wenn wir den Kühlschrank abtauen müssen, machen wir ihn auf diese Weise leer; wir legen alles, was drin ist, auf eine Pizza, und die gibt es dann zum Mittagessen. Willst du zugucken, wie ich sie mache?«
Er war aufgestanden, reckte die Schultern und glättete sein Jakkett. Als er die Hand nach der Pizza-Mischung ausstreckte, trat Simon vor und gab sie ihm. Er wirkte jetzt entspannter und weniger zurückhaltend als vorher. Ansel sagte: »Ein Mann sollte so etwas können. Selbst wenn er verheiratet ist. Dann kann er für seine Frau, wenn sie mal krank ist, Essen machen und es ihr ans Bett bringen. Willst du eine Schürze?«
»Nein«, sagte Simon.
»Kann ich verstehen. Kann ich gut verstehen. Also dann –«, er ging in die Küche und las unterwegs die Anweisungen auf der Schachtel. Seine Schritte waren zwar langsam, wirkten aber nicht besorgniserregend. Meistens konnte James mit einem Blick erkennen, wie es Ansel ging. Das mußte er auch, denn Ansel selber verriet es ihm nicht. Es kam vor, daß er sein Essen ans Sofa gebracht haben wollte, obwohl er sich besonders gut fühlte, und daß er auf die Idee kam, das Schlafzimmer neu zu tapezieren, obwohl es ihm sehr schlecht ging. Er war in gewisser Weise zurückgeblieben. James hatte oft das Gefühl, Ansel gehöre zu einer anderen Generation, obwohl er in Wirklichkeit sechsundzwanzig und nur zwei Jahre jünger als er selber war. Daran mußte James denken, während er Ansel jetzt mit fast väterlichem Blick nachschaute.
»Natürlich gibt es kein festes Rezept«, sagte Ansel in der Küche, »weil man ja vorher nicht weiß, was alles im Eisschrank liegt.« Und Simons Stimme fragte: »Auch Obst? Und Salat?«
»Na ja...«, sagte Ansel.
James setzte sich lächelnd in den Sessel und streckte die Beine aus. Schön, wieder zu Hause zu sein. Das Haus war verwohnt; die vergilbte Tapete blätterte an einigen Stellen ab, und die Polstermöbel waren verschlissen. Das ganze Gebäude war so wakkelig, daß James jedesmal allen anderen Bewohnern Bescheid sagen mußte, wenn er einen Auftrag für ein Foto hatte, das eine

längere Belichtungszeit erforderte. »Bitte setzt euch einen Moment hin«, sagte er in solchen Fällen und rückte für jeden im Haus einen Stuhl zurecht. Dann rannte er los, um schnell das Bild aufzunehmen, bevor sie alle wieder die Fußböden zum Beben brachten. Aber das Haus war gemütlich, nicht zu weit von der Stadt entfernt, und Ansel konnte von seinem Sofa aus durch das große Wohnzimmerfenster hinausschauen. Oft legte er die Ellbogen auf die Fensterbank und beobachtete die Straße. Er machte das schon so lange und kannte die Menschen so gut, daß alles, was sich draußen abspielte – egal ob ein alter Laster vorbeikam oder ein Junge auf einem Maultier vorbeiritt –, für ihn eine Bedeutung hatte.

Beim Gedanken an Ansel und sein Fenster blickte James unwillkürlich hoch, um zu sehen, was draußen los war, aber vom Sessel aus sah er nur gelblich schimmernde Sommerluft, eingerahmt von den Tüllgardinen. Er erhob sich und ging zum Fenster, stützte die Hände auf den Sims und blickte die Schotterstraße entlang zu dem Hügel, von dem er eben gekommen war. Niemand zu sehen. Vielleicht würde es Stunden dauern, bis die anderen zurückkamen; Joan stand womöglich immer noch an derselben Stelle und versuchte, ihre Tante und ihren Onkel davon abzubringen, weiter das Gras anzustarren. Trotzdem beobachtete James mehrere Minuten lang die Straße. Er spürte den Wind, der hier unten sanfter blies, aber stark genug war, um die Gardinen ins Zimmer zu wehen.

Noch lange würde der Wind ihn an den heutigen Tag erinnern. James war hinter den anderen den Hügel hinaufgestiegen und hatte gesehen, wie der Wind die schwarzen Röcke der Frauen bauschte und mit den losen Haarsträhnen ihrer Frisuren spielte. Und als die ersten Verwandten zum Abschied Mrs. Pikes verschränkte Arme drückten und flüsternd etwas zu Mr. Pike sagten, wurden ihre Worte verweht, und das Elternpaar gab keine Antwort. Aber vielleicht hätten die beiden sowieso nicht geantwortet, auch ohne Wind. Am Tag, als Janie Rose starb, war James, nachdem er sechsunddreißig Stunden im Warteraum des Krankenhauses verbracht und schließlich mit dem kleinen Teil seines Bewußtseins, der noch wach war, die Nachricht vernommen hatte, zu Mrs. Pike gegangen und hatte gesagt: »Mrs. Pike, wenn Ansel oder ich irgend etwas für Sie tun können, egal was, dann werden wir es gerne tun.« Und Mrs. Pike hatte an ihm vorbei zum Auskunftsschalter geschaut und gesagt: »Man stirbt doch nicht, nur weil man von einem *Trecker* gefallen ist.« Dann hatte sie sich umgedreht und war weggegangen. Also ließ James sie in Ruhe, fuhr nach Hause und sagte zu Ansel, er solle sich eine Weile zurückhalten und die Pikes nicht stören. »Kann ich ihnen nicht wenigstens unser Mitgefühl ausdrücken?« fragte Ansel, und James sagte nein, nicht mal das. Es gefiel ihm auch nicht, daß Ansel zur Beerdigung gehen wollte. Ansel sagte, er sei halb entschlossen, trotzdem hinzugehen – er könne ja unterwegs eine Verschnaufpause einlegen, meinte er –, aber James konnte sich nur allzu gut vorstellen, wie Ansel sich den Hügel hinaufquälte und sich vor Anstrengung an die Brust faßte, während er keuchend Begräbnisverse hervorstieß, und dann die ganze Prozession bat anzuhalten, weil er sich ausruhen mußte. Deshalb war James alleine gegangen, schweigend, nachdem er versprochen hatte, Ansel hinterher von der Beerdigung zu berichten. Die einzige, mit der er geredet hatte, war Joan; die einzigen Klänge, die er auf dem Rückweg im Ohr gehabt hatte, waren Joans leise Stimme und das Rauschen des Windes gewesen. Er glaubte, er würde das Geräusch des Windes nie wieder mögen.

Draußen in der Küche plapperte Janie Roses Bruder mit seiner dünnen, quäkigen Stimme drauflos. »Also, eine Pizza mit *Erdnußbutter* habe ich noch nie gesehen«, sagte er gerade. »Weißt du auch, was du tust, Ansel?«

»Warte nur, bis du sie gekostet hast«, sagte Ansel.

James wandte sich vom Fenster ab und ging in die Küche. »Na, wie läuft's?« fragte er.

»Ganz gut«, sagte Ansel. Er trug über seinem Jackett ein großes kariertes Geschirrtuch, das er im Nacken mit einer Sicherheitsnadel zusammengesteckt hatte; und auf der Anrichte stand die fast fertige Pizza, die Simon gerade belegte. In der Küche herrschte eine flirrende Hitze. James öffnete die Hintertür. Dann zog er sein Hemd aus und legte es auf die Anrichte. Jetzt war er nur noch im Unterhemd.

»Ist dir nicht warm?« fragte er Simon.
Aber Simon sagte: »Nein« und belegte weiter die Pizza mit Würstchenscheiben. Auf dem Boden um seine Füße herum lagen kleine Häufchen Mehl und Parmesankäse, und die Vorderseite seines Anzugs sah auch beinahe aus wie eine Pizza. Aber Hauptsache, er war beschäftigt. Schade, daß das Pizzamachen nicht noch eine Stunde weitergehen konnte. Sie würden sich etwas anderes ausdenken müssen, um ihn abzulenken.
Ansel sagte: »Jetzt die Oliven, Simon.«
»Ich mag aber keine Oliven.«
»Natürlich magst du sie. Oliven sind gut fürs Gehirn. Du liebe Zeit, sieh dir bloß mal dein Hemd an!«
Simon schaute an sich hinunter und zuckte die Schultern.
»Das geht wieder raus«, sagte er.
»Deine Mutter wird schimpfen.«
»Es ist ihr doch sowieso egal.«
»Wetten nicht?«
»Doch, bestimmt.«
»So etwas ist *keiner* Mutter egal«, sagte Ansel. »Wenn du dich sehen könntest! Ein Bild für die Götter.«
»Bilder«, sagte James plötzlich. Er hatte eine Idee. »He, Simon, hast du meine neuen Fotos schon gesehen?«
»Nein«, sagte Simon, »hattest du einen neuen Auftrag?«
»Nein, in den letzten Tagen nicht. Aber ich habe auf eigene Faust ein paar Aufnahmen gemacht. Wenn ihr fertig seid, zeige ich sie dir.«
»Okay«, sagte Simon.
»Die Oliven«, erinnerte ihn Ansel.
James ging zum hinteren Fenster und schaute hinaus. Nellie, die Hündin der Pikes, stöberte auf der Wiese zwischen wilden Margeriten und Kornblumen herum. Er hatte vorgehabt, für Joan einen Strauß Margeriten zu pflücken, ehe das alles passiert war. Margeriten waren ihre Lieblingsblumen. Aber jetzt konnte er ihr keine bringen; das Haus war vermutlich voll mit Blumengebinden von den Trauergästen. Und er konnte auch nicht einfach so mit einem Strauß Margeriten in der Hand hineinspazieren und die Pikes stören. Die Margeriten, die sich da draußen auf ihren

langen grünen Stengeln im Sonnenlicht wiegten, würden längst verblüht sein, wenn so etwas wieder möglich war.
Ansel schob die Pizza in den Backofen, schlug die Ofentür zu, wischte sich die Hände ab und sagte: »Das hätten wir.«
»Wann ist sie fertig?« fragte Simon.
»Oh, ich weiß nicht. In fünfzehn bis zwanzig Minuten. Laß uns solange nach drüben gehen, da ist es kühler. Kommst du mit, James?«
James folgte den beiden ins Wohnzimmer. Es kam ihm dort jetzt sehr dunkel und kühl vor. Ansel ließ sich mit einem zufriedenen Seufzer auf sein Sofa sinken, und Simon ging zum Fenster und schaute auf die Straße hinaus.
»Hast du sie gesehen?« fragte er James.
»Wen?«
»Meine Mutter und die anderen. Hast du sie gesehen?«
»Nein, noch nicht.«
»Na ja«, sagte Simon, »ich glaube, ich gehe trotzdem mal rüber und sehe nach, ob sie schon –«
»Ich hätte sie bestimmt gesehen, wenn sie gekommen wären«, sagte James. »Oder zumindest gehört.«
»Ich glaube, ich gehe trotzdem –«
»Hey, ihr zwei«, sagte Ansel. »Müßt ihr euch unbedingt über mich beugen?« Er hatte sich ausgestreckt und den Kopf auf die Armlehne des Sofas gelegt. »Ich fühle mich irgendwie bedrängt«, sagte er, und James schob Simon sanft an der Schulter zur Seite.
»Fast hätte ich es vergessen«, sagte er. »Willst du meine Fotos sehen?«
»Ach, also ich –«
»Sie sind gut geworden.«
»Na ja.«
James ging über den kleinen Flur zu seiner Dunkelkammer. Es roch dort feucht und moschusartig, und es brannte nur ein ganz schwaches Licht. Er ging zu dem Aktenschrank in der Ecke und öffnete die unterste Schublade. Die neuen Bilder befanden sich sorgfältig verstaut im vorderen Ordner (nur zum Spaß Fotos zu machen, konnte er sich nicht oft leisten), und er zog sie ganz

vorsichtig heraus und betrachtete die beiden obersten eine Weile, ehe er wieder ins Wohnzimmer ging.
»Hier sind sie«, sagte er zu Simon. »Hast du saubere Hände?«
»Ja.«
Seine Hände waren mit Tomatensoße beschmiert, aber er faßte die Fotos nur am Rand an, und deshalb sagte James nichts. Das erste Bild gefiel Simon nicht besonders. Er betrachtete es nur kurz und rümpfte dann die Nase. »Schon wieder *so* eins«, sagte er. James grinste und reichte ihm das nächste. Simon und Janie Rose mochten beide nur altmodische, gestellte Porträtfotos – am liebsten von Leuten, die sie kannten. Die brachten sie immer zum Lachen. Aber wenn James einmal weder Hochzeitsbilder noch Fotos für die Zeitung von Larksville aufnehmen mußte, dann machte er auch keine Porträts. Er hatte die Idee, alle Leute, die er kannte, so zu fotografieren, wie sie in seiner Vorstellung aussahen. Und in seiner Vorstellung sahen die meisten seltsam aus – sie taten etwas, ohne ihn dabei anzusehen, schoben eine Schubkarre bergauf oder suchten unter dem Eßtisch nach einer Rolle Garn. Seine ehemaligen Freundinnen hatten sich oft dagegen gesträubt, in ihren ausgeblichenen alten Jeans fotografiert zu werden, nur weil er sie von einem Picknick so in Erinnerung hatte. Aber meistens bekam er am Ende, was er wollte; die Bilder in seinem Aktenschrank glichen fast haargenau den Bildern, die er von den Menschen im Kopf hatte. Joan stellte er sich in einer Staubwolke vor, wie damals, als er sie zum ersten Mal gesehen hatte (sie kam mit zwei Koffern und einer Umhängetasche die Straße herauf, hatte ihr Gesicht vom Wind abgewandt und mehrmals Staub ausgespuckt). Lange hatte er auf den nächsten Staubsturm warten müssen, aber letzte Woche hatte es endlich einen gegeben. Die ersten beiden Bilder, die Simon kaum angeschaut hatte, waren an dem Tag entstanden. Auch als James sagte: »Das ist deine Cousine Joan, falls du sie nicht erkannt hast«, um Simon dazu zu bewegen, genauer hinzusehen, zog Simon nur die Augenbrauen hoch. Aber das dritte Bild gefiel ihm. Es war ein Bild von Ansel, der auf der Couch lag, durchs Fenster den Himmel betrachtete und geistesabwesend mit der Rolloschnur spielte. »Ansel!« sagte Simon, und Ansel schaute zu ihm hin.

»Was denn?« fragte er.
»Ich sehe mir gerade das Foto von dir an.«
»Aha«, sagte Ansel.
»Wo du auf der Couch liegst.«
»Ach ja. Zeig mal her.« Ansel stützte sich auf einen Ellbogen und streckte die Hand nach dem Bild aus. Simon gab es ihm. »Ja, das bin ich«, sagte Ansel. Er betrachtete das Bild eingehend und lächelte dabei. »Es ist nicht schlecht«, sagte er.
»Ich finde, es ist ein richtig gutes Bild.«
»Ja. Wirklich nicht schlecht.« Er gab das Bild zurück, legte sich wieder hin und starrte, immer noch lächelnd, an die Decke. »Fotos sind etwas Wunderbares«, sagte er.
»Na ja, manche.«
»Sehr *dauerhaft*, verstehst du?«
»Aber diese anderen gefallen mir nicht«, sagte Simon. »Die mit den Staubwolken drauf. Ich verstehe nicht, wozu *die* gut sein sollen.«
»Sie sind für mich«, sagte James. »Hier, ich habe noch eins von Ansel.«
»James«, sagte Ansel, »hast du auch manchmal so ein taubes Gefühl in den Beinen? Ein schmerzhaft-taubes Gefühl?«
»Leg die Füße hoch.«
»Hochlegen hilft nicht.«
»Das kommt davon, daß du wieder nicht zum Arzt gegangen bist, um dir deine Spritzen geben zu lassen«, sagte James.
»Direkt in der Kniekehle.« Er legte die Beine auf die Rückenlehne des Sofas und rutschte ein Stück nach unten, bis seine Füße höher lagen als sein Kopf. »Diese Couch ist zu kurz«, sagte er. »Los, Simon, gib mir das nächste.«
Das nächste Bild zeigte Ansel im Sitzen, mit einem verlegenen Gesichtsausdruck. Als Ansel es sah, setzte er wieder sein übertriebenes Lächeln auf und hielt das Foto nah vor sein Gesicht, um es genau zu betrachten. »Für dieses habe ich posiert«, sagte er. »James hat es so aufgenommen, wie ich es haben wollte. James, ich glaube, meine Schuhe verschlimmern das Gefühl noch.«
James legte die restlichen Bilder neben Simon und beugte sich

hinüber, um Ansels Schuhe aufzuschnüren. »Du mußt eben die richtige *Größe* kaufen«, sagte er.
»Nein, es hat mit meiner Krankheit zu tun. Das spüre ich genau.«
»Jeden Mittwoch mußt du eine Spritze bekommen«, sagte James. »Heute ist Samstag. Du hast den Termin jetzt schon fünfmal versäumt.«
»Was kümmert's dich. Hör mal –« Er drehte sich, so daß er Simon das Gesicht zuwandte. »Wovon sprach ich eben? Das Foto. Genau. Ich wollte gerade sagen, daß dieses Bild meiner Meinung nach das beste von dem ganzen Film ist. Das von mir im Sitzen.« Er hielt das Bild ins Licht. »Wirklich eindrucksvoll«, sagte er. »Profilaufnahme vor dem Fenster.«
»Das andere ist besser«, sagte Simon.
»Welches andere?«
»Das erste. Wo du liegst.«
»Das kommt, weil du daran gewöhnt bist, mich im Liegen zu sehen«, sagte Ansel. Er seufzte und warf das Bild auf den Couchtisch. »Alle sind daran gewöhnt. Wenn ich stehe, erkennen sie mich kaum wieder. Ein Gesicht verändert sich im Stehen. Der untere Teil wird schwerer. Gib mir das nächste.«
»Ich glaube, die Pizza ist fertig«, sagte James. »Hast du gehört, Ansel?«
»Dann nimm sie doch raus. Das hier von Mr. Abbot, wie er den Garten umgräbt und sein Hinterteil der Kamera entgegenstreckt – also, an seiner Stelle wäre ich beleidigt.«
James stand auf und ging in die Küche. Der Geruch der Pizza erfüllte den ganzen Raum, und als er in den Ofen schaute, fand er, daß sie gar aussah. Von einem Haken an der Wand nahm er einen Topflappen, dann holte er die Pizza heraus und stellte sie auf die Anrichte. Dabei verbrannte er sich einen Finger. »Ansel!« rief er. Er trat in den Durchgang zum Wohnzimmer. Ansel beugte sich gerade über ein Foto, schaukelte leicht vor und zurück und runzelte die Stirn, und Simon sortierte die restlichen Bilder. »Ansel«, sagte James noch einmal.
»Das hier«, sagte Ansel, »sollte nicht dabei sein.«
»Welches?« fragte Simon.

»Ich schäme mich für James. Das solltest du besser nicht sehen.«
»Ich *habe* es aber gerade gesehen«, sagte Simon. »Was ist denn damit?«
»Nichts ist damit. Ich werde es einfach weglegen.« Er richtete sich auf, legte das Foto mit der Bildseite nach unten auf die Sofalehne und schaute dabei über seine Schulter, um sicherzugehen, daß Simon es nicht bemerkt hatte. »Ich schäme mich für James«, sagte er.
»Herrgott noch mal«, sagte James von der Tür. »Was soll dieses Theater, Ansel?«
»Dies Bild hätte nicht dabeisein dürfen.«
James durchquerte das Wohnzimmer und nahm das Bild in die Hand. Es war ein ganz gewöhnliches Foto – er hatte es Miss Faye zum Gefallen aufgenommen, die ein Bild von ihrer mit Fliegengitter verkleideten hinteren Veranda haben wollte, weil ihr Neffe den halben Sommer damit verbracht hatte, sie zu bauen. Sie hatte James weit hinter das Haus geführt, bis tief in das wildwachsende Gras, in dem haufenweise verrostete Öfen und alte Autoteile herumlagen, und ihn angewiesen, das Haus in seiner ganzen Breite zu fotografieren, damit ihre Verwandten in Georgia sich eine Vorstellung von den Ausmaßen der Veranda machen konnten. »Ich glaube, Madam, das ist ein bißchen *zu* weit weg«, hatte James gesagt, aber sie war hartnäckig geblieben, und das war nun dabei herausgekommen – ein Bild von einer unkrautüberwucherten Wiese, an deren Ende sich das Haus über einer Woge von Gras erhob, als sei es ein Schiff auf hoher See. Miss Fayes Veranda wirkte bloß wie eine Beule am Haus – genauso wie Janie Rose Pikes angebautes Kinderzimmer, der Holzschuppen unter James' und Ansels Badezimmerfenster und das verrostete alte Benzinfaß auf dem Holzgestell, etwa in Höhe des mittleren Schornsteins. James hatte Miss Faye das Bild noch nicht gezeigt, weil er fürchtete, sie würde enttäuscht sein. Aber *so* schlecht war es auch wieder nicht; er verstand nicht, worüber Ansel sich aufregte.
»Ich weiß nicht, was du hast«, sagte er.
»Ach, laß gut sein. Gib es einfach wieder her.«
»Was soll das, Ansel?«

»Gib es wieder her!«
James reichte es ihm, aber noch ehe Ansels Finger es berühren konnten, hatte Simon schon danach gegriffen. Er wich Ansels ausgestrecktem Arm aus, wandte sich von der Couch ab und ging, den Blick mit gerunzelter Stirn auf das Foto geheftet, in die Mitte des Zimmers. Ansel stöhnte.
»Da siehst du, was du angerichtet hast«, sagte er zu James.
»Ansel, ich verstehe nicht, warum –«
»Hör zu«, sagte Ansel. Er beugte sich vor und sprach flüsternd weiter. »James, jemand *Verstorbenes* ist auf diesem Foto.«
»Wo?« fragte Simon.
»O Gott.«
»Also, ich sehe niemanden.«
»Ich auch nicht«, sagte James. »Worauf willst du hinaus, Ansel?«
Ansel stützte sich mit beiden Händen an der Armlehne des Sofas ab und erhob sich. Er ging auf Strümpfen zu Simon hinüber und schob dabei seine Füße über den Boden wie jemand, der durch Wasser watet. Er zeigte mit dem Finger auf eine Ecke des Bildes und watete dann zur Couch zurück. »Ich muß mich hinlegen«, sagte er, an niemand Bestimmten gewandt.
»Ach ja«, sagte James. »Jetzt sehe ich es.«
»Ich nicht«, sagte Simon.
»Da ist sie.«
Er zeigte auf die Stelle. Sein Zeigefinger berührte den Modell-A-Ford, der hinter dem Haus auf Schlackensteinen stand, die von dem hohen, wogenden Gras verdeckt wurden. Von dem Ford sah man nur die scheibenlosen Fenster und das eingedrückte Dach – er stand schon sehr lange dort in dem Grasmeer –, und in dem vorderen Fenster auf der Fahrerseite war, kaum größer als ein kleiner weißer Knopf, Janie Roses rundes Gesicht zu sehen. Sie war so weit weg, daß man ihre Miene nicht erkennen konnte und auch nicht ihre Brille, aber man sah, daß sie den Kopf schief gelegt hatte und in James' Richtung schaute. Ihre Hände waren zwei helle Punkte auf dem Steuerrad. Sie tat anscheinend so, als wäre sie eine vornehme Dame, die gerade vorbeifuhr. Aber als James sein Gesicht von dem Foto entfernte, verlor er sie sofort

wieder; sie hätte eines der kleinen Büschel wilder Möhren sein können, die auf dem Feld wuchsen. »Es ist mir ein Rätsel, wie du sie entdeckt hast«, sagte er zu Ansel.

»War ganz leicht.«

Simon starrte das Bild eine Weile an und hielt es dann schief, so daß Janie Rose verschwand. »Sie erscheint immer wieder«, sagte er. »Sie kommt und geht. Wie bei den Bildern in Kinderzeitschriften, wo man das Schwein im Baum suchen muß.«

»Das *was*?« fragte Ansel. Er hob den Kopf und schaute Simon mit offenem Mund an.

»Aber sie ist da, kein Zweifel«, sagte James. »Ist das nicht toll? Ich hatte sie gar nicht gesehen. Nicht mal beim Vergrößern, und da habe ich ganz genau hingeschaut.«

»Das ist komisch«, sagte Simon.

»Hast du Hunger, Simon?«

»Ja.« Aber er starrte weiter auf das Bild. Er schien jetzt nicht mehr Janie Rose anzuschauen, sondern seinen Gedanken nachzuhängen, während er geistesabwesend das Foto festhielt. Mit der freien Hand zupfte er an einer hochstehenden Haarsträhne über seiner Stirn.

»Als unsere Mutter starb«, sagte Ansel unvermittelt, »war ich völlig außer mir.«

Simon schaute zu ihm hinüber.

»Ich konnte nicht an sie denken. Ich konnte nicht mal an ihren Namen denken. Aber heutzutage sind die Menschen anders. Das ist mir jetzt klargeworden.«

»Tja«, sagte Simon. Er wandte sich wieder dem Foto zu. »James, gibt es so etwas wie eine Röntgenkamera? Könntest du ein Bild von unserem Haus machen, auf dem die Leute drinnen zu sehen sind?«

»Ich weiß nicht«, sagte James. »Ich glaube kaum.«

Eine Fliege kam surrend herein und flog im Zickzack durch den Raum, und Ansels Blick folgte ihr. Als die Fliege in der Küche verschwand, legte er sich wieder hin und starrte in die Luft. »Mein Sterben findet inzwischen nur noch in einem einzigen Zimmer statt«, sagte er zur Decke.

»Ach, hör bloß auf«, sagte James.

»Es ist aber wahr, der Raum, in dem ich mich aufhalte, wird immer begrenzter. Zuerst war es ganz North Carolina, dann diese Stadt und jetzt dieses Zimmer. Bald werde ich nirgendwo mehr sein. Wir müssen *alle* irgendwann abtreten.«
»Übrigens«, sagte James. »In der Küche steht eine kaltgewordene Pizza. Was soll ich damit machen? Soll ich sie wegwerfen?«
»Hm«, sagte Ansel. Er setzte sich auf und sah zu Simon hinüber. »Warum guckst du dir immer noch das Bild an?«
Simon legte das Foto weg. Er schaute zuerst Ansel und dann James an, dann stand er auf und vergrub seine Hände in den Hosentaschen. »Wenn ich es mir recht überlege«, sagte er, »will ich gar keine Pizza.«
»Du brauchst nichts zu essen«, sagte James.
»Ich glaube, ich verzichte lieber.«
»Okay.«
»Schwer zu sagen, was mit den Menschen los ist«, sagte Ansel. »Sie scheinen nicht mehr nachzudenken. Machen sich nicht klar, daß sie *selber* eines Tages tot sein werden; sie trauern auch nicht mehr. Eigentlich schwer zu sagen, was sie *überhaupt* noch tun.«
»Sie sterben auch nicht mehr an Anämie«, sagte James.
»Was weißt du denn davon?«
Simon wippte leicht vor und zurück, verlagerte sein Gewicht von den Fersen auf die Zehen und dann wieder auf die Fersen. Er hatte die Schultern hochgezogen und fixierte einen Punkt draußen vor dem Fenster. Er schien nicht zuzuhören.
»Niemand ist vollkommen«, sagte Ansel. »Janie war auch nicht gerade ein Engel im rosa Kittelschürzchen, das gebe ich zu. Rasselte in ihrem lila Schlafanzug das Nachtgebet herunter: Herr, erlöse uns von den Masern. Aber jetzt ist sie unter der Erde, und da werdet ihr eines Tages auch sein. Habt ihr darüber mal nachgedacht? *Ihr* liegt in dem kalten Lehmboden, und die, die euch überlebt haben, nennen euch ein Schwein in einem Baum!«
»Ansel, du machst wirklich alles falsch«, sagte James.
Aber Ansel winkte ab, rutschte an die Kante des Sofas und

beugte sich vor. »Was werdet ihr bei *mir* machen?« fragte er. »Na, sagt schon! Wenn *ich* eines Tages –«

Simon weinte. Er wippte immer noch vor und zurück und hatte die Hände in den Hosentaschen vergraben, aber dünne Rinnsale liefen über seine mehlbeschmierten Wangen, und sein Blick war zornig. »Also –«, sagte er mit krächzender Stimme. Er atmete tief ein und räusperte sich. »Also, ich glaube, ich werde jetzt nach Hause gehen«, sagte er.

»Ach komm«, sagte Ansel.

Aber James sagte: »Ist schon gut. Das geht in Ordnung.«

Er öffnete die Tür, und Simon ging mit unsicheren Schritten hinaus. James folgte ihm. Auf der Veranda blieb er stehen und schaute Simon nach, bis er auf seiner Seite des Hauses angekommen war; er hoffte, der Junge würde sich noch einmal umdrehen, aber das tat er nicht. Er ging steif und mechanisch die Veranda entlang, und seine spitzen kleinen Schulterblätter zeichneten sich unter seiner Anzugjacke ab. Vor seiner Haustür blieb er unschlüssig stehen, legte die Hand auf den Knauf, hatte James aber immer noch den Rücken zugewandt. Dann sagte er noch einmal: »Also«, machte die Tür auf und ging hinein. Die Fliegengittertür schlug klappernd zu und war dann still. James hörte das dumpfe Klacken von Simons Schritten auf den Holzdielen im Wohnzimmer.

Der Gartenstuhl aus Aluminium, in dem Ansel gesessen hatte, um den Trauerzug vorbeigehen zu sehen, stand noch unter dem Fenster. Nach kurzem Zögern setzte sich James. Er legte die Arme auf die Armlehnen, und die von der Sonne aufgeheizten Metallstangen brannten an seinen nackten Unterarmen. Hinter sich hörte er, wie die Tüllgardinen leise raschelten, und dann schabte der grobe Stoff von Ansels schwarzen Anzugärmeln über den rauhen Fenstersims. »Heiß draußen«, sagte Ansel.

James blickte mit zusammengekniffenen Augen die Straße hinunter.

»Ich wünschte, es wäre die Jahreszeit für Mandarinen.«

Es war kein Mensch zu sehen, nur die gelben Felder auf der anderen Straßenseite, durch die der Wind strich, und ein grauer Jagdhund, der durch den Vorgarten trottete.

Aus dem Haus hinter James drangen die leisen, raunenden Geräusche von Menschen, die sich behutsam bewegten, und das unverständliche Gemurmel ihrer Stimmen. James schloß die Augen.
»He, James.«
Er gab keine Antwort.
»*James.*«
»Was?«
»Ich habe ja gleich gesagt, daß er nichts essen würde.«
Der Wind wurde wieder stärker, und James erhob sich, um hineinzugehen. Er wollte nicht länger hier sitzen bleiben. Es war zu still; hier draußen gab es nichts als den Wind, der um das einsame Haus inmitten der Felder strich.

2

Joan Pike war sechsundzwanzig Jahre alt und hatte ihr Leben lang in Schlafzimmern gewohnt. Sie lebte wie eine Besucherin – bewahrte alles, was sie besaß, innerhalb ihres Zimmers auf und hängte ihr Handtuch und ihren Waschlappen immer über eine Stange neben der Tür. Niemand verlangte das von ihr. Ihre Tante hatte sogar einmal gesagt, sie wünschte, Joan würde sich nicht immer wie ein Gast benehmen. »Du könntest *wenigstens* deinen Mantel in den Garderobenschrank hängen«, sagte sie. »Tust du mir den Gefallen?« Und Joan hatte genickt und von da an ihren Mantel zu den anderen gehängt. Aber ihr Handtuch blieb in ihrem Zimmer, denn davon hatte niemand gesprochen. Und sie las und nähte auf ihrem Bett und ging nur nach unten, wenn sie ausdrücklich eingeladen wurde.
Wenn die anderen, wie es bestimmt deren Wunsch war, sie ohne Umschweife gefragt hätten: »Warum brauchst du immer eine Einladung?«, hätte sie keine Antwort gewußt. Sie war es nicht anders gewöhnt – das war alles. Als sie geboren wurde, waren ihre Eltern schon im mittleren Alter. Sie wußten nicht genau, wie sie mit ihrer Tochter umgehen sollten; sie behandelten sie zuvorkommend, wie eine unerwartete Besucherin. Wenn sie nach dem Abendessen mit ihnen zusammensaß, versuchten sie eine Unter-

haltung in Gang zu bringen, oder schauten sie, über ihre Zeitschriften hinweg, so lange verlegen an, bis sie sich in ihr Zimmer zurückzog. Deshalb kam es ihr jetzt, da sie hundertfünfzig Kilometer von zu Hause entfernt und auf sich allein gestellt war, ganz normal vor, wieder in einem Schlafzimmer zu leben, auch wenn sie das nicht vorgehabt hatte. Sie war mit der Absicht zu den Pikes gekommen, ein bis zwei Wochen zu bleiben, um sich in dieser Zeit eine eigene Wohnung zu suchen, doch dann hatte sie wegen der Kinder ihre Pläne geändert. Als Janie Roses Hamster weglief und Janie Rose sich eine Stunde lang im Badezimmer einschloß und schrie, daß es ihr egal sei, und sie sich die Zähne immer wieder mit kochendheißem Wasser putzte, ohne es zu spüren, während gleichzeitig ihre Tränen in das Waschbecken fielen, konnte nur Joan sie überreden herauszukommen. Danach boten die Pikes ihr an, weiter bei ihnen wohnen zu bleiben, und sie nahm an, ohne es sich lange zu überlegen. Schließlich war dieses Schlafzimmer nicht wie das vorherige. Hier passierte dauernd irgend etwas, und zu den Mahlzeiten versammelte sich eine komplette Familie um den Eßtisch. Wenn Joan mit Simon und Janie Rose spazierenging, bildete sie sich ein, die beiden seien ihre Kinder. Sie spielte alberne Spiele mit ihnen – die drei rösteten Marshmallows über Kerzenflammen und stupsten Spinnen in deren Netzen an, um sie dazu zu bringen, ihre Namen zu spinnen. Vier Jahre lang hatte sie dieses Leben geführt. Sie arbeitete neun Monate im Jahr als Sekretärin des Schulleiters, gab den Pikes einen Teil ihres Gehalts und schickte einen weiteren Teil nach Hause an ihre Eltern, und im Sommer half sie bei der Tabakernte. Abends saß sie mit James zusammen, und sie unterhielten sich immer über die gleichen Dinge, ohne daß sie miteinander weiterkamen, und sie verbrachte auch ein bißchen Zeit mit den Pikes. Aber sie wohnte immer noch in ihrem Schlafzimmer; sie ging immer noch nur auf Einladung nach unten, und wenn jemand von den Pikes sie sehen wollte, mußte sie oder er an ihre Tür klopfen.

Heute klopfte niemand. Ihre Tante und ihr Onkel waren nach der Beerdigung direkt in ihr eigenes Schlafzimmer gegangen und hatten es seitdem nicht verlassen – Mr. Pikes murmelnde Stimme drang kaum hörbar herüber –, und Simon war allein in seinem Zimmer und schien dort auch bleiben zu wollen. Dadurch würde Joan einige Zeit ungestört sein, und anfangs glaubte sie, das sei genau das, was sie jetzt brauchte. Sie könnte sich hinsetzen, sich über einiges klarwerden und später vielleicht ein wenig schlafen. Sie spürte nach der langen, quälenden Warterei im Krankenhaus immer noch einen unangenehmen Druck hinter den Augen. Aber als sie versuchte, ihre Gedanken zu sortieren, stellte sie fest, daß sie dazu momentan nicht in der Lage war, und als sie zu schlafen versuchte, gelang es ihr nicht, die Augen geschlossen zu halten. Sie lag ohne Schuhe auf der Tagesdecke, hatte aber, für den Fall, daß ihre Tante nach ihr rufen würde, ihr Kleid anbehalten, und ihr Blick schweifte unablässig durch den unpersönlichen, an ein Motelzimmer erinnernden Raum. Es kam ihr so vor, als wäre jeder Muskel in ihrem Körper angespannt und warte nur darauf, bewegt zu werden. Wäre sie allein im Haus gewesen, wäre sie nach unten gegangen und hätte vielleicht den Küchenfußboden geschrubbt, oder sie hätte zumindest ein ausgedehntes heißes Bad genommen. Aber sie war unsicher, ob ihre Tante das an einem Tag wie diesem gutheißen würde.

Als ihr schließlich einfiel, was sie tun konnte, setzte sie sich rasch auf und ärgerte sich, daß sie nicht früher darauf gekommen war. Denn es war das einzige, worum ihre Tante sie am heutigen Tag gebeten hatte; sie hatte am Frühstückstisch gesessen, in ihrem Haferbrei herumgestochert und in den Garten gestarrt, und plötzlich hatte sie Janie Roses schmutzigen blauen Reifrock gesehen, der auf der Wäscheleine flatterte. »Räum alles weg, Joan«, sagte sie.

»Was?«

»Räum Janies Sachen weg. Tu sie irgendwohin.«

»In Ordnung«, sagte Joan, aber sie suchte gerade nach Rosinen für Simons Haferbrei und hatte nicht weiter darüber nachgedacht. Jetzt hatte sie vielleicht nicht mehr genug Zeit; Simon könnte jeden Augenblick hereinkommen. Sie wollte es allein erledigen und vor dem Rest der Familie verheimlichen, denn auf jeden Menschen wirkte etwas anderes bedrückend. Bei Joan war es der Anblick des Sammelsuriums aus Janie Roses Hosentaschen gewesen – Knetmasse und eine italienische Briefmarke und eine Handvoll während des Abendessens eingesteckte Erbsen. All das hatte sie auf dem Wannenrand gefunden, wo Janie Rose es fünf Tage zuvor hingelegt hatte, ehe sie ein Bad nahm. Joan glaubte, daß alles andere ihr jetzt nichts mehr anhaben konnte.

Sie öffnete die Tür und schaute in den Flur hinaus. Niemand war zu sehen. Aus dem Zimmer der Pikes drang das Murmeln, das gelegentlich unterbrochen wurde und dann lauter als zuvor wieder anfing. Als Joan auf Strümpfen den Flur betrat, knarrte ein Dielenbrett unter ihrem Fuß, und ihr Onkel verstummte einen Augenblick, redete dann aber weiter. Joan ging zur Treppe und stieg auf Zehenspitzen hinunter, und als sie im Erdgeschoß angekommen war, schloß sie die Tür hinter sich und atmete aus.

Das Zimmer von Janie Rose lag am Flur, der zur Küche führte. Es war extra für sie angebaut worden, denn die Pikes hatten geplant, nur ein Kind zu bekommen, und das Zimmer, in dem Joan jetzt wohnte, war damals von einem Untermieter belegt gewesen. Janie gefiel ihr Zimmer nicht. Simons gefiel ihr besser, wegen des Bullauges im Wandschrank und der Cowboy-Tapete. Wenn Simon nicht da war, spielte sie immer dort, so daß ihr eigenes Zimmer nahezu unbewohnt aussah. Auf ihrem nachlässig gemachten Bett saß ein Teddybär ohne Augen, den Janie Rose gegen das Kopfkissen gelehnt hatte, vermutlich weil sie es in den Exemplaren von *House and Garden* ihrer Mutter so gesehen hatte. Und ihre Spielsachen waren ordentlich auf den Brettern des Bücherregals aufgereiht, aber aus den Kommodenschubladen ragten die Zipfel von Kleidungsstücken, und im Wandschrank lag ein riesiger Haufen von Sachen, die sie abends hastig ausgezogen und auf den Boden geworfen hatte.

Joan fing mit dem Wandschrank an. Sie öffnete einen der Pappkartons, die sie aus dem Flur mitgebracht hatte, und faltete dann die Kleider zusammem und legte sie hinein. Es waren nicht viele. Janie Rose hatte nicht gerne Kleider getragen, auch wenn ihre Mutter davon geträumt hatte, sie mit Organdy und gepunktetem Musselin herauszuputzen. Die Kleider, die Janie selbst ausgesucht hatte, waren rot kariert, und die Nähte der Schärpen gingen auseinander, weil Janie die Angewohnheit hatte, sie zu fest zu binden. Dann kamen mehrere Stapel Latzhosen, fast alle selbstgenäht und Erbstücke von Simon, und ganz unten im Schrank lagen die paar Sachen, die Janies Mutter ohne sie gekauft hatte – rosafarbene und weiße Sachen, mit »Little Miss Chubby«-Etiketten im Kragen. Während Joan diese Kleider zusammenfaltete, hatte sie auf einmal deutlich vor Augen, wie Janie Rose am Sonntag morgen mühevoll eines davon anzog. Sie zog sich immer falsch herum an. Sie weigerte sich, Kleider über den Kopf zu streifen, weil sie befürchtete, unsichtbar zu werden. Deshalb stieg sie zuerst in das Kleid und zerrte es dann, grunzend und schimpfend, über die Hüften nach oben. Manchmal zerrissen die Säume, weil nicht vorgesehen war, daß jemand das Kleid auf diese Weise anzog. Sie hatte eine spezielle Methode entwickelt, um zu verhindern, daß ihr Petticoat mit dem Kleid hochrutschte – sie beugte sich vor und klemmte ihn zwischen die Knie, und während sie sich mit dem Kleid abmühte, stand sie x-beinig und mit nach innen gedrehten Füßen da, hielt mit den Knien den Petticoat fest und weinte meistens. Auch sonst weinte sie oft leise vor sich hin.

Als Joan den Wandschrank ausgeräumt hatte, war der Pappkarton erst zu zwei Dritteln gefüllt. Auf dem Boden des Schranks lagen nur noch ein paar Kleiderbügel und Kaugummipapiere herum. Es sah jetzt noch deprimierender aus als zuvor. Joan schloß die Schranktür, zog dann den Karton vor die Kommode und begann auch sie auszuräumen.

Im ersten Stock schlug eine Tür zu. Joan erstarrte und lauschte in der Hoffnung, daß es nur der Wind gewesen sei, aber dann hörte sie Simons Schritte auf der Treppe. Zuerst hatte sie Angst, er würde nach ihr suchen, aber dann verriet ihr das leise schnaufende Geräusch, daß er sich im Wohnzimmer in den Ledersessel gesetzt hatte, und sie entspannte sich wieder. Er wollte momentan bestimmt niemanden sehen. Sie strich sich die Haare aus dem Gesicht und zog die nächste Schublade auf.

Janie Rose besaß unglaublich viele Duftkissen. Joan hatte gar nicht gewußt, daß es so viele verschiedene Sorten gab. In jeder Schublade lagen gleich mehrere, und ihre Gerüche vermischten sich miteinander – Zitronenstrauch, Lavendel, Rosenblüten. Und dazwischen hatte sie alte Parfümflakons ihrer Mutter verteilt, die unverschlossen waren und ebenfalls starke Düfte verströmten, so daß Joan durcheinandergeriet und die Gerüche nicht mehr unterscheiden konnte. Sie wunderte sich, daß Janie Rose, trotz ihrer parfümierten Unterwäsche, nur nach Ivory-Seife und Knetgummi gerochen hatte. Vor allem, weil sie manchmal so *viel* Unterwäsche trug. An schlimmen Tagen, wenn sie glaubte, die ganze Welt habe sich gegen sie verschworen, oder wenn sie verängstigt war, zog sie mehrere Schichten von Unterhemden und Schlüpfern übereinander an. Über diesem Wust aus Unterwäsche ließen sich ihre Jeans kaum noch zuknöpfen, und wenn sie eine Latzhose trug, waren die Träger bis zum Zerreißen gedehnt. Manchmal zwang ihre Mutter sie, die überflüssigen Sachen wieder auszuziehen, und manchmal nicht (»Es ist hoffnungslos mit ihr«, pflegte ihre Mutter in solchen Fällen resigniert zu sagen), aber normalerweise zog Janie, sofern der Tag einen günstigen Verlauf nahm, von allein ein paar Schichten aus. An den Abenden ihrer schlimmen Tage langte Simon, sobald sie sich zum Abendessen hingesetzt hatten, über den Tisch und kniff einen Träger ihrer Latzhose zusammen, um festzustellen, wie viele Träger sich darunter verbargen. Das war seine Art zu fragen, wie es ihr ging. Wenn sie sich inzwischen wieder besser fühlte, kicherte sie nur, und dann lachte er. Aber an anderen Tagen zuckte sie zusammen, wenn er sie anfaßte, und zog die Schultern hoch, und in solchen Fällen schwieg Simon und richtete seine ganze Aufmerksamkeit auf das Essen.

Aus dem Wohnzimmer hörte Joan das Quietschen, als Simon aus dem Ledersessel aufstand, und das Geräusch seiner Schritte auf dem Teppich. Sie war gerade dabei gewesen, den Karton zu verschließen, hielt jedoch inne und wartete regungslos; die Schritte kamen näher, und dann erschien Simon in der Tür. »Hey, Joan«, sagte er. Er hatte irgend etwas Weißes im Gesicht.

»Hey.«

Er schaute mit starrer Miene die Pappkartons an, ging dann zum Bett hinüber, setzte sich und griff nach dem Teddybär.

»Hallo, Ernest«, sagte er. Er legte Ernest mit dem Gesicht nach unten in seinen Schoß, streichelte mit einer Hand den Hals des Bären und beugte sich vor, um Joan zuzuschauen.

»Ich packe ein paar Sachen ein«, erklärte sie ihm.
»Ja, das sehe ich.«
Sie verschloß den Karton, indem sie die Laschen übereinander schob, und dann stand sie auf und zerrte den Karton zum Wandschrank. »Ein paar von den Sachen im Regal gehören dir«, sagte sie zu Simon, während sie die Schranktür öffnete. Der Karton schleifte über die Bügel auf dem Boden. »Nimm sie dir lieber, ehe ich sie einpacke.«
»Nichts davon gehört mir«, sagte Simon, ohne auf das Regal zu schauen.
»Doch. Das Xylophon zum Beispiel.«
»Ich spiele nicht mehr darauf. Hast du vergessen, daß ich mit so was nicht mehr spiele?«
»Verstehe.«
»Ich habe es verschenkt.«
»Verstehe.«
»Sachen sind beständiger als Lebewesen.«
»Das stimmt«, sagte Joan. Sie nahm einen Armvoll Sachen aus dem Regal – glänzende, unbenutzte Puppen, eine Packung Schokoladenzigaretten und eine unzerbrechliche gelbe Plastik-Schallplatte, die Janie Rose für einen Gutschein auf einer Corn-flakes-Packung bekommen hatte. Joan warf das alles ungeordnet in einen zweiten Karton und holte dann die nächste Ladung. »Hast du heute mittag bei James etwas Gutes zu essen bekommen?« fragte sie.
»Nein.«
»Hat es dir nicht geschmeckt?«
»Ich hatte überhaupt kein Mittagessen«, sagte Simon. »Weil ich nichts gegessen habe.«
»Oh.«
»Wenn ich etwas gegessen *hätte*, wäre es eine Pizza gewesen.«
»Ach so.«
Sie warf eine weitere Ladung in den Karton, der inzwischen zur Hälfte gefüllt war. Puppenarme hatten sich in Autorädern verhakt, und es sah aus, als sei der Karton mit lauter Gerümpel gefüllt.
»Soll ich dir ein Sandwich machen?« sagte sie schließlich.

»Nee.«
»Willst du einen Apfel?«
»Nee.«
Er ging zu ihr hinüber und legte den Bären vorsichtig auf die anderen Sachen. »Ich habe bei James ein Foto gesehen«, sagte er, während er zum Bett zurückging, um sich wieder hinzusetzen. »Also, dieser Ansel.«
»Was ist mit ihm?«
»Ich hasse ihn, das ist alles. Ich hasse ihn.«
Als es so aussah, als würde er nichts weiter sagen, räumte Joan die wenigen Sachen weg, die noch auf dem Regal standen. Hin und wieder schaute sie in Simons Richtung, aber er saß still da, hatte den Rücken gegen die Wand gelehnt und starrte ausdruckslos vor sich hin. Schließlich sagte sie: »Na ja, Ansel ist manchmal schwierig. Das weißt du doch.« Aber Simon reagierte nicht.
Das Zimmer war mittlerweile kahl: es waren nur noch die Sachen auf der Wäscheleine übrig. Joan schob den zweiten Karton in den Wandschrank und sagte dann: »Ich gehe kurz nach draußen. Danach mache ich dir ein Sandwich.« Simon stand auf, um ihr zu folgen. »Ich bin gleich zurück«, sagte sie, aber Simon kam trotzdem mit, und sie gingen den Flur entlang bis in die Küche und dann durch die Fliegengittertür nach draußen.
Es war heiß, und der Wind kräuselte und zerzauste das Gras auf der großen Wiese hinterm Haus. Die wenigen Sachen auf der Wäscheleine – Simons Badehose und Janies Reifrock und ihre Sonntagsbluse – flatterten so heftig, daß sie leise knackende Geräusche machten. Während Joan Janies Sachen abnahm, lief Simon in der Nähe herum und knickte Grashalme.
»Simon«, rief sie ihm zu, »was für ein Sandwich willst du?«
»Ich habe keinen Hunger.«
»Ich mache dir nur ein kleines. Geh und hol deine Mutter und deinen Vater; die beiden müssen auch etwas essen.«
»Kannst du das nicht tun?«
»Los, mach schon, Simon.«
Er zuckte die Schultern und ging lustlos aufs Haus zu. Auf dem Weg dorthin kickte er immer wieder kleine Steine zur Seite.

»Na gut«, sagte er. »Aber ich sage ihnen, daß du mich geschickt hast.«
»Sie werden nichts dagegen haben, daß du kommst.«
»Glaubst du wirklich?«
Er knallte die Gittertür hinter sich zu. Nachdem er verschwunden war, blieb Joan noch einen Moment lang im Garten stehen, drückte Janies Sachen an sich und spürte, wie die Feuchtigkeit durch ihre Strümpfe drang. Sie wäre am liebsten einfach weggegangen. Wenn Simon nicht da wäre, würde sie es tun; sie würde an einen Ort fahren, wo sie allein sein und über alles in Ruhe nachdenken konnte. Aber ihr wurde an den Füßen langsam kalt, und sie mußte die Sandwiches machen. Sie schüttelte sich die Haare aus der Stirn und ging zurück zum Haus. Je näher sie dem Haus kam, desto leiser wurde der Wind, und als sie die Küche betrat, fühlte sich die plötzliche Stille in ihren Ohren seltsam an.
Joan packte die Sachen von der Wäscheleine in einen Karton und ging dann zurück in die Küche und lehnte sich gegen den Kühlschrank, während sie überlegte, was sie zu essen machen würde. Der Raum war derartig vollgestopft, daß es ihr schwerfiel nachzudenken. Überall stand Kleinkram, für den niemand einen Platz gefunden hatte, und setzte Staub an. Es gab keine Vorhänge in der Küche, und auf den Fensterbänken lagen Tomaten, die dort reifen, sollten, neben abgerissenen Knöpfen. Und hinter dem Herd waren zwanzig oder dreißig Zeichnungen so dicht nebeneinander an die Wand geklebt, daß sie beinahe wie eine Tapete aussahen. Die meisten stammten von Simon – Soldaten und Ritter und maskierte Männer mit gezückten Pistolen. Seine Mutter glaubte, daß aus ihm später vielleicht ein Künstler werden würde. Dazwischen gab es einzelne Zeichnungen von Janie Rose, die alle denselben, wie einen Lutscher geformten Baum mit zahllosen, winzigen runden Äpfeln zeigten. Sie sagten, es sei der Baum hinterm Haus, aber das war nur ein kleiner krüppeliger Baum ohne Blätter; er hatte noch nie Früchte getragen, und selbst wenn, hätte er keine Äpfel getragen, denn es war eine andere Baumart. Einmal hatte ihre Mutter gesagt: »Janie, mein Schatz, warum läßt du dir nicht mal Neues einfallen?«, und Janie

war heulend auf den Dachboden gerannt und wollte nicht wieder runterkommen. Aber am nächsten Tag hatte sie gesagt, sie würde etwas anderes malen. Sie kam mit einer Schachtel voller Buntstiftstummel und einem riesigen Blatt des weichen gelblichen Papiers, das sie immer benutzte, in die Küche, wo sich alle versammelt hatten. »Was könnte ich denn *sonst* noch zeichnen?« fragte sie, und ihre Mutter sagte: »Na ja, wie wär's mit einem Haus? Andere Kinder malen zum Beispiel Häuser.« Dann hatten sich alle über sie gebeugt, und sie hatte einen senkrechten Strich und ein Fenster gezeichnet, darüber dann einen grünen Kreis und in ihn viele rote Äpfel. Die anderen setzten sich wieder hin und schauten sie an; sie hatte einen Apfelbaum mit einem Fenster gemalt. »Oje«, sagte sie reumütig, und dann grinste sie und fing an, den Kreis mit einem grünen Buntstift auszumalen. Danach hatte sie es nie wieder mit einem Haus versucht. Sie konzentrierte sich auf Apfelbäume und schrieb in eine Ecke des Blatts »Miss J. R. Pike« in großen lilafarbenen Buchstaben. Simon signierte seine Zeichnungen nicht, aber das lag nur daran, daß seine Mutter gesagt hatte, sie würde seinen Stil jederzeit wiedererkennen.

Als Simon wieder nach unten kam, trug er seine Stiefel, und er versuchte, beim Gehen den Fußboden erzittern zu lassen. »Papa kommt und Mama nicht«, sagte er. »Sie hat keinen Hunger.«

»Hast du sie gefragt, ob sie einen Kaffee möchte?«

»Dazu bin ich nicht gekommen. Sie hat mich weggeschickt, weil sie sich ausruhen will.«

»Na, dann lauf noch mal hoch und frag sie.«

»Auf keinen Fall«, sagte Simon. Er setzte sich mit Nachdruck auf einen der Stühle.

»Lauf bitte schnell hoch, Simon –«

»Das tu ich nicht«, sagte er.

Joan dachte einen Augenblick lang nach, und dann sagte sie: »Na gut.« Sie streckte die Hand aus, um sein Haar glattzustreichen, und für einen Moment schien er sie gewähren zu lassen, aber dann schüttelte er ihre Hand ab.

»Papa will nur eine Cola«, sagte er zu ihr.

»Er muß auch etwas essen.«

»Nein. Er sagte – he, Joan?«

»Ja.«
»Ich habe eine Idee.«
»Was denn?«
»Warum gehen wir beide nicht essen? Hättest du Lust?«
»Das geht nicht«, sagte Joan.
»Wir könnten dahin gehen, wo es die Hühnchen gibt.«
»Wir müssen zu Hause bleiben, Simon.«
»Ich würde auch bezahlen.«
»Nein«, sagte Joan, und sie berührte erneut eine abstehende Haarsträhne von ihm. »Du bist doch sonst derjenige, der nur ungern außer Haus ißt. Und jetzt hast du das in zwei Tagen schon zweimal vorgeschlagen.«
»Trotzdem«, sagte Simon. Aber er hatte offenbar erwartet, daß sie nein sagen würde, denn er lehnte sich wortlos zurück und trommelte mit den Fingern auf den Tisch. Im ersten Stock ging Mr. Pike über den Flur zur Treppe, und das Geräusch seiner Schritte erinnerte Joan daran, warum sie in der Küche war, und sie ging wieder zum Kühlschrank. Sie machte die Tür auf und betrachtete die vielen Schüsseln mit Speisen, die ihnen andere Leute gebracht hatten. Von der Küchentür her sagte ihr Onkel: »Ich will nur eine Cola, Joan«, kam dann zu ihr und bückte sich, um einen Blick auf die unteren Fächer zu werfen.
»Du mußt etwas Richtiges essen«, sagte Joan zu ihm.
»Ich kann nicht.« Er richtete sich auf und rieb sich die Stirn. Er war ein schlanker, knochiger Mann mit gebräunter, wettergegerbter Haut. Normalerweise arbeitete er auf dem Bau, aber er war Ende Juni für einen Monat entlassen worden und verbrachte daher, genau wie Joan, seine Zeit damit, Mr. Terry bei der Tabakernte zu helfen. Wegen der jahrelangen Arbeit unter freiem Himmel sah sein Gesicht aus, als wäre es mit Walnußöl gefärbt, und aus lauter Gewohnheit kniff er immer seine Augen zusammen, auch wenn er nicht in der Sonne war. Sie sahen aus wie schmale braune Schlitze, hatten dieselbe Farbe wie Simons und waren jetzt auf Joan gerichtetet, während er darauf wartete, daß sie etwas sagte.
»Mrs. Betts hat uns Geflügelsalat gebracht«, sagte Joan.
»Nein, danke.«

»Sie hat ihn so gemacht, wie du es magst, mit Piment.«
»Nein.«
»Iß wenigstens ein *bißchen*«, sagte sie. »Wenn du einen Moment wartest, mache ich einen Kaffee für Tante Lou.«
»Na gut«, sagte er.
Er setzte sich gegenüber von Simon unbeholfen an den Tisch, nachdem er die Beine seiner Sonntagshose ein Stück hochgezogen hatte, um die Bügelfalten zu schonen. »Wie war es bei dir?« fragte er Simon.
»Ging so.«
»Du hast Joan hoffentlich keinen Ärger gemacht.«
»Nein, Sir.«
»Er war ganz brav«, sagte Joan. Sie richtete den Salat an und stellte drei Teller auf den Tisch. Ihr Onkel beugte sich über seinen Teller, und während er ihn eingehend betrachtete, rieb er sich unruhig die Hände.
»Es freut mich, das zu hören«, sagte er schließlich. Als Joan ihn anschaute, sagte er: »Das über Simon, meine ich. Hast du bei James und Ansel gut gegessen, mein Junge?«
»Nein, Sir.«
»Weißt du, Joan, Dr. Kitt hat mir ein Rezept für deine Tante gegeben, aber ich möchte lieber nicht in die Stadt fahren und sie allein lassen. Würde es dir etwas ausmachen –«
»Ich erledige das nach dem Essen«, sagte Joan.
»Gut.«
Er ließ sich wortlos Geflügelsalat geben; sein Blick war starr auf Joans Hände gerichtet, während sie ihm auftat. Als sie begann, den nächsten Teller zu füllen, sagte er: »Vielen Dank«, und seine Stimme klang so belegt, daß er sich räuspern mußte. »Vielen Dank«, wiederholte er. Auch beim zweiten Mal hörte er sich heiser an. In den letzten drei Tagen hatte er fast ununterbrochen flüsternd auf seine Frau eingeredet, um zu verhindern, daß sie vollkommen in Verzweiflung versank. Vermutlich hatte er in dieser Zeit mehr geredet als in seinem ganzen bisherigen Leben. Normalerweise hörte er schweigend und irgendwie ehrfurchtsvoll dem Geplapper seiner Frau zu; er schien stets überrascht und ein wenig stolz zu sein, daß sie so viel zu sagen wußte.

Nachdem Joan den anderen aufgetan und Gabeln verteilt hatte, nahm sie selber Platz und sagte: »Eßt jetzt.« Sie schaute die beiden an, aber keiner von ihnen nahm seine Gabel in die Hand. »Na los«, sagte sie, und dann seufzte Simon und befestigte seine Papierserviette raschelnd am Hemdkragen.

»Ich komme mir vor wie beim Sonntagsessen.«

»Da ist was dran.«

»Und es kommt mir auch gar nicht wie nachmittags vor. Warum essen wir nachmittags? Und was den *Tag* betrifft, kommt es mir vor, als wäre Mittwoch.«

»Mittwoch?«

»Ja, es kommt mir vor wie Mittwoch.«

»Warum kommt es dir vor wie –?«

»Sie gibt sich selber die Schuld«, sagte Mr. Pike.

»Was?«

»Es bricht mir das Herz. Sie erzählt andauernd, daß sie an dem Tag gerade dabei war, das kleine Schwarze von Miss Brook umzunähen – ich konnte diese Miss Brook noch *nie* leiden –, als Janie Rose zu ihr kommt und sagt: ›Mama‹, sagt sie, ›ich geh zu –‹ Und Lou hat nicht verstanden wohin. Miss Brook klagte gerade über ihre Hammerzehen. ›Lou‹, habe ich zu ihr gesagt, ›Lou, ich glaube wirklich nicht, daß du etwas –‹, aber Lou ist überzeugt, daß es deshalb passiert ist. Sie hat Janie Rose immer verboten, mit den Marsh-Töchtern zu spielen. Sie hätte ihr *niemals* erlaubt, zu ihnen zu gehen, wenn sie es gewußt hätte. Aber sie war –«

»Sie hätte ihr auch niemals erlaubt, auf dem Trecker mitzufahren«, sagte Simon. »Das bringt bei Mädchen innendrin alles durcheinander.«

»Sei still«, sagte Joan zu ihm. »Alle beide. Ihr habt den Geflügelsalat noch nicht einmal angerührt.«

Ihr Onkel nahm seine Gabel in die Hand und lehnte sich Joan über den Tisch entgegen. »Sie glaubt, sie ist schuld«, sagte er.

»Ich weiß.«

»Ständig sagt sie –«

»Iß jetzt, Onkel Roy.«

Er begann zu essen. Seine Gabel traf regelmäßig mit einem leisen Klirren auf den Teller, er kaute schnell, und wenn er auf ein

Stück Sellerie biß, wurde die Stille von einem knirschenden Geräusch unterbrochen. Als er fertig war, füllte Joan ihm einen weiteren Löffel Salat auf den Teller, und er vertilgte, ohne Pause und ohne hochzuschauen, mechanisch auch diese zweite Portion. Simon hörte auf zu essen und starrte seinen Vater so lange an, bis Joan ihn mit dem Finger leicht am Handgelenk berührte. Daraufhin aß er weiter, wandte aber seinen Blick nicht ab. Als Mr. Pike nach der Schüssel griff und sich eine weitere Portion nahm, während er gleichzeitig noch an seinem letzten Bissen kaute, hastig und ohne zu atmen, so wie ein durstiger Mensch Wasser trinkt, schaute Simon, der gerade eine Gabel voll Essen zum Mund führte, mit großen Augen zu Joan hinüber, die seinen Blick stirnrunzelnd erwiderte und sich dann räusperte.

»Ähem, Mrs. Hammond hat heute angerufen«, sagte sie zu ihrem Onkel. »Sie hat das Talent, andere aufzuheitern; vielleicht könnte Tante Lou in den nächsten Tagen mit ihr reden. Ich habe ihr gesagt, sie soll morgen oder übermorgen wieder anrufen.«

»Erinnert ihr euch an Janie Rose?« fragte Simon.

Mr. Pike hörte auf zu kauen. »Was meinst du?« fragte er.

»Wißt ihr noch, wie sie sich am Telefon gemeldet hat. Sie hat nie ›Hallo‹ gesagt, sondern: ›Ich höre immer WKKJ, den Gute-Laune-Sender‹, weil sie hoffte, daß jemand von WKKJ am Apparat war und sie etwas gewinnen würde. Nur, daß WKKJ nie angerufen hat –«

»Simon, genug jetzt«, sagte Joan.

»Lou bricht mir das Herz«, sagte Mr. Pike.

»Würdet ihr das nicht auch komisch finden, wenn sich jemand so am Telefon meldet? ›Ich höre immer –‹«

»Sie konnte nichts dafür«, sagte Mr. Pike. »Ihr wißt ja. Janie hat nie besonders viel Aufmerksamkeit verlangt. Sie war bloß irgendwie –«

»Herr im Himmel«, sagte Joan.

Es klingelte an der Haustür. Das Geräusch war durchdringend und schnarrend, und Joan sprang so hastig auf, daß sie ihren Stuhl umstieß. Sie ließ ihn liegen, rannte aus der Küche, und während sie das Wohnzimmer durchquerte, strich sie ihren Rock vorne glatt und zwang sich, ihre Schritte zu verlangsamen. Hinter der Fliegengittertür standen, dicht nebeneinander, die beiden Schwestern Potter von nebenan und spähten hinein. Sie traten gleichzeitig zurück, damit Joan die Tür aufmachen konnte, und Miss Faye kam zuerst herein, dicht gefolgt von Miss Lucy.

»Wir wollten nur ganz kurz vorbeischauen«, sagte Miss Faye. »Und Ihnen etwas zum Abendessen bringen.«

»Kommen Sie doch bitte rein«, sagte Joan. »Bitte kommen Sie doch mit in die Küche.«

»Oh, ich glaube nicht –«

»Nein, wirklich, ich meine es ernst.« Sie griff nach Miss Fayes dickem Handgelenk und zog sie geradezu hinter sich her. »Wenn Sie wüßten, wie froh ich bin, Sie zu sehen«, sagte sie.

»Na gut, wenn Sie meinen –«

Sie gingen auf Zehenspitzen und trugen ihre zugedeckten Schüsseln wie Opfergaben vor sich her. Als sie die Küche betraten, stand Mr. Pike auf, um sie zu begrüßen. Sein Stuhl fiel ebenfalls nach hinten, so daß der Raum mit den umgefallenen Möbelstükken chaotisch wirkte. »Also, Miss, hm, Miss Lucy«, sagte er. »Und Miss Faye. So eine Überraschung. Kommen Sie bitte rein und setzen Sie –« Und er bückte sich, faßte beide Stühle gleichzeitig an den Lehnen an und stellte sie wieder auf. »Nehmen Sie doch bitte Platz.«

Joan holte den Stuhl, der neben dem Herd stand, und Miss Lucy ließ sich seufzend darauf nieder, während Miss Faye sich neben Simon setzte. »Wir bleiben nur einen Augenblick«, sagte Miss Lucy. Sie stellte die Schüssel, die sie trug, ruckartig auf den Tisch, lehnte sich zurück und schob den Riemen ihrer Handtasche an eine für sie bequemere Stelle auf ihrem Unterarm. Die Schwestern Potter hatten immer ihre Handtaschen dabei und trugen Hüte und Handschuhe, auch wenn sie nur zu den Nachbarn gingen. Sie waren klein und rundlich, etwa Anfang Sechzig, und soweit Joan wußte, hatten sie im Leben nur das eine Ziel: Sie wollten, daß Horden von Kindern aus der Nachbarschaft an ihre Tür klopften und um Kekse baten oder sich in ihrem Garten versammelten, sobald es aus ihrer Küche nach Zimtbrötchen roch. Und obwohl nie ein Kind kam (»Sie essen heutzutage lieber Schokoriegel«, sagte Miss Faye), buken sie weiterhin, aßen die

Kekse selber und wurden gemeinsam dick und unterhielten sich über ihre identischen Herzprobleme. Über diese Herzprobleme verbreitete sich Miss Faye gerade. Sie sagte: »Also, Roy, Sie und Lou, Sie wissen bestimmt beide, wie sehr wir uns gewünscht hätten, heute mit auf den Hügel zu steigen. Wenn wenigstens irgendein Weg hinaufführte, und sei es auch nur ein *Trampelpfad*, dann wären wir mitgekommen. Aber unter den gegebenen Umständen war es einfach zu riskant. Das wissen Sie bestimmt.«

Und Mr. Pike sagte: »Ja, ich weiß, ich weiß«, und nickte bedächtig. Offenbar hatte er ihr nicht zugehört. An seinem Kinn klebte ein Stückchen Hühnerfleisch, was zur Folge hatte, daß die beiden Schwestern höflich den Blick auf ihre Handschuhe gerichtet hielten, anstatt ihn anzuschauen. Joan bot ihm eine Papierserviette an, aber er nahm sie nicht; er saß vornübergebeugt auf seinem Stuhl und sagte: »Es war wirklich nett von Ihnen herzukommen. Danke, daß Sie uns etwas zum Abendessen gebracht haben.«

»Das ist doch das mindeste, was wir tun können«, sagte Miss Lucy. Sie schaute sich um, blickte zur Küchentür und fuhr dann mit leiser Stimme fort: »Sagen Sie, wie geht es ihr? Wie geht es Lou?«

»Es bricht mir das Herz«, sagte Mr. Pike.

»Oje.«

»Ich kann gar nichts für sie tun. Sie sitzt nur da. Wenn sie bloß damit aufhören würde, sich selbst die Schuld zu geben –«

»Das tun Mütter immer«, sagte Miss Faye.

»Sie sagte, sie hat sich niemals genug um Janie gekümmert.«

»Hör sich das einer an.«

»Hat ihr nie genug Aufmerksamkeit geschenkt.«

»Man findet immer einen Grund«, sagte Miss Lucy. »Ich habe das oft genug erlebt.«

»Vielleicht, wenn Sie mit ihr reden...«, sagte Mr. Pike. Er schob seinen Teller weg und richtete sich auf. »Könnten Sie vielleicht schnell mal zu ihr hochlaufen?«

»Nun ja, schnell laufen nicht gerade, aber –«

»So habe ich das nicht gemeint«, sagte er. »Sie können sich auf der Treppe so viel Zeit lassen, wie Sie wollen. Aber es wäre schön, wenn Sie kurz mit ihr reden, falls es Ihnen nichts ausmacht –«

»Natürlich macht uns das nichts aus«, sagte Miss Faye. »Es wäre uns eine Ehre.« Sie hob die Hände, um ihren mit Blumen geschmückten Hut geradezurücken. Es sah so aus, als hätte sie gerne für diesen besonderen Anlaß einen zweiten Hut über dem ersten aufgesetzt. Und Miss Lucy zog an ihren Handschuhen, bis sie vollkommen glatt waren, und verschränkte dann die Hände fest über ihrer Handtasche.

»Ich will Ihnen keine Ungelegenheiten bereiten«, sagte Mr. Pike.

»Hören Sie doch auf, Roy Pike.«

Beide standen mit sehr steifem Rücken gleichzeitig auf. Aber schon auf dem Weg durch die Küche gingen sie, als Vorbereitung auf die Treppenstufen, sehr langsam. »Seien Sie vorsichtig«, bat Joan sie. »Onkel Roy, paß auf, daß die beiden nicht außer Atem geraten.«

»Mach ich.«

Aber Simon blickte ihnen stirnrunzelnd nach. »He, Joan«, sagte er.

»Hmmm?«

»Abends vorm Schlafengehen brauchen sie für die Treppe eine halbe Stunde. Sie gehen zwei Stufen hoch und machen dann eine Pause und unterhalten sich; sie nehmen sogar ihr Strickzeug mit.«

»Also, das finde ich ziemlich albern«, sagte Joan.

»Ist es möglich, daß sie auf unserer Treppe zusammenbrechen und sterben?«

»Nein, ist es nicht«, sagte sie. »So was passiert nicht so leicht.«

»Woher weißt du das?«

»Ich habe gehört, was Dr. Kitt zu ihnen gesagt hat. Sie dürfen bloß nicht zu stark außer Atem geraten, und keinen Marathonlauf machen, das ist alles. Er sagte –«

»Ich habe eine Idee«, sagte Simon.

»Was?«

»Hör zu.« Er stand auf, ging um den Tisch und stellte sich, die Finger in die Gürtelschlaufen seiner Hose gehakt, direkt vor sie hin. »Wie wär's, wenn wir ins Kino gehen?« sagte er. »In den Tarzan-Film.«

»An einem Tag wie heute gehört sich das nicht.«

»Aber ich muß hier raus«, sagte er.

Sie schaute nachdenklich auf ihn herunter. Sein Gesicht wirkte dünn und angespannt. An einigen Stellen klebte immer noch Mehl wie die Schminke eines traurigen Clowns, und sein Haar stand in wirren Strähnen vom Kopf ab.

»Na ja, ich muß sowieso Tante Lous Rezept einlösen«, sagte sie. »Aber ich nehme dich nur mit, wenn du dir vorher die Haare kämmst.«

»Mach ich.«

»Gut, dann gehen wir.«

»Jetzt gleich?«

»Wenn du willst?«

Er nickte, aber auf seinem Gesicht lag immer noch der angespannte Ausdruck, und er wandte sich zur Tür, um nach oben zu gehen, drehte sich aber gleich wieder um. »Ich wasche mich unten«, sagte er.

»Hier ist aber keine Seife.«

»Das ist mir egal.«

Er drehte den Wasserhahn der Spüle auf, machte sein Gesicht naß und griff dann tropfend nach dem Geschirrhandtuch. »Mein Taschengeld ist oben in meinem Zimmer«, sagte er. »Kannst du mir das Geld leihen? Ich zahle es dir morgen zurück.«

»Okay.«

Sie ging, gefolgt von Simon, ins Wohnzimmer und gab ihm aus ihrer Handtasche einen Kamm. Während er sein Haar kämmte, ging sie nach oben, um ihre Schuhe zu holen. Die Tür zum Schlafzimmer der Pikes stand jetzt offen. Mrs. Pike lag, gegen zwei Kissen gelehnt, auf dem Bett, und die Potter-Schwestern standen neben ihr und redeten ununterbrochen, und als Joan vorbeiging, folgten ihr die sanften blauen Augen ihrer Tante, aber sie schien sie gar nicht richtig wahrzunehmen, und darum ging Joan nicht zu ihr hinein. Sie zog ihre Schuhe an, nahm einen

Schal mit und kehrte nach unten zurück, wo Simon sie erwartete. Er hatte eine Hand auf den Treppenpfosten gelegt und schaute angestrengt nach oben.
»Was machen sie?« fragte er sie.
»Ich weiß nicht.«
»Weinen sie?«
»Ich glaube nicht.«
»Also, ich *wäre* ja nach oben gegangen«, sagte er. »Das weißt du doch, oder?«
»Ich weiß.«
»Dachtest du, ich traue mich nicht?«
»Nein.« Sie warf einen Blick auf die Treppe und seufzte plötzlich. »*Ich* habe keine Ahnung, wie man Menschen tröstet«, sagte sie.
»Tja.«
Sie gingen durch die Vordertür, über die Veranda und die Holzstufen hinunter. Draußen wurde es langsam kühler. Joan hörte in der Ferne Laubfrösche quaken, und der Wind hatte so weit nachgelassen, daß das Geräusch der Autos auf dem östlichen Highway an ihre Ohren drang. Sie verschränkte die Hände auf dem Rücken und folgte Simon, der querfeldein in Richtung Stadt ging.
»Denk daran, daß ich hohe Absätze trage.«
»Ich denk daran.«
»Denk daran, daß man in solchen Schuhen nicht so gut laufen kann.«
Er drehte sich um und wartete auf sie, während er langsam rückwärts weiterging. Hinter ihm und neben ihm erstreckte sich das weite, golden leuchtende Feld, auf dem hier und da langstielige Blumen wuchsen, deren gelbe Blüten in der Sonne glitzerten. Als Joan und Simon auf gleicher Höhe waren, drehte Simon sich erneut um und lief neben Joan her. Sie sah jetzt, daß sein Haar, das oben auf dem Kopf von der Sonne gebleicht war, hier draußen aussah wie lackiert und daß der dünne Flaum auf seinem Nacken in der gleichen goldenen Farbe schimmerte wie das Feld um sie herum. »Genau an dieser Stelle…«, sagte er, aber in dem Moment wurde der Wind stärker und verwehte seine restlichen Worte.

»Was?« fragte sie.
»Genau an dieser Stelle habe ich den Baseball verloren. Guck mal, ob du ihn siehst.«
»Mach ich.«
»Glaubst du, daß ich ihn jemals wiederfinde?«
»Nein.«
»Ich auch nicht«, sagte Simon.
Aber sie gingen dennoch langsam, hefteten den Blick auf den Boden und traten in die Büschel aus wildem Weizen, um zu sehen, ob sich darin etwas verbarg.

3

»Bitte stillhalten«, sagte James.
Er beugte sich vor und schaute durch den Sucher seiner Kamera. Niemand hielt still. Der Rasen vor dem Haus der Hammonds wurde von den aus allen Teilen des Bundesstaates angereisten Teilnehmern des Familientreffens bevölkert; sie knieten, saßen oder standen in mehreren Reihen hintereinander, und auf allen Seiten ragten Arme und Beine und Teile von Kleidern über den Rand des Suchers hinaus. Einige Babys waren ganz aus dem Bild gekrabbelt. Trotzdem lächelten die Erwachsenen, die alle die gleichen mattblauen Augen hatten, fröhlich in die Kamera, da sie überzeugt davon waren, daß sie mitsamt ihrer Kinder für kommende Generationen vollständig im Bild festgehalten wurden. James richtete sich auf und schüttelte den Kopf.
»So geht's nicht«, sagte er. »Sie haben sich schon wieder alle bewegt. Rücken Sie bitte dichter zusammen.«
Er wartete geduldig, die Arme in die Seiten gestemmt. Es war jedes Jahr dasselbe. Seit fünf Jahren mußte er ein Gruppenbild vom Familientreffen der Hammonds für die Lokalzeitung machen und dazu zwei oder drei Fotos, von denen sich die Hammonds dann jeweils eins für ihre Fotoalben aussuchten. Inzwischen hatte er sich damit abgefunden; es machte ihm sogar ein wenig Spaß. Lächelnd beobachtete er, wie die vielen Hammonds mit Seitwärtsbewegungen und starr auf den Fotoapparat

gerichteten Blicken gehorsam näher zusammenrückten. Dadurch glichen sie bunten Papierpuppen-Ketten, die im Sonnenlicht schimmerten. Die bestickten Kleider und Seersucker-Anzüge verschwammen zu einer helleuchtenden Fläche, die James blendete. Er legte eine Hand über die Augen, sagte dann: »Okay«, und beugte sich wieder über seinen Fotoapparat. Aber schon wieder bewegte sich jemand. Diesmal war es Großtante Hattie, weil sie husten mußte. Sie saß in der ersten Reihe in einem Korbstuhl. Zu ihren Füßen tummelten sich Kinder und Haustiere, und hinter ihr bildeten die Erwachsenen eine schützende Mauer. Als der Hustenanfall begann, drängten sie im Halbkreis noch näher an sie heran, und ihr ältester Neffe beugte sich über sie, so daß ihre Köpfe auf gleicher Höhe waren. Der Abstand zwischen den Hustern wurde länger. Nach einer Weile hob der Neffe seinen Kopf und sagte: »Es tut ihr leid, sagt sie.« Hinter ihm murmelten die anderen, daß es ihnen nichts ausmache. »Sie hat sich verschluckt«, erklärte der Neffe.
Jemand rief: »Gebt ihr etwas Vollkornbrot.« Und jemand anderes sagte: »Nein, lieber ein Stück Kandiszucker.« Aber die Tante streckte ihre faltigen Hände aus, die Handflächen nach unten und die Finger gespreizt, um deutlich zu machen, daß es ihr besserging und das Thema erledigt sei. »Gehen Sie zurück an ihre Plätze«, sagte James, und die zwanzig oder dreißig Hammonds, die sich um die Tante geschart hatten, nahmen ihre ursprünglichen Positionen wieder ein und setzten unbewegte Mienen auf. Mütter hielten sich am Arm ihres Nachbarn fest, verdrehten die Köpfe und schauten besorgt die Reihen entlang, um sich zu vergewissern, daß ihre Kinder brav waren, und Väter schoben die Daumen unter ihre Gürtel und starrten in die Kamera. »Nicht bewegen«, sagte James. Als er auf den Auslöser gedrückt hatte, ging ein Raunen durch die Gruppe, und alle entspannten sich. »Das war das zweite Foto«, rief er der Gastgeberin zu. »Soll ich noch mehr machen?«
»Ja, noch eins, James.«
Während er sich an der Kamera zu schaffen machte, fingen die Leute wieder an zu reden, blieben aber auf ihren Plätzen stehen; einige zündeten sich Zigaretten an. Er betrachtete sie durch den

Sucher. Normalerweise hätte er, um die gelöste Stimmung einzufangen, die Aufnahme in diesem Moment gemacht, aber Familienfotos waren etwas Besonderes. Ihm gefiel es, wenn die Leute steif und verlegen in bunt zusammengewürfelten Reihen vor ihm standen und ihre verkrampften Gesichter zu einer Fläche verschmolzen. »Ich bin soweit«, warnte er sie, und sie taten das Übliche – hörten auf zu reden, kniffen die Augen zusammen und strafften die Schultern. Er fotografierte sie in dieser Haltung. Dann sagte er: »Das war's«, und betrachtete die Kinder, die sich schüttelten und auseinanderliefen, um zu spielen.

Die Gastgeberin kam in einem weitschwingenden Spitzenkleid auf ihn zu, und die hohen Absätze ihrer Pumps versanken bei jedem Schritt im Boden. »Ich möchte Sie noch um ein weiteres Foto bitten, James«, sagte sie, blieb dann stehen und schaute ihrem jüngsten Sohn hinterher. »Joey, du weißt genau, daß du nicht auf dem Hund reiten darfst«, rief sie.

»Ja, Mutter.«

»Ich möchte, daß Sie ein Foto von Großtante Hattie machen«, sagte sie zu James. »Sie ist mittlerweile sehr alt. Würden Sie das tun?«

»Wenn sie einverstanden ist«, sagte James.

»Das ist sie nicht.«

»Dann sollten wir vielleicht –«

»Machen Sie sich darüber keine Sorgen«, sagte Mrs. Hammond. »Ich werde sie überreden. Dort drüben gibt es jetzt Eiscreme. Holen Sie sich eine Portion, und wenn Sie die aufgegessen haben, ist Tante Hattie soweit. In Ordnung?«

»Na ja, gut«, sagte James. Aber Mrs. Hammond hatte seine Antwort gar nicht abgewartet und war bereits weggegangen.

Er klappte seine Fotoausrüstung zusammen und stellte sie auf die Veranda, damit sie vor den Kindern in Sicherheit war. Dann ging er durch den Garten zur Auffahrt, wo die Leute Schlange standen, um ein Eis zu bekommen. Sie wirkten jetzt anders als noch vor wenigen Minuten, beweglich und agil und hatten keine Ähnlichkeit mehr mit Papierpuppen. James bedauerte das in gewisser Weise. Einige der besten Fotos, die er besaß, zeigten stocksteif in Reih und Glied aufgestellte Familien – die Hammonds, die Ballews oder Burnetts. Er bewahrte Abzüge davon in einem Ordner in seiner Dunkelkammer auf, und an manchen langen, einsamen Tagen holte er sie hervor und betrachtete sie, und wenn er sie zu lange anschaute, stieg eine unbestimmte Traurigkeit in ihm auf. Es war durchaus möglich, daß er ein Mitglied dieser Familie noch wenige Stunden zuvor im Eisenwarenladen gesehen hatte, aber wenn er dessen Gesicht auf den Bildern betrachtete, wirkte es verloren und wie aus einer vergangenen Zeit. (»Ich wünschte, du würdest nur ein einziges Mal ein *lustiges* Foto machen«, sagte Ansel. »Du machst mich ganz trübselig.«) Bei diesem Gedanken mußte er lächeln, und das Mädchen, das vor ihm stand, drehte sich um und schaute zu ihm hoch.

»Ich dachte gerade an etwas«, erklärte er ihr.

»Das sah man dir auch an«, sagte sie. Sie hieß Maisie Hammond und wohnte am anderen Ende der Stadt, und gelegentlich besuchte sie Ansel. Sie fand Ansel großartig. Als James gerade darüber nachdachte, sagte sie: »Wie geht es deinem Bruder?«, und er lächelte sie an.

»Ganz gut«, sagte er. »Er ist zu Hause und liest Zeitschriften.«

»Grüß ihn bitte von mir.« Die Schlange bewegte sich ein Stück vor, und da sie James immer noch anschaute, mußte sie rückwärts gehen. Hier draußen im Sonnenlicht sah sie richtig hübsch aus; ihr flachsblondes Haar glänzte, und ihre helle Haut wirkte beinah durchsichtig, aber Ansel sagte immer, sie sei unattraktiv und habe es nur darauf abgesehen, sich einen guten Ehemann zu schnappen (es ging das Gerücht, daß James und Ansel aus einer vornehmen Familie stammten). Wenn sie zu Besuch kam, drehte Ansel immer das Gesicht zur Wand und stellte sich kränker, als er war. Er wollte sie auf diese Weise verscheuchen, aber Maisie blieb deshalb nur um so länger und schwirrte besorgt um ihn herum. Sie kümmerte sich gerne um andere Leute. Sie brachte Ansel Kissen und Eiswasser, aber er wies alles mit einer wedelnden Handbewegung zurück. Einmal sagte James, nachdem sie gegangen war: »Ansel, warum behandelst du sie immer so schlecht?« Aber an dem Tag war es Ansel gelungen, sogar sich selber was vorzumachen, und er warf nur sorgenvoll den auf ein Kissen gebetteten Kopf herum, weil er sich so schwach fühlte. Um das Verhalten seines Bruders wettzumachen (auch wenn Maisie überhaupt nicht bewußt war, daß es etwas wettzumachen gab), trat James jetzt näher an sie heran und sagte: »Maisie, du bist seit zwei Wochen nicht mehr bei uns gewesen.«

»Seit zwei *Tagen*«, sagte Maisie. »Ich war vorgestern bei euch.«

»Davon weiß ich gar nichts.«

»Du warst unterwegs. Du hast irgend etwas für die Pikes erledigt.«

Der Mann vor ihr ging mit seinem Becher Eis weg, und Maisie drehte sich wieder um und nahm zwei Pappbecher von dem Stapel auf dem Tisch. »Hier«, sagte sie. Sie gab ihm ein Karameleis, auf dem ein kleiner Papplöffel lag. »Das Erdbeereis haben die Kinder schon aufgegessen.«

»Macht nichts«, sagte James. »Ich mag sowieso kein Erdbeereis.«

Er folgte ihr durch den Vorgarten, denn er zog es vor, bei ihr zu bleiben, anstatt die Gespräche von Leuten, die sich nur einmal im Jahr sahen, zu stören. Als sie sich auf den Verandastufen niederließ und ihren Rock um sich herum ausbreitete, sagte er: »Hast du was dagegen, wenn ich mich zu dir setze?« Sie schüttelte den Kopf, konzentrierte sich jedoch ausschließlich auf das Öffnen ihres Eisbechers.

»Ich werde ein Foto von deiner Großtante machen.«

»Oh.«

»Sitzt du gerne in der Sonne?«

»Ja«, sagte sie. Aber sie sah aus, als sei ihr zu heiß; sie war mager und wirkte zerbrechlich, und wenn sie sich nur ein bißchen unwohl fühlte, hatte man den Eindruck, sie werde gleich zusammenbrechen. James war an Joan gewöhnt, die robust und kräftig war.

Als er den Deckel von seinem eigenen Becher abgezogen und den Papplöffel in das Eis gesteckt hatte, sagte er: »Es scheint schon halb geschmolzen zu sein.« Maisie reagierte nicht. Sie starrte in

den Garten. »Iß deins lieber, ehe Milch daraus wird«, empfahl er ihr.
Aber Maisie sagte: »Ansel lag auf dem Sofa, als ich ihn besuchen kam.«
»Das tut er öfters«, sagte James.
»Ich meine damit, er lag still. Er rührte sich nicht.«
»Tja, es war nett von dir, ihn zu besuchen.«
Sie schüttelte ungeduldig den Kopf, so als habe er sie nicht richtig verstanden. »Du warst unterwegs«, erklärte sie ihm. Sie schien noch mal von vorne anfangen und ihm alles ein zweites Mal erzählen zu wollen. »Du warst nicht da.«
»Ich habe für Mr. Pike etwas erledigt«, sagte James.
»Das hat Ansel auch gesagt.«
»Es tut mir leid, daß ich nicht da war.«
»Als ich ins Zimmer kam, sagte ich: ›Hallo, Ansel‹, aber Ansel schien mich nicht einmal zu hören. Er lag bloß da. Ich sagte: ›He!‹, und er zuckte zusammen. Er war völlig in Gedanken versunken.«
James rührte sein Eis um. Es war jetzt eine breiige Masse, so wie er es gerne mochte. Dann schaute er hoch, und als er bemerkte, daß Maisie ihm naserümpfend zusah, hörte er auf zu rühren und fing an zu essen. »Ansel ist ein großer Tagträumer«, sagte er mit vollem Mund.
»Er träumte nicht.«
»Oh.«
»Er weinte, beinah zumindest.«
»*Ansel*?«
»Na ja, fast«, sagte Maisie. Sie beugte, das noch immer unangetastete Eis in der Hand, den Oberkörper vor. »Ich sagte: ›Was ist denn los, Ansel?‹ Aber er gab keine Antwort. Seine Augen waren ganz feucht.«
»Du darfst die Sache mit Janie Rose nicht vergessen«, sagte James. »Das war erst drei Tage her.«
»Ja, das dachte ich auch. Aber dann dachte ich: Nein, Janie hat ihm nicht besonders viel bedeutet. Eigentlich war sie eine ziemliche Nervensäge. Wir hatten sie vor etwa einem Monat zum Essen eingeladen, sie und ihre Familie; es gab Huhn. Mama hatte

vergessen, daß Janie Vegetarierin war. Janie sagte: ›Das Huhn ist *tot*‹, und ihr Vater sagte: ›Na, das will ich aber auch hoffen‹, und alle lachten, aber Mutter war ein bißchen gekränkt. Dennoch ist sie, genau wie alle anderen, zur Beerdigung gegangen. Ich sagte: ›Ansel, ist es wegen Janie Rose? Weil sie gestorben ist?‹ Aber so, wie er sich benahm, glaube ich nicht, daß das wirklich der Grund war.«

»Seine Füße tun ihm manchmal weh«, sagte James.

»Mir ist nicht zum Spaßen zumute, James.«

»Ich spaße nicht.«

»Sei's drum«, seufzte Maisie und aß den ersten Löffel Eis. Ihre Art zu essen ging ihm auf die Nerven: Sie kaute langsam und sorgfältig, obwohl die Eiscreme inzwischen vollkommen flüssig war. Als sie geschluckt hatte, sagte sie: »Er wollte die ganze Zeit nur vom Tod reden. Er sagte, er könne voraussehen, was passieren wird: Die Leute würden genauso um ihn trauern wie um Janie Rose; anstatt traurig über seinen Tod zu sein, würden sie ein schlechtes Gewissen haben, weil sie ihn nicht besser hätten leiden können. Es wäre ihm lieber, wenn sie traurig wären, sagte er.«

»Ach herrje«, sagte James. »Davon redet er schon seit Tagen. Das geht vorbei.«

»Hör mir bitte zu. Ich schlafe nachts kaum noch, weil ich immer an ihn denken muß. Ich mache mir Sorgen um ihn.«

»Du brauchst dir keine Sorgen zu machen«, sagte James.

Aber Maisie saß immer noch vornübergebeugt da und schaute stirnrunzelnd ins Leere. Die Eiscreme hatte sie vergessen. Ein Kind kam angerannt, verfolgt von einem anderen, und stützte sich, als es vorbeilief, auf Maisies Knie ab, aber Maisie schob die Hand lediglich geistesabwesend weg. »Und diese Angewohnheit von ihm, manchmal zu verschwinden, wenn er sich gerade etwas besser fühlt«, sagte sie schließlich, »loszugehen, sich den ganzen Abend zu betrinken und erst am nächsten Morgen wieder aufzutauchen. Er wird eines Tages dabei sterben.«

»Er wird nicht sterben«, sagte James. »Er könnte ein ganz normales Leben führen, wenn er nicht so große Angst vor Spritzen hätte.«

»Er *könnte* aber sterben«, sagte Maisie. »Was ist, wenn er einmal nicht wiederkommt?«

Aber James war das Thema inzwischen leid. »Hör zu«, sagte er energisch. Er schluckte den letzten Rest Eiscreme herunter und sagte: »Ist dir klar, daß er eine gewisse Grenze nie überschreitet? Er weiß, wie weit er gehen muß, damit die anderen sich Sorgen machen. Hast du dir das schon mal überlegt?«

»Was? Also, das ist wirklich das Herzloseste, was ich je gehört habe. Woher willst du wissen, wie weit er in Zukunft gehen wird?«

»Ich weiß es eben«, sagte James. »Ich habe meine Erfahrungen.«

»Weißt du mit *Sicherheit*, wie weit er gehen wird?«

»Ich habe das alles schon zig Male miterlebt.«

»Ich glaube, es ist dir vollkommen gleichgültig«, sagte Maisie. »Das hat Ansel jedenfalls gesagt. Er sagte: ›Was kümmert es James –‹«

»Man muß das Problem sachlich betrachten«, sagte James.

»O ja, sachlich bist du wirklich.« Sie stieß den Löffel in die Eiscreme, und er blieb mitten im Becher aufrecht stehen. »›Was kümmert es James‹, sagte er und lag regungslos mit feuchten Augen da –«

»Ich tue, was ich kann«, sagte James.

»Ach, Unsinn.«

»Ich versuche alles nur Erdenkliche.«

»Wenn du so verdammt viel Gutes tust, dann beantworte mir doch bitte die folgende Frage: Bist du sicher, daß du in deinem ganzen Leben nie, nicht ein einziges Mal, darüber nachgedacht hast, wie es wäre, wenn Ansel verschwinden und dich in Ruhe lassen würde?«

»Also, zum –«

»Hast du dir nie vorgestellt, wie schön es wäre, zur Abwechslung mal allein zu leben, abends bloß ein Fertiggericht in den Ofen –«

»Ich versuche *alles* nur Erdenkliche!« brüllte James und bemerkte dann erst, wie laut seine Stimme war, und senkte sie wieder. »Ich meine damit –«

Aber Maisie hörte nicht zu. Sie faltete den Rand ihres Pappbechers so energisch nach innen, als habe sie einen Entschluß gefaßt. Dann stand sie auf und sagte: »Also, bis bald.« Ihr Rock war hinten zerknittert, aber sie machte sich nicht die Mühe, ihn glattzustreichen. Als sie wegging, erhob sich James aus reiner Gewohnheit und wartete, bis sie den Rasen halb überquert hatte, ehe er sich wieder hinsetzte. Eine bleierne Schwere überkam ihn; er biß sich auf die Unterlippe, wie er es sonst tat, wenn er nicht wußte, was er sagen sollte. Er beobachtete Maisie, die inzwischen am anderen Ende des Vorgartens stand, und drehte seinen leeren Eisbecher unablässig in den Händen.

Vor ihm auf dem Rasen spielten ein paar Kinder »Figurenschleudern«. Ein Junge von außerhalb wirbelte die anderen herum, schrie irgendwann: »Stop!«, und sie mußten augenblicklich reglos verharren, und als die kleine Janice Hammond, die jüngste der mitspielenden Kinder, an die Reihe kam, gab er ihr so viel Schwung, daß sie über den halben Rasen taumelte und gegen Mrs. Hammond stieß, die gerade auf dem Weg zu James war. »Stop!« sagte der Junge. Mrs. Hammond schaute auf Janice hinab, die sich an ihrer Hüfte festklammerte. Sie sagte nur: »*Ach*, Janice« und wollte weitergehen, aber die anderen Kinder hinderten sie daran. »Nein, Janice darf sich nicht bewegen«, sagte der Junge von außerhalb, und Mrs. Hammond war offenbar zu erschöpft, um ihm zu widersprechen. Sie blieb still stehen und wirkte durch Janices Umklammerung wie das Abbild eines Menschen, der sich widerstandslos in die Tiefe ziehen läßt. Über den Rasen rief sie James zu: »Wir haben es geschafft, Tante Hattie zu überreden.«

»Wo ist sie?« fragte er.

»Da drüben. Sie steht. Wir haben sie gebeten, sich hinzusetzen, aber sie will im Stehen fotografiert werden. Widerspenstig bis zum letzten Atemzug. Sie kann Fotoapparate nicht leiden.« Plötzlich wurde sie wieder lebendig, machte sich, ohne auf die Proteste der Kinder zu achten, von Janice los. »Sie wird immer schwächer«, sagte sie. James schaute überrascht zu Janice hinüber, und Mrs. Hammond sah seinen Blick und schüttelte den Kopf. »Ich sprach von Tante Hattie«, sagte sie. »Sie wird langsam immer schwächer.«

»Es tut mir leid, das zu hören«, sagte James. Er holte seine Ausrüstung und ging ihr hinterher. »Auf mich machte sie einen sehr rüstigen Eindruck.«
»Zwischendurch hat sie auch gute Tage.«
Sie machten einen Bogen um eine kleine Gruppe von Frauen, die alle in derselben Haltung, mit verschränkten Armen, dastanden und zuschauten, wie die Kinder »Figurenschleudern« spielten. »Ich tue es nur ungern, wenn sie keine Lust hat«, rief James. »Manche Menschen sind nun mal allergisch gegen Fotoapparate.«
Aber Mrs. Hammond lächelte ihm über die Schulter hinweg freundlich zu und ging weiter über den Rasen. In der Sonne war es immer noch heiß, ihr gepuderter Nacken glänzte ein wenig. Sie hatte denselben leichten Körperbau wie ihre Nichte Maisie, war aber im Laufe der Jahre füllig geworden. James wandte den Blick von ihr ab und lud seine Ausrüstung auf die andere Schulter. »Diese Stelle hier wäre gut geeignet«, sagte er. Er hatte sich nur flüchtig umgeschaut; er wollte bloß stehenbleiben und sich nicht mehr bewegen. Das bleierne Gefühl lastete auf ihm. Er befestigte die Kamera auf dem Stativ und lehnte sich dann, das Kinn in die Hand gestützt, darauf, und Mrs. Hammond sagte: »Ist alles in Ordnung?«
»Mir geht es gut«, sagte James.
»Sie wirken ein bißchen erschöpft.«
Er richtete sich auf und steckte sein Hemd in die Hose. Inzwischen führte Mrs. Hammond Großtante Hattie behutsam heran, und sie war nur noch wenige Meter von ihm entfernt. Tante Hattie schaute weder nach rechts noch nach links. Sie tat so, als sei Mrs. Hammond gar nicht da. Je geringer der Abstand zwischen ihr und der Kamera wurde, desto entrückter wurde ihr Blick.
»Die Stelle hier wäre gut geeignet«, sagte Mrs. Hammond. »Finden Sie nicht auch, James? Hier vor den Rosen.«
»Gut«, sagte James. Er stellte gerade die Kamera ein und schaute kaum hin. Aber als er den Blick wieder hob, sah er, daß die alte Frau direkt vor ein rundes Beet gestellt worden war, aus dem sie herauszuwachsen schien wie eine sorgfältig ziselierte Gartendekoration.

James lächelte. »Ich habe es mir überlegt«, sagte er. »Ich finde, sie sollte besser nicht vor den Blumen fotografiert werden.«
»Sie sind aber so hübsch«, sagte Mrs. Hammond bedauernd.
»Das stimmt. Aber ich finde, der Rasen ist als Hintergrund besser geeignet. Würde es Ihnen etwas ausmachen, dort drüben hinzugehen, Miss Hattie?«
»Nur eine Bitte hätte ich«, sagte Miss Hattie plötzlich.
»Ja, Madam?«
»Zerren Sie nicht an mir herum. Sagen Sie mir, wohin ich gehen soll, aber zerren Sie nicht an mir herum.«
»Das hatte ich nicht vor«, sagte James.
»Als ich das letzte Mal fotografiert wurde –«
»Ich glaube, er möchte, daß du dort drüben hingehst«, sagte Mrs. Hammond. »Könntest du bitte in diese Richtung gehen, meine Liebe?«
Die Tante setzte sich ungelenk und mit hochgerecktem Kinn in Bewegung. »Connie, ich wollte gerade erzählen«, sagte sie, »daß der *letzte* Mann, der ein Foto von mir gemacht hat, Unterricht in Anatomie gebraucht hätte. Das habe ich ihm auch gesagt. Er ist vor mich hingetreten und hat meinen Kopf und meine Knie zur Seite gedreht, aber meine Schultern und meine Füße zeigten weiterhin nach vorne. Also wirklich, ich kam mir vor wie eine dieser Gestalten auf den ägyptischen Wandbildern. Ihr hättet das Foto sehen sollen. Na, das könnt ihr euch bestimmt vorstellen. Ich habe zu ihm gesagt –«
»Wenn ich du wäre, würde ich meine Perlenkette gut zur Geltung bringen«, sagte Mrs. Hammond. »Sie ist besonders hübsch.«
»Jetzt tue ich es erst recht nicht«, sagte Tante Hattie schnippisch. Sie hob ihre Hände, die mit alten, schweren Ringen geschmückt waren, und machte sich am Halsausschnitt ihres Crêpe de Chine-Kleides so lange zu schaffen, bis die Perlenkette unter dem Stoff verborgen war. »Jetzt kann niemand sie sehen«, sagte sie, und Connie Hammond seufzte und drehte sich mit resigniert ausgebreiteten Armen zu James um.
»Ich habe getan, was ich konnte«, sagte sie zu ihm, und er schaute von der Kamera hoch und lächelte.

»Warum gehen Sie nicht für eine Weile zu den anderen«, sagte er. »Ich rufe Sie, wenn ich fertig bin. Ich wette, Sie haben noch nicht einmal ein Eis gegessen.«

»Nein, nein, dazu war ich zu beschäftigt. Nun ja, vielleicht könnte ich, für ein paar Minuten –« Sie entfernte sich, mit erleichterter Miene, über den Rasen, und der Klang ihrer Stimme blieb noch eine Weile in der Luft hängen.

»Finden Sie nicht auch, daß sie zugenommen hat?« fragte Tante Hattie.

James hatte die Kamera inzwischen richtig eingestellt, aber er wartete noch, denn das Foto sollte perfekt sein. Er beugte sich hinab und entfernte ein Löwenzahnblatt von einem Bein des Stativs, und dann rief er über die Schulter: »Ist es für Sie bequem so? Wollen Sie sich nicht lieber hinsetzen?«

»Nein. Ich bleibe stehen.«

Connie Hammond würde das nicht gefallen, aber James war froh darüber. Seiner Meinung nach sah Tante Hattie genau richtig aus – sie stand vor einem Hintergrund aus schlichtem Gras, hatte die Schultern hochgezogen, um die Perlenkette zu verbergen, und streckte ihm das Kinn entgegen. Mit dieser Haltung hatte sie vierzig Jahre lang ihre Schüler eingeschüchtert, damals, als sie noch auf der High School Latein für Anfänger unterrichtete. Die Leute erzählten immer noch Anekdoten über sie. Sie hatte mit dröhnender Stimme Substantive dekliniert und bei jeder Verbendung den Zeigestock auf ihr Pult knallen lassen. Bei anderen Lehrerinnen gelang es den Schülern, sie vom eigentlichen Thema der Stunde abzulenken, indem sie einfach fragten, wie sie ihre Ehemänner kennengelernt hatten, Miss Hattie jedoch schweifte nur einmal im Jahr vom Unterricht ab, und zwar, wenn sie zu Weihnachten aus einer Kurzfassung von *Ben Hur* vorlas. James konnte sich das gut vorstellen. Am liebsten wäre er jetzt mit ihr in einem Klassenzimmer gewesen, um sie so zu fotografieren, wie er sie im Geiste vor sich sah. Aber er hatte nur eine große Rasenfläche zur Verfügung und würde damit vorlieb nehmem müssen. Er stand hinter der Kamera, rieb den Löwenzahn zwischen den Fingern und schaute Tante Hattie mit zusammengekniffenen Augen an. »Sehr gut«, sagte er. »So wollte ich es haben.«

Sie bewegte die Füße ein wenig. »Wie viele Exemplare wollen Sie machen?« fragte sie.
»Ich verstehe nicht, was Sie meinen, Madam?«
»Wie viele Abzüge?«
»Oh. So viele, wie Sie wollen.«
»Ich will keinen einzigen haben«, sagte sie. »Ich schlage vor, Sie machen das Foto, um das man Sie gebeten hat, und lassen es dabei bewenden.«
»Nicht doch.«
»Connie kann eins haben, wenn sie unbedingt will. Aber nur, weil ich sie nicht mag. Sie kann tun, was sie will, ich werde sie nie mögen. Sie ist mir von Grund auf unsympathisch. Danny soll keines bekommen.«
»Welcher Danny?« fragte er. »Heben Sie bitte Ihr Kinn ein wenig an.«
»Danny *Hammond*. Gibt es etwa irgendeinen Menschen auf dieser Welt, dessen Nachname nicht Hammond lautet?« Sie hob ihr Kinn, redete aber weiter; James lehnte einen Ellbogen auf die Kamera und wartete. »Mit Danny komme ich gut zurecht«, sagte sie. »Wie lange wird man ihn wohl noch vor mir verstecken?«
»Danny *Hammond?* Also, den habe ich vorhin noch –«
»Ja, *Sie* haben ihn gesehen. Kein Wunder. Aber glauben Sie nicht etwa, daß *ich* ihn zu sehen bekomme. Seine Eltern scheuchen ihn weg, sobald ich in seiner Nähe auftauche; er schaut mich dann immer verständnislos über die Schulter an. Er ist erst sieben.«
»Könnten Sie sich ein bißchen mehr in meine Richtung drehen?« fragte James.
»Sie glauben, er hat mich am letzten Valentinstag gekränkt.«
»Also, ich kann mir nicht vorstellen, daß Danny –«
»Er hat mir etwas geschenkt. Nicht irgend so einen leicht zerbrechlichen Kram aus dem Geschenkeladen. Er hat für mich in der Schule einen Salzstreuer aus Ton gemacht, der die Form meines Kopfes hatte. Sogar die Falten waren aufgemalt.«
»Das gefällt mir«, sagte James.
»Wissen Sie, wo das Salz rauskommt?«
»Keine Ahnung.«
»Aus meiner Nase. Ha, es sind zwei kleine Nasenlöcher hinein-

gebohrt, und da kommt das Salz raus. Können Sie sich vorstellen, was Connie für ein Gesicht gemacht hat?«
James lachte. »Und ob«, sagte er.
»Also, natürlich hatte sie das Ding nicht gesehen, bevor ich es auswickelte. Sie dachte, es wäre vielleicht ein Haarklemmenbehälter. Sie sagte: ›Danny *Hammond*!‹ und griff nach dem Salzstreuer, aber ich war schneller. Ich hatte vor, ihn zu behalten. Ich bekomme nicht oft ein so persönliches Geschenk. Aber Connie scheuchte Danny aus dem Zimmer, so als hätte sie Angst, daß ich ihm etwas antun würde, und da saß ich nun allein mit meinem Geschenk und konnte mich bei niemandem dafür bedanken.«
»Vielleicht sollten Sie –«
»Ich benutze ihn trotzdem.«
»Wie bitte?«
»Den Salzstreuer. Ich benutze ihn täglich.«
»Das würde ich auch tun«, sagte James.
»Dann verstehen Sie also, warum er kein Foto von mir haben soll.«
Das verwirrte ihn, und er mußte einen Augenblick lang nachdenken. (Wenn Miss Hattie tatsächlich immer schwächer wurde, sollte er vielleicht am besten gar nicht auf ihre Bemerkung eingehen, sondern ihr einfach zustimmen.) Aber Miss Hattie wirkte auf ihn genauso wie immer. Wie ein Fels stand sie vor dem grünen Rasen. »Ich verstehe nicht, was Sie meinen«, sagte er.
»Nun ja.«
»Was haben denn Fotos damit zu tun?«
»Nicht sehr viel«, sagte sie. »Aber man läßt mich fotografieren, weil ich alt bin, wissen Sie. Die anderen glauben, ich werde bald sterben. (Da täuschen sie sich.) Sie glauben, sie werden dann etwas haben, das sie an mich erinnert. Aber Fotos sind nur einseitig, Mr. Green. Finden Sie, eine Person, die ich *mag*, sollte ein Foto von mir haben?«
»Ich würde mir darüber keine Sorgen machen«, sagte James. »Ich habe festgestellt, daß sowieso niemand mehr ein Foto anschaut, wenn es erst einmal ihm gehört.«

»Ich *will* bei Danny nicht nur als Bild in Erinnerung bleiben. Nicht als etwas Flaches, Eintöniges. Was auf der Welt ist schon einseitig?«

»Nun ja«, sagte James. Er schaute stirnrunzelnd auf seine Finger, die inzwischen vom Milchsaft des Löwenzahns ganz klebrig waren. »Nun ja, da gibt es *vieles* –«

»Fotografien«, sagte Miss Hattie, »sind das einzige. Unterbrechen Sie mich nicht. Alles andere hat mehrere Seiten. Ein Fotograf würde mir natürlich niemals zustimmen. Sonst würde er ja keine Fotos machen. Alles auf ein viereckiges Stückchen Papier pressen – mir soll's recht sein. Aber es ist nichts für Menschen, die sich auch weiterhin für einen *interessieren* sollen. Menschen wie Danny Hammond.«

»Also, Augenblick mal«, sagte James, aber Miss Hattie hob die Hand.

»Ja, ich weiß schon«, sagte sie. »*Ich* kenne Fotografen.«

James grinste und beugte sich wieder über die Kamera. »Also, was das Einseitige angeht«, rief er, »da fällt mir einiges –«

»Nein. Nichts und niemand, Mr. Green. Los, machen Sie das Foto.«

Er gab auf und betrachtete sie im Sucher. Sie sah genauso aus, wie er es sich gewünscht hatte, altmodisch und symmetrisch, mit vor dem Bauch verschränkten Händen und fest geschlossenem Mund. Ihr längliches, runzliges Gesicht glich dem Gesicht einer Schildkröte. Sie hatte dieselben halbgeschlossenen Augen und wirkte genauso zählebig, so als sei sie schon mehrere hundert Jahre alt und könne sicher sein, daß sie noch lange leben werde. Dennoch kam ihm ausgerechnet in dem Moment, als er den Finger über dem Auslöser krümmte und sein Blick sich entspannte, weil das Bild seinen Vorstellungen entsprach, etwas anderes in den Sinn. Er dachte daran, wie Miss Hattie bei der Aufnahme des Familienfotos gehustet hatte. In dem Moment war sie nicht trotzig, sondern verletzlich und kleinlaut gewesen, und sie hatte sich bei den anderen entschuldigt. Er runzelte die Stirn und hob den Kopf.

»Was ist?« sagte Miss Hattie.

»Nichts«, sagte James.

Er beugte sich hinunter, fixierte das stolze alte Schildkrötengesicht und machte das Foto. Einen Augenblick lang verharrte er regungslos; dann richtete er sich auf. »Ich bin fertig«, sagte er.
»Das will ich auch hoffen.«
»Ich werde einen Abzug für Mrs. Hammond machen.«
»Ich gehe jetzt lieber rein. Ich bin erschöpft.«
»In Ordnung«, sagte er. »Auf Wiedersehen, Miss Hattie.«
»Auf Wiedersehen.«
Sie nickte ihm mit einer energischen Bewegung zu und drehte sich um, und James schaute ihr nach, bis sie im Haus war. Dann starrte er auf seine Kamera. Rechts von ihm tauchte plötzlich Connie Hammond auf – er sah aus dem Augenwinkel ein Stück Spitzenstoff –, aber er schaute sie nicht an.
»Das hätten wir!« sagte Mrs. Hammond gutgelaunt. Sie war außer Atem und sah besorgt aus. Sie trat an die Stelle, wo Miss Hattie gestanden hatte, und starrte, mit dem Rücken zu James, wie gebannt auf den Rasen, so als könne ihr die Betrachtung der Abdrücke von Miss Hatties Schuhen dazu verhelfen, sie besser zu verstehen. »Ich bin sicher, die Fotos sind gut geworden«, rief sie über die Schulter.
»Na ja.«
»Wie bitte?«
»Ja, sie sind bestimmt gut geworden«, sagte James. Er klappte sein Stativ zusammen und packte die übrige Ausrüstung ein. »Ich gehe jetzt«, sagte er zu ihr.
»Ach ja?«
»Die Fotos sind morgen oder übermorgen fertig.«
»Wunderbar«, sagte Mrs. Hammond. Aber sie starrte immer noch besorgt auf den Rasen, und sie drehte sich zum Abschied nicht um.
James hatte seinen Pickup auf der Straße am Ende der Rasenfläche geparkt. Während er an den Kindern vorbeiging, achtete er sorgfältig darauf, nicht in die Nähe von denen zu kommen, die »Figurenschleudern« spielten. Das Spiel wurde immer wilder. Die kleine Janice Hammond war in der Pose eines Baseballspielers erstarrt, der vor dem Werfen des Balles mit dem Arm so weit wie möglich ausholt, und sogar ihr Gesicht war erstarrt – sie

schnitt eine so wilde Grimasse, daß ihre Zahnspangen zu sehen waren. Aber sie erwachte wieder zum Leben, als James an ihr vorbeiging: Sie schüttelte die Arme aus und lächelte ihn an, und er lächelte zurück.

»Wirst du dafür sorgen, daß ich auf den Fotos *hübsch* aussehe?« fragte sie.

»Ich werde sehen, was sich machen läßt.«

Er legte die Kamera auf die lederbezogene Sitzbank des Pickup, dann ging er auf die Fahrerseite und stieg ein. Drinnen war es so heiß wie in einem Backofen. Erst ließ er den Motor an und dann kurbelte er das Fenster herunter, und während er damit beschäftigt war, fiel sein Blick auf Maisie Hammond. Sie stand oben beim Haus, winkte ihm heftig zu und lächelte. Er winkte zurück. Als er jetzt von neuem das bleierne Gefühl im Magen spürte, versuchte er erst gar nicht, es loszuwerden; er dachte vielmehr darüber nach, während er den Motor im Leerlauf tuckern ließ. Maisie winkte pausenlos weiter. Auch als er bereits im ersten Gang den Hügel hinabrollte, sah er sie im Rückspiegel immer noch winken. Plötzlich kam ihm der Gedanke, daß sie wahrscheinlich zwischen zwei Gefühlen hin und her gerissen war. Einerseits war sie bestimmt wütend auf ihn, und andererseits tat es ihr leid, daß sie es ihm gesagt hatte. Und deshalb konnte sie nicht aufhören zu winken.

Er schaute neben sich auf die Sitzbank, wo die Kamera lag, in der Miss Hattie jetzt in ihrer typischen Haltung unwiderruflich festgehalten war. Aber die Felder, durch die er fuhr, schimmerten vage im Sonnenlicht; die Straße war staubig, und er fuhr nach Hause, ohne zu wissen, ob er dorthin wollte, ohne sich seiner Meinung über irgend jemanden noch sicher zu sein. Er konnte nichts weiter tun, als das bleierne Gefühl zu verdrängen und seine Gedanken ausschließlich auf die Straße und die Felder zu konzentrieren.

4 An diesem Sonntag begann Joan, sich Gedanken über Simons Haare zu machen. Als erstes sagte sie: »Simon, ich will dich gleich morgen früh beim Friseur sehen«, aber er sagte: »Bitte, Joan, ich will nicht in die Stadt gehen.« Seit dem Kinobesuch am Tag zuvor hatte er seine Ansicht über die Stadt geändert: er hatte heute noch kein einziges Mal vorgeschlagen, essen zu gehen, und Joan wußte auch, warum. Wenn die Leute in der Stadt ihn sahen, redeten sie halblaut über ihn, strichen ihm über den Kopf und fragten Joan flüsternd: »Wie nimmt er es auf? Wird seine Mutter damit fertig?«, während er direkt neben ihnen stand, das Kinn trotzig hochreckte und sie unverwandt anschaute. Kleine Jungs, die eigentlich seine Freunde waren, machten einen weiten Bogen um ihn und warfen ihm über die Schulter neugierige und zugleich furchtsame Blicke zu. Sie hatten noch nie jemanden gesehen, der so eng mit einem Todesfall zu tun hatte, jedenfalls niemanden in ihrem Alter. Als Simon und Joan aus dem Kino kamen, war eine Frau aus Mrs. Pikes Kirchengemeinde vor ihnen stehengeblieben und hatte zu ihrer Freundin gesagt: »Ach, der arme kleine Junge!« Ihre Worte hatten über die ganze Straße geschallt, so daß auch andere Leute stehengeblieben waren und sie angestarrt hatten, während Simon an Joans Hand zerrte, um möglichst schnell wegzukommen. Sie würde es verstehen, wenn er nie wieder in die Stadt ginge.

Daher beharrte sie nicht auf dem Friseurbesuch, sondern sagte: »Na schön. Aber dann werden wir deine Haare zu Hause schneiden. Und zwar heute.«

»Sie sind gar nicht so lang«, sagte er.

»Sie kräuseln sich schon über den Ohren.«

»Wir haben nichts, womit wir sie schneiden können.«

»Eine Schere«, erinnerte Joan ihn. »Die Stoffschere von deiner Mutter. *Irgendeine* Schere.«

»Okay. Morgen dann«, sagte Simon. »In aller Herrgottsfrühe.«

»Morgen habe ich keine Zeit; da helfe ich bei der Tabakernte. Das weißt du genau.«

»*Andere* Jungs haben *viel* längere Haare.«

»Höchstens Waisenkinder«, sagte Joan. »Holst du bitte die Schere?«
Er rutschte leise protestierend vom Sofa herunter und ging zum Nähkorb seiner Mutter, der in einer Ecke des Wohnzimmers stand und Staub ansetzte. Stoffreste von den Kleidern anderer Leute quollen unter dem Deckel hervor. (Mrs. Pike war Schneiderin; sie nähte für fast alle Frauen aus Larksville.) Die Sachen, die zuoberst lagen, warf Simon neben den Korb auf den Boden, wo er sie zu einem großen, unordentlichen Haufen aufeinandertürmte, und holte schließlich von ganz unten eine Schere hervor. »Meinst du die?« fragte er, ging damit weg und ließ die Stoffreste liegen. Joan räumte sie nicht wieder ein, sondern folgte Simon in die Küche und betrachtete unterwegs seinen Hinterkopf. An der Stelle, an der er den Kopf gegen die Sofalehne gedrückt hatte, war sein Haar so verfilzt wie ein Vogelnest. Sie würde eine Sichel brauchen, um da durchzukommen.
In der Küche nahm sie eine Schürze und band sie ihm um den Hals, damit ihn die abgeschnittenen Haare nicht kitzelten, und dann sagte sie, er solle sich neben den Küchentisch auf den hohen hölzernen Hocker setzen. Er drehte sich langsam hin und her, und der Sitz quietschte, während Joan seinen Kopf betrachtete und überlegte, wo sie anfangen sollte. »Ich verstehe nicht, wo die vielen Haare herkommen«, sagte sie zu ihm. »Wann warst du das letzte Mal beim Friseur?«
»Weiß ich nicht.«
»Es kann eigentlich gar nicht so lange her sein.«
»Weißt du überhaupt, wie man Haare schneidet?« fragte Simon.
»Natürlich.«
»Wem hast du denn die Haare geschnitten?«
»Na ja, mir selber«, sagte Joan.
Er hörte auf, sich zu drehen und betrachtete ihre Frisur. »Sieht an den Spitzen ein bißchen fransig aus.«
»Das ist gewollt.«
»Werden meine Haare auch so aussehen?«
»Das will ich nicht hoffen.«
»Und wenn doch, was werden wir dann –«

»Bitte, Simon«, sagte Joan. »Ich will davon nichts mehr hören. Laß es uns einfach hinter uns bringen.«
Er seufzte und gab seinen Widerstand auf, zog aber die Schultern hoch und duckte sich, als ob er Angst habe, sie könne aus Versehen seinen Kopf abschneiden. Sein Haar lag in unordentlichen Schichten übereinander, wie Heu auf einem Heuhaufen. Als Joan von einer der oberen, sonnengebleichten Schichten zuviel abschnitt, sprangen die kurzen, fransigen Haare in die Höhe, und Joan drückte sie schnell wieder an den Kopf und versuchte festzustellen, ob Simon es bemerkt hatte. Hatte er nicht. Er saß krumm auf dem Hocker, ließ ein Bein träge baumeln und starrte hinaus in den Garten. Außer dem stetigen Schnippen der Schere herrschte Stille.
Durch das Fenster sah Joan ihren Onkel – allerdings nur seinen Kopf und sein zerknittertes blaues Hemd. Er saß zurückgelehnt auf einem alten Küchenstuhl in der Sonne, und eine Hand ruhte auf Nellies Nacken. Er hatte schon den ganzen Tag so dagesessen. Wenn Joan ihn zum Essen hereinrief, kam er sofort, aß alles auf, was ihm vorgesetzt wurde, und ging dann wieder nach draußen. Zweimal war er nach oben gegangen, um nach seiner Frau zu schauen, aber das hatte jeweils nicht länger als eine Minute gedauert; offenbar hatte er den Versuch, mit ihr zu reden, aufgegeben. Sogar Joan hatte es aufgegeben. Wenn sie zu ihrer Tante ins Schlafzimmer ging, wo sie bis zum Hals zugedeckt im Bett lag, und sie bat, nach unten zu kommen, um einen Happen zu essen, antwortete ihre Tante bloß: »Nein« und schloß die Augen. Dieses eine Wort zu sagen, schien sie schon alle Kraft zu kosten, die sie aufbringen konnnte; Joan traute sich nicht, sie zu drängen. In Gedanken versuchte sie, sich Tricks auszudenken, mit denen sie ihre Tante dazu bringen konnte, sich für irgend etwas zu interessieren, aber sie hatte kein Talent für so etwas. Ihr blieb nichts anderes übrig, als eine Zeitlang so gut es ging die Hausarbeit zu erledigen und für Mr. Pike und Simon das Essen zu kochen. Sogar das fiel ihr schwer; sie hatte nie gelernt, wie man einen Haushalt führt.
Oben auf dem Kopf war Simons Frisur jetzt fertig. Joan betrachtete sie kritisch, ohne sagen zu können, ob sie ihren Vorstellun-

gen entsprach oder nicht. Der Schnitt wirkte ein wenig laienhaft. Aber dann zuckte Joan die Schultern und wandte sich dem struppigen Nackenhaar zu. Sie konnte später immer noch ein paar Korrekturen machen.

Von draußen rief Ansel: »Ist jemand zu Hause?« Seine Stimme war dünn und klang wegen des Windes zittrig. Simon bewegte so ruckartig den Kopf, daß Joan ihm beinah die Schere in den Nacken gestoßen hätte.

»*Still*halten, Simon«, sagte sie, und Ansel rief erneut: »Ist jemand zu Hause?«

»*Er* ist es«, sagte Simon.

»Wen meinst du? Es ist Ansel.«

»Ich weiß. Er ist es.«

»Hör bitte auf zu zappeln«, sagte Joan und rief mit lauter Stimme: »Wir sind hier hinten, Ansel.«

»*Wo* seid ihr?«

»Hier hinten.«

»Würde bitte jemand kommen und mich hereinlassen?«

»Die Tür ist offen«, sagte Joan und fing wieder an, Simons Haare zu schneiden. Sie mochte Ansel nicht und hatte auch nie einen Hehl daraus gemacht; er konnte die Tür ruhig selber öffnen. Als er mit seinen üblichen schlurfenden Schritten in die Küche kam und dabei den Kopf einzog, um sich nicht am Türrahmen zu stoßen, warf sie ihm noch nicht einmal einen Blick zu. »Wie geht's«, sagte sie, und es klang, als sei es eine Feststellung.

»Ach, ganz gut, glaube ich.«

»Dreh den Kopf ein bißchen nach links, Simon.«

»Hallo, Simon«, sagte Ansel.

Simon schaute stirnrunzelnd auf seine Stiefel.

»*He*, Junge.«

»Er bekommt gerade die Haare geschnitten«, sagte Joan.

»Ich verstehe. Da kann er natürlich kein Wort sagen.«

»Willst du dich setzen?«

»Warum nicht«, sagte er. Er zog einen der Stühle unter dem Tisch hervor und nahm gegenüber von Joan und Simon Platz. Er sah besser aus als sonst. Die gelbliche Blässe war aus seinem

Gesicht verschwunden, und er saß, mit vor der Brust verschränkten Armen, beinah aufrecht. Als er bemerkte, daß Simon ihn stirnrunzelnd anschaute, lächelte er sein übertriebenes Lächeln und sagte: »Ist was mit dem Friseur, mein Junge?«

»Was?«

»Ist der Friseur krank?«

Aber Simon zuckte nur die Schultern und antwortete nicht. Joan sagte: »Diesmal schneide ich ihm selbst die Haare.«

»Das sehe ich.«

»Ich benutze die Stoffschere.«

»Aha.«

Damit schien alles gesagt zu sein. Joan verharrte einen Moment mit erhobener Schere und sagte dann: »Dreh dich um, Simon.«

»Bist du fertig?« fragte Simon.

»Fast. Ich weiß noch nicht, wie ich die Haare vorne schneiden soll.«

»Wo sind Mr. und Mrs. Pike?« sagte Ansel.

»Onkel Roy ist draußen im Garten.«

»Und wo ist *Mrs.* Pike?«

Joan betrachtete angestrengt Simons Kopf und überlegte, was sie mit den Haaren, die ihm in die Stirn fielen, machen sollte. Was immer sie auch tat, am Ende würde es bestimmt ein Pony werden. Sie schnitt vorsichtig eine Strähne ab und hielt sie prüfend ins Licht. Dann sagte sie: »Ansel, warum bist du hergekommen?«

»Wer, ich?«

»Hat dir James nicht gesagt, daß du sie nicht belästigen sollst? Wo ist James eigentlich?«

»Er macht Fotos bei den Hammonds.«

»Hat er dir denn nicht gesagt, daß du nicht herkommen sollst?«

»Ja, doch, das hat er«, sagte Ansel. »Er hat es mir *nahegelegt*. Aber ich saß vorhin auf dem Sofa und habe gelesen, und da hatte ich eine Idee: Ich dachte, warum soll ich nicht zu euch gehen und euch fragen, wie es auch geht.«

»Uns geht es gut«, sagte Joan. Sie schnitt eine weitere Strähne ab.

»Joan, du verunstaltest den armen Jungen.«
»Es wird hinterher gut aussehen.«
»Na ja. Also, ich habe zu Hause ein Exemplar von *Guideposts* gelesen«, sagte Ansel, »und danach zwei Freizeitmagazine, und dann habe ich sie noch mal gelesen. Ich hätte sie auch ein drittes Mal gelesen, wenn ich nicht hergekommen wäre. Ich habe sogar die winzigen Anzeigen für Köderwürmer gelesen. Ich habe die Namenslisten der Mitarbeiter vorn im Heft und alle Informationen über die Abonnements gelesen. Dann hatte ich die Idee, euch zu besuchen.«
»Simon, das beste wird sein, du schaust mal in den Spiegel«, sagte Joan. »Ich bin mir nicht sicher, wie du die Frisur finden wirst.«
»Ach, ist mir egal«, sagte Simon. »Fertig?«
»Schau in den Spiegel und entscheide selber.«
Simon stand auf, und kleine Haarschnipsel fielen ringsum auf den Boden. Als er aus der Küche ging, zog er eine dünne Haarspur hinter sich her.
»Er wird ganz schön sauer auf dich sein«, sagte Ansel.
»So schlimm ist die Frisur nun auch wieder nicht.«
»Ich hatte vorher schon zweimal einen Anlauf gemacht herzukommen«, sagte Ansel. »Zweimal bin ich aufgestanden und zur Tür gegangen, dachte dann aber: Nein. Beim ersten Mal habe ich mir die Fingernägel geschnitten. Beim zweiten Mal den Inhalt meiner Brieftasche sortiert. Dann dachte ich: Was spricht eigentlich dagegen? Ich dachte –«
Er hatte die Angewohnheit, sich beim Reden leicht nach vorne zu beugen und die Fingerspitzen aneinanderzulegen, so als würden ihm die Worte nur nach angestrengtem Nachdenken einfallen. Doch in Wirklichkeit strömten sie regelrecht aus seinem Mund, und Joan hatte immer das Gefühl, von den vielen nutzlosen Worten, die er absonderte, überschwemmt und ertränkt zu werden. Manchmal brachte sie sogar Interesse für das auf, was er sagte, aber niemals verließ sie das Gefühl des Ertrinkens. Jetzt stand sie, während er redete, schweigend neben dem Hocker, verzog keine Miene und zerschnitt gelangweilt mit der Schere die Luft, aber insgeheim dachte sie: Ich wünschte, du würdest *ge-*

hen. Der Anblick seines blassen, schmalen Gesichts verunsicherte sie. Sie dachte an die vielen langen Abende während drei langer Jahre, an denen James neben ihr auf der Veranda gesessen hatte, ohne den nächsten Schritt zu tun, ohne sie um mehr als einen Gutenachtkuß und eine Verabredung für den nächsten Tag zu bitten, ohne von Heirat oder Familie oder den anderen Dingen, die sie von ihm hören wollte, zu sprechen. Und der Grund dafür war Ansel, der schlapp und träge im Wohnzimmer seines Bruders herumsaß und damit rechnete, bald zu sterben, obwohl er in Wirklichkeit die beste Gesundheit von ihnen allen hatte. Immerhin verstand er es, die Aufmerksamkeit auf sich zu ziehen, mit seinem Redeschwall, seinem traurigen, übertriebenen Lächeln und seiner Angewohnheit, die Finger aufeinanderzulegen, so als wolle er um Geduld bitten, während er nach den richtigen Worten suchte. »Ich wollte mein Mitgefühl ausdrükken und dann wieder gehen«, sagte er gerade, und Joan entgegnete schnippisch: »Das hast du nun ausgedrückt. Gehst du jetzt?«

»Hmh?« sagte Ansel. Er schaute verstört hoch. »Joan, ich habe noch nicht einmal deine Tante *Lou* gesehen –«

Simon kam herein. Er hatte sein Haar mit Wasser an den Kopf geklatscht. »Die Frisur sieht so aus, wie ich es erwartet hatte«, sagte er.

»Gefällt sie dir nicht?«

»Doch, doch. Die Haare wachsen ja wieder.«

»Ich könnte die Spitzen noch ein bißchen geradeschneiden«, sagte Joan.

»Nein, das ist nicht nötig. Trotzdem vielen Dank.«

»Oder vielleicht könntest du morgen doch –«

»Scht!« sagte Ansel. Er richtete sich auf, lauschte, und als die beiden ihn anschauten, zeigte er an die Decke. »Schritte«, sagte er.

Das langsame Klacken auf dem Flur im ersten Stock konnte nur von Mrs. Pikes Pantoffeln stammen. »Sie geht nur zurück ins Schlafzimmer«, sagte Joan, aber dann näherten sich die Schritte der Treppe, und Ansel sagte: »Sie kommt runter.« Er erhob sich, um sie im Stehen zu begrüßen. Joan faßte ihn am Arm.

»Laß sie in Ruhe«, sagte sie. »Warum gehst du nicht nach Hause?«
»Ich will ihr guten Tag sagen.«
»Ein andermal, Ansel.«
»Nein, ich will –«
Mrs. Pike stieg langsam die Treppe hinab, wie ein kleines Kind – sie stellte auf jeder Stufe beide Füße nebeneinander und machte dann zögernd den nächsten Schritt nach unten. Joan verließ die Küche, gab Ansel jedoch durch eine Handbewegung zu verstehen, daß er bleiben sollte, wo er war. Das tat er auch, was sie etwas überraschte. Sie ging allein durch das Wohnzimmer zum Fuß der Treppe und schaute nach oben. Ihre Tante hatte gerade erst die Hälfte hinter sich. Sie hielt sich am Geländer fest und starrte Joan an. Ihr Gesicht sah leer aus so ungeschminkt, das dunkelblonde Haar war glatt und strähnig, und ihren stämmigen Körper hatte sie in einen Chenille-Morgenrock gehüllt. Sie wirkte grau in grau und hob sich kaum von der düsteren Treppe ab. Sie sagte: »Joan«, und ihre Stimme klang ebenfalls grau und ausdruckslos.
»Ja?« sagte Joan.
Aber ihre Tante antwortete nicht. Sie stieg mühsam weiter die Treppe hinab, und als sie unten angekommen war, wäre sie direkt in die Küche gegangen, wenn Joan sie nicht an einem Arm festgehalten hätte.
»Willst du dich nicht für eine Weile ins Wohnzimmer setzen?« fragte sie. »Ich bringe dir einen Kaffee.«
»Nein.«
»*Ansel* ist hinten in der Küche.«
»Nein.«
Mrs. Pike ging weiter, ohne Joans Hand abzuschütteln, so daß Joan nur die Wahl hatte, ihren Arm loszulassen oder ihr zu folgen. Ihre Tante sagte erneut: »Nein«, als ob Joan ihr wieder eine Frage gestellt hatte, aber Joan lief nur schweigend hinter ihr her und betrachtete ihren Rücken. Der Rücken war weich und unförmig und warf in der Taille, wo der Gürtel saß, Falten. Beim Gehen flatterte der Morgenrock, und Joan sah den Schmutz an den Stellen des Saums, die über den Boden schleiften.

Ansel stand immer noch. Er sagte zur Begrüßung: »Mrs. Pike, ich wollte Sie eigentlich schon früher besuchen«, und Mrs. Pike sagte: »Ansel« und ging hinüber zu einem der Küchenstühle. Simon stand am Fenster, wandte ihr den Rücken zu, hatte die Hände linkisch in den Hosentaschen vergraben. Durch die starre Haltung seines Kopfes mit den ungleichmäßig geschnittenen, struppigen Haaren sah er aufmerksam aus.

»Ich bin nur gekommen, um Ihnen zu sagen, was ich fühle«, sagte Ansel mit sanfter Stimme. »Dann gehe ich wieder.«

»Wo ist Roy?« fragte Mrs. Pike.

»Draußen im Garten. Soll ich ihn holen?«

»Nein.«

Mrs. Pike saß, leicht nach vorne geneigt, auf dem Küchenstuhl und hatte die Hände auf ihren Bauch gelegt, als habe sie Schmerzen. Schließlich nahm Ansel ihr gegenüber Platz, aber Joan blieb stehen, und Simon bewegte sich nicht vom Fenster weg. Mrs. Pike schaute niemanden an. »Ich dachte, ich komme für eine Weile runter«, sagte sie.

»Richtig so«, sagte Ansel. »Sie sollten nicht alleine in Ihrem Zimmer sitzen.«

»Ich habe nicht gesessen.«

»Ich bin nur hier«, sagte Ansel, »um Ihnen zu sagen, wie sehr mich das Ganze mitnimmt. Das ist alles. Ich habe es James schon erzählt, ich sagte: ›Es kommt mir vor, als habe die Tragödie unsere eigene Familie heimgesucht. Ich weiß genau, wie sie sich fühlt‹, sagte ich. Ich sagte –«

»Nein«, sagte Mrs. Pike.

»Madam?«

Aber Mrs. Pike wich seinem Blick aus und schaute in Richtung der Fliegengittertür. Simon nahm die Schnur des Papierrollos in die Hand und fing an, lauter kleine, feste Knoten hineinzumachen.

»Warum haben Sie ›nein‹ gesagt?« fragte Ansel.

Mrs. Pike antwortete nicht.

»Meinten Sie damit, daß ich *nicht* weiß, wie Sie sich fühlen, Mrs. Pike? Ich weiß besser als Sie selbst, wie Sie sich fühlen. Ich habe das gleiche durchgemacht.«

»Ansel«, sagte Joan, »du hast dein Mitgefühl zum Ausdruck gebracht. Ich glaube, du gehst besser.«
»Aber ich habe ihr noch so viel zu sagen –«
»Ich bin runtergekommen, um etwas zu essen«, sagte Mrs. Pike. »Aber ich glaube, das werde ich nicht tun.«
Joan wandte sich von Ansel ab und schaute hinunter auf Mrs. Pike. Sie sagte: »Der Kühlschrank ist randvoll, Tante Lou. Alle haben etwas vorbeigebracht.«
»Nein«, sagte ihre Tante.
»Ich weiß noch, als Mutter starb«, sagte Ansel, »versuchten die anderen, mich abzulenken. Sie sagten, Trauer hat noch nie einen Toten zum Leben erweckt. Aber es ist nicht verkehrt zu trauern; es ist nur natürlich. Jeder Mensch hat Fehler, aber wenn er tot ist, trauert man um ihn, und man erwartet, daß um einen selber eines Tages getrauert wird.«
»Janie Rose hatte keine Fehler«, sagte Mrs. Pike.
»Nein, Madam, Sie haben natürlich recht. Als meine –«
»Wir wissen nicht, wie sie sich entwickelt hätte. Sie war ein bißchen pummelig, aber nicht, na, Sie wissen schon, richtig dick. Vielleicht wäre sie später dünner geworden. Ich habe nie zu ihr *gesagt*, sie sei dick. Ich weiß nicht, ob sie *geglaubt* hat, daß ich es gesagt habe, aber ich habe es nicht gesagt. Nicht ein einziges Mal.«
»Als meine Mutter gestorben war«, sagte Ansel, »dachte ich an all das Schlechte, das ich jemals über sie gesagt hatte. Ich habe mich da regelrecht hineingesteigert. Sie war ein guter Mensch, aber sehr furchtsam. Nie hat sie unserem Vater gegenüber für uns Partei ergriffen. Sie hatte die Angewohnheit, immer, wenn es bei uns zu Hause Ärger gab, halblaut und monoton vor sich hin zu summen und, ohne hochzuschauen, irgend etwas zu nähen. Mein Vater –«
Joan trat zwischen Ansel und Mrs. Pike und beugte sich so tief hinunter, daß sie ihrer Tante ins Gesicht schauen konnte. »Ich will, daß du jetzt etwas ißt«, sagte sie. »Wir haben Eintopf. Möchtest du einen Teller?«
»Nein.«
»Es stehen noch jede Menge andere Sachen im Kühlschrank.«

»Nein.«
»Mein Vater war nicht gerade ein besonders *weichherziger* Mensch«, sagte Ansel und legte seine Fingerspitzen aneinander. »Sehr streng. Wir hielten immer zwei Ziegen auf unserem Grundstück, die das Unkraut wegfressen sollten –«
»Ist das nicht komisch«, sagte Mrs. Pike, »daß niemand Rosen geschickt hat. Es sind doch ganz normale Blumen, dennoch hat niemand welche geschickt. Alle möglichen Sorten Blumen, aber keine Rosen.«
»Für schöne Rosen ist das Wetter ein bißchen zu warm«, sagte Joan.
»Im Frühling, wenn die Ziegen Kitze hatten«, sagte Ansel, »haben wir die Zicklein gemästet, um sie später zu essen. Aber bis sie fett genug waren, hatten wir sie liebgewonnen und baten meinen Vater, sie nicht zu schlachten. Wir weinten und versuchten ihn mit irgendwelchen Versprechungen umzustimmen. Aber meine Mutter saß summend daneben (obwohl sie von uns allen am meisten an den Zicklein hing und jedem einzelnen einen Namen gegeben hatte), und mein Vater schlachtete sie jedes Jahr. Aber sie versuchte, es auf ihre Art wieder wettzumachen –«
»Ansel«, sagte Joan. »Geh jetzt nach Hause.«
»Einen Moment noch. Wenn meine Mutter das gebratene Zicklein, oder ein Stück davon, auftrug, ließ sie die hölzerne Servierplatte, auf der sie es mit einem Ring aus Kartoffeln angerichtet hatte, in dem Durchgang zwischen Küche und Eßzimmer fallen. Das tat sie jedesmal. Das Fleisch landete auf dem Fußboden, und die Kartoffeln rollten weg wie Murmeln und hinterließen dünne buttrige Spuren. ›Heb es auf‹, sagte mein Vater immer, aber sie redete dann von Keimen und verbot uns, das Fleisch zu essen. Ich habe noch *nie* einen Bissen Ziegenfleisch gegessen. Ich denke in letzter Zeit oft daran. Es macht das Summen beinahe wett. Ich bereue, daß ich jemals –«
Es klopfte an der Vordertür. Joan sagte: »Ansel, würdest du bitte nachschauen, wer das ist.«
»Wieso, *du* wohnst doch hier, Joan.«
»Egal, geh trotzdem.«
»Ich bin nicht gesund genug, um für andere Leute hin und her zu

laufen«, sagte Ansel. Aber er erhob sich dennoch und ging langsam wie ein alter Mann zur Tür und griff sich an die Brust. »Wer ist da?« rief er.
»Bist du das, Ansel?«
Es war James, und seine Stimme war so laut und fest, daß man ihn deutlich verstehen konnte, obwohl er immer noch auf der Veranda stand. Als Joan ihn hörte, richtete sie sich unwillkürlich auf, und ihre Stimmung wurde schlagartig besser. Simon drehte sich um und ließ die Rolloschnur aus seiner Hand rutschen. Ansel, was machst du hier?« rief James.
»Was machst *du* hier?«
»Ich suche dich. Ich habe schon überall geguckt.«
Da James sah, daß Ansel nicht besonders schnell zur Tür kam, öffnete er sie selbst. Er durchquerte das Wohnzimmer mit großen Schritten und erschien, die Hände in die Seiten gestemmt, in der Küchentür.
»Ich nehme dich jetzt zum Abendessen mit nach Hause«, sagte er zu Ansel. »Entschuldigen Sie bitte, falls er Sie gestört hat, Mrs. Pike.«
Mrs. Pike starrte ihn regungslos an; es sah nicht so aus, als habe sie ihm zugehört. Joan sagte: »Nimm ihn bitte mit, James.«
»Komm schon, Ansel.«
»Abendessen am *Nachmittag*?« fragte Ansel.
»Die Sonne geht bald unter.«
»Also, mir geht es nicht besonders gut, James. Ich habe keinen Hunger.«
»Was ist los mit dir?« fragte James.
»Mir ist schwindelig.«
»Hast du dich lange genug ausgeruht?«
»Ja, schon. Aber nach dem Mittagessen wurde mir schwarz vor Augen, und ein bißchen später hatte ich dann diese, ähem –«
Joan lehnte sich gegen den Tisch und schaute die beiden Brüder an: Sie war noch nie dabeigewesen, wenn James diesem Gerede tatsächlich zuhörte; es kam ihr sonderbar vor, und sie konnte sich nicht erklären, warum er es tat. Je länger James schwieg, desto ausführlicher wurde Ansels Schilderung seiner Symptome; sogar sein Gesicht schien jetzt blasser zu sein. Aber James nickte

nur und machte ab und zu: »Mhm.« Schließlich sagte er: »Am besten legst du dich gleich hin. Wenn du willst, bringe ich dir das Abendessen ans Bett.«

»Ach, ich glaube, ich bleibe noch ein bißchen hier und –«

»Wir müssen gehen, Ansel.«

Ansel seufzte, wehrte sich aber nicht, als James ihn am Ellbogen faßte und zur Tür führte. Mrs. Pike rief er zu: »Ich hoffe, es geht Ihnen besser, Madam. Ich besuche Sie morgen wieder, oder vielleicht übermorgen –«

»Komm schon«, sagte James.

Sie gaben sich keine Mühe mehr, die Form zu wahren. James zog Ansel kräftig am Arm, und Joan folgte Ansel dicht auf den Fersen, damit er möglichst schnell das Haus verließ. Hinter ihr ging Simon, dessen Gesicht unter dem zerrupften Haarschnitt schmal und neugierig aussah. Mrs. Pike kam nicht mit. Sie blieb sitzen, hielt sich weiterhin den Bauch, und erst als die anderen schon mitten im Wohnzimmer waren, sagte sie etwas.

»*Niemand* kann das wissen«, sagte sie klar und deutlich.

Ansel wirbelte herum, stieß Joans und James Hände weg und rief: »*Wie* war das?«

Mrs. Pike gab keine Antwort.

»Laß es gut sein«, sagte James.

»Ich will Ihnen nur eins sagen«, rief Ansel in Richtung Küche, »Ich weiß es besser, als Sie *ahnen*, Mrs. Pike. Sie sind jetzt bloß traurig, weil sie nicht netter zu ihr waren, aber ich weiß, wie es ist, wenn man jemanden *wirklich* vermißt. Ich erinnere mich –«

James und Joan blieben gleichzeitig stehen und schauten von Ansel zur Küche. Aber sie hörten nur das Knarren eines Stuhls, so als habe Mrs. Pike sich anders hingesetzt. Und jetzt schien Ansel zu begreifen, was die anderen ihm die ganze Zeit zu verstehen geben wollten: daß Mrs. Pike gar nicht zuhörte und nichts, was er sagte, ihr nützen oder schaden konnte. Also zuckte er die Schultern und ließ sich die restlichen Meter bis zur Haustür führen. Als Joan einen Schritt zurücktrat, um anzudeuten, daß er vorangehen sollte und sie im Haus bleiben würde, nickte er ihr zum Abschied feierlich zu.

»Eine Sache möchte ich klarstellen, Joan«, sagte er. Er schaute sie

direkt an und gab sich sehr förmlich und würdevoll. »Ich weiß es tatsächlich«, sagte er zu ihr.
»Schon gut«, sagte Joan geistesabwesend.
»Ich erinnere mich genau, wie es sich anfühlt. Mein Gedächtnis ist hervorragend.«
»Das bezweifle ich nicht.«
»Nachts verstopft es mein Gehirn, so hervorragend ist es.«
James zog sanft an seinem Arm.
»Immer, wenn ich schlafen will, ist mein Gehirn verstopft.«
»Schon gut, Ansel«, sagte James.
Er führte ihn auf die Veranda. Als er an Joan vorbeiging, atmete sie James' rauchigen, erdigen Geruch ein, und er beugte sich ihr entgegen und sagte: »Wenn du irgend etwas brauchst, sag es mir.«
»Mach ich.«
»Und komm zu uns, wenn du für eine Weile hier wegkannst.«
»Mach ich.«
Sie blieb, eine Hand auf Simons Schulter gelegt, in der Tür stehen und schaute ihnen nach – Ansel, groß und dünn, und an James gelehnt, der kräftiger war und ihn stützen konnte. Sie hörte Ansel sagen: »Es geht mitten durch meine Schläfen. Eine Art Spule, die sich dreht und mich ganz benommen macht. Mitten durch meine Schläfen.«
James sagte: »Wir bringen dich ins Bett. Bist du müde?«
»Nein. Ich habe mir überlegt –«
»Bestimmt nicht?« sagte James.
»Hmh?«
»Du mußt es mir sagen.«
»Was sagen?« fragte Ansel.
Aber James gab darauf keine Antwort. Und Joan, die angestrengt zuhörte, weil ihr das alles so merkwürdig vorkam, fühlte sich plötzlich einsam und verwirrt. Sie ging zurück ins Wohnzimmer und schloß die Gittertür langsam hinter sich. Aber es war niemand da, dem sie hätte erzählen können, was ihr zu schaffen machte. Nur Mrs. Pike, die in der Küche die Wand anstarrte, und neben ihr Simon mit seiner komischen neuen Frisur.

5 »Also, ich habe meine Meinung«, sagte Missouri, »und Sie haben Ihre. Geben Sie acht, was Sie tun, Miss Joan. Also erstens bin ich nicht fürs Sitzen. War noch nie dafür. Wenn man sitzt, wird man träge im Kopf. Jetzt passen Sie doch auf, was Sie *tun*!«

Joan seufzte und reichte ihr das nächste Büschel Tabakblätter. Es war Montag, spät am Nachmittag, aber noch sehr heiß, und selbst hier im Schatten der Pekannußbäume rann ihr der Schweiß den Rücken hinunter. Neben ihr standen drei weitere Frauen – zwei arbeiteten Mrs. Hall zu, der schnellsten Tabakbinderin im ganzen Bezirk, und die dritte arbeitete ebenso wie Joan Missouri zu. Missouri war eine große, füllige Schwarze, ihre Bewegungen waren langsam und ausladend, aber sie konnte fast genauso schnell binden wie Mrs. Hall. Sie stand barfuß, die Zehen ihrer breiten Füße in den schmutzigen Sand gegraben, am Ende des Stocks und riß abwechselnd ihrer Tochter Lily und Joan ein Büschel Tabakblätter aus der Hand. Jedes Büschel band sie mit einer knappen, sicheren Handbewegung an den Stock, so daß die Blätter mit den Spitzen nach unten hingen und leicht schaukelten. Wenn Joan oder Lily die nächste Handvoll Blätter nicht rechtzeitig fertig hatten, schnalzte sie empört mit der Zunge, hielt das Bindegarn straff zwischen den Fingern gespannt und nahm die Blätter, wenn ein Büschel fertig war, mit einem besonders energischen Ruck entgegen und band es so fest an, daß das Garn in die Blattstiele schnitt. Jetzt gerade war Joan zu langsam (der Tisch war fast leer, und sie hatte Mühe, genug Blätter für ein Büschel zusammenzubekommen), und Missouri schnalzte und verlagerte ihr Gewicht auf das andere Bein.

»Also«, rief sie Mrs. Hall über den Tisch zu, »ich binde jedenfalls auf die andere Seite des Stocks. Sie binden auf dieselbe Seite, und ich muß sagen, ich verstehe nicht, wieso. Miss Joan steht links von mir, also nehme ich ihre Blätter und binde sie rechts an, und umgekehrt bei Lily. Verstehen Sie?«

»Klar, und ich finde das ganz schön unpraktisch«, erwiderte Mrs. Hall. Sie unterbrach ihre Arbeit, um sich eine dünne blonde Haarsträhne aus dem Gesicht zu schieben. »Da machen

Sie bei jedem Bündel zehn Zentimter überflüssige Bewegung, Missouri.«
»Ha. So schnell, wie ich arbeite, was machen da zehn Zentimeter aus.«
»Es läppert sich zusammen. Das können Sie mir glauben.«
»Ha.«
Sie riß Joan das nächste Blätterbüschel aus den Händen und band es schwungvoll an. Damit war der Stock voll. Er sah jetzt aus wie eine lange Reihe hängender grüner Blätter; der Stock selber wurde von den überstehenden dicken Stielen völlig verdeckt. »He, Junge!« sagte sie ohne hochzuschauen, und Jimmy Terry, der an der Scheunenwand gelehnt hatte, richtete sich auf und stellte eine Colaflasche ab. Bis er zu Missouri hinübergeschlendert war, hatte sie den Stock schon aus den Kerben des Gestells gehoben, und während sie ihn vorsichtig festhielt, damit die Blätter nicht zerdrückt wurden, schnitt sie eine Grimasse, weil er so schwer war. »Paß auf«, sagte sie und schob dem Jungen den Stock entgegen. Er brachte ihn zur Trockenscheune, und sie bückte sich, um einen neuen Stock in das Gestell zu legen. »Was sagte ich gerade«, fragte sie. Sie befestigte das weiße Bindegarn am Ende des Stocks und riß etwa einen Meter fünfzig davon ab, während Mrs. Hall ihre Arbeit unterbrach, um ihr zuzusehen. (Bei jeder Tabakernte fragte sich Mrs. Hall täglich aufs neue, wie Missouri es schaffte, die richtige Länge Bindegarn abzureißen, ohne es vorher zu messen.) »Ich sprach gerade über das Sitzen«, sagte Missouri, ohne Mrs. Hall auch nur die geringste Beachtung zu schenken. »Mein Gott, dieser Tisch ist ja völlig leergefegt; wann kommt denn endlich Nachschub? Also, wenn man sitzt, dann sitzt das Blut gewissermaßen mit einem. Es rauscht nicht mehr so schnell durchs Gehirn. Darum dauert es länger, bis man einen traurigen Gedanken aus dem Kopf kriegt. Der Vorgang wird erheblich verlangsamt. Wenn man dagegen sein Blut ein bißchen auf Trab bringt, dann... Es gibt eine ganze Menge Leute, die von dem, was ich weiß, profitieren könnten. Ich hätte zu dem Thema noch reichlich was zu sagen. Aber können Sie bis hierher folgen?«
»Soweit ja«, sagte Joan.

»Gut. Mal sehen, wie bin ich darauf gekommen – na, ich muß schon sagen. Das wurde aber auch Zeit.«
Sie schaute zur unbefestigten Zufahrtsstraße hinüber, von wo sich jetzt die Männer mit dem Maultier näherten. Das Maultier zog einen riesigen hölzernen Schlitten, der hoch mit Tabakblättern beladen war und sehr schwer sein mußte, denn das Tier war störrisch und unwillig. Es blieb stehen und vertrieb sich die Zeit damit, schnaubend Luft durch die Nüstern auszustoßen, um die Fliegen zu verscheuchen, die es umschwirrten. Als Mr. Terry ihm einen Schlag aufs Hinterteil gab, bewegte es nur kurz den Schweif und schnaubte noch lauter. Mr. Terry zog ein großes buntes Taschentuch hervor und wischte sich die Stirn.
»Lassen Sie das, und bringen Sie endlich den Tabak her«, sagte Missouri in gebieterischem Tonfall. »Wir haben keine Blätter mehr und werden hier fürs Rumstehen bezahlt.«
»Das will ich natürlich auf keinen Fall«, sagte Mr. Terry, aber er wischte sich weiter in aller Ruhe das Gesicht ab und kehrte dem Maultier den Rücken zu. Er war ein gemütlicher Mensch; alle Leute in der Gegend fragten sich, wie er es überhaupt schaffte, seinen Tabak einzubringen. Hinter dem Schlitten stand James Green. Er vertrat Mr. Pike, weil der zu Hause bei seiner Frau bleiben mußte. Aber auch James unternahm nichts, um das Maultier zum Weitergehen zu bewegen. Sein Gesicht war tiefbraun von der Sonne und glänzte, und das Haar fiel ihm wie ein nasser Mop in die Stirn. Als er Joan erblickte, lachte er und winkte, und es schien ihm völlig egal zu sein, ob das Maultier je wieder einen Schritt tat, daher stieß Missouri einen tiefen Seufzer aus und legte ihr Bindegarn aus der Hand.
»Ist ja unerhört«, sagte sie, ging um den langen Holztisch herum, an dem die Frauen standen, und steuerte auf das Maultier zu. »Jefferson, du Nichtsnutz«, rief sie, »willst du uns etwa den ganzen Tag warten lassen?«
»Das ist nicht Jefferson«, sagte Mr. Terry, »das ist Man O'War, das Maultier von meinem Bruder Keer. Er ist mit Jefferson nur entfernt verwandt.«
»Es ist mir schnuppe, wer er ist.« Sie packte das Tier bei einem seiner langen Ohren, als wäre es ein kleiner Junge, und zog. Das

Maultier folgte ihr mit einem traurigen Seufzer in Richtung Tisch. »Am Ende machen immer die Frauen die Arbeit«, erklärte Missouri dem Tier. »Stillgestanden jetzt, hörst du?«
»Ich wünschte, es *wäre* Jefferson«, sagte Mr. Terry. »Der alte Jefferson war ein prima Maulesel.«
»Ist er krank?« fragte Missouri.
»Nein. Tot.«
»Das wird der Grund sein, warum der hier so unwillig ist. Ein Maultier spürt so was genau.«
»Mr. Graves hat ihn erschossen«, sagte Mr. Terry. Er und James hatten sich inzwischen an die Arbeit gemacht; sie trugen die Blätter vom Schlitten zum Tisch hinüber. »Er sagt, es wäre sein gutes Recht gewesen, weil Jefferson seinen Jungen getreten hat.«
»Nein, das stimmt nicht. Nur, wenn Jefferson seinen Jungen getötet hätte. Und ein Tritt reicht bestimmt nicht, um Sonny Graves umzubringen. Sonny ist doch nicht tot, oder?«
»Aber nein.«
»Nun, dann sollten Sie vor Gericht gehen. Wirklich, verklagen Sie Mr. Graves.«
»Ach, ich weiß nicht«, sagte Mr. Terry. Er drehte das Maultier herum, und als er es diesmal schlug, trottete es mit dem leeren Schlitten hinter sich in Richtung der Felder. »Saul wird ihn in Empfang nehmen«, sagte Mr. Terry zu James. Den Frauen am Tisch rief er zu: »Das war die letzte Ladung. Ich und die Männer machen jetzt Feierabend und trinken oben beim Haus noch ein Bier.«
»Daß Sie mir Lem nicht mehr als eins trinken lassen«, sagte Missouri. »Sie wissen doch, was sonst passiert.«
»Jaja.«
Er wischte sich wieder mit dem Tuch das Gesicht ab und machte sich auf den Weg zum Haus. James drehte sich um und sagte: »Ruf mich, wenn du hier fertig bist, Joan.«
»Ist gut«, sagte Joan.
Als die Männer gegangen waren, änderte sich die Stimmung: alles wirkte leerer und stiller. Der Geruch nach Schweiß und Maultier und Hitze war verflogen, und einen Augenblick lang

standen die Frauen mit ausdruckslosen Gesichtern da und schauten den beiden nach. Dann sagte Missouri: »Auf geht's«, und sie und Mrs. Hall nahmen wieder ihre Plätze neben den Stöcken ein. Die anderen wandten sich der neuen Ladung Tabakblätter auf dem Tisch zu.

»Wenn dieser James sich noch lange draußen in der Sonne aufhält, dann wird er die Rasse wechseln«, sagte Missouri zu Joan.

»Kann schon sein«, sagte Joan.

»Er ist ein guter Mann. Ein bißchen verschlossen allerdings – verrät nicht viel von sich.«

»Nein.«

Missouri wartete, ohne sich wieder an die Arbeit zu machen. Schließlich sagte sie: »Woher stammt er eigentlich?«

Die anderen blickten hoch. Joan sagte: »Ach... er ist irgendwo hier aus der Gegend.«

»Das sind wir doch alle«, sagte Missouri. »Aber aus welcher *Stadt*?«

»Er spricht nicht viel darüber.«

»Komisch«, rief Mrs. Hall. »Haben Sie ihn nie gefragt?«

»Er wird doch nicht etwa *gesucht*, oder?« sagte Missouri.

»Nein.«

»Man kann nie wissen. Ich war schon zweieinhalb Jahre mit Lem verheiratet, ehe ich herausfand, daß er schon mal verheiratet war. Das klingt vielleicht verrückt, aber ich sage Ihnen –«

»An Ihrer Stelle würde ich ihn fragen«, sagte Mrs. Hall.

»Das habe ich schon getan«, sagte Joan. Sie fühlte sich langsam unbehaglich. »Und er hat mir gesagt, wo er herkommt – aus einer ganz normalen Kleinstadt, ähnlich wie Larksville –«

»Warum verrät er dann den Namen nicht?«

»Na ja, Sie kennen doch Ansel«, sagte Joan.

»Ein komischer Kauz.«

»Er will nicht, daß James darüber spricht. Er hat Angst, James könnte ihn zurückschicken.«

»Das wäre vielleicht das beste«, sagte Mrs. Hall. »Haben Sie je die Eltern der beiden kennengelernt?«

»Ähem – nein.«

»Die beiden haben sich mit ihrer Familie zerstritten«, sagte Missouris Tochter Lily. Alle schauten sie an, und sie sagte: »Das erzählt jedenfalls Maisie Hammond.«

»Maisie Hammond hat doch keinen blassen Schimmer«, sagte Missouri. »Hab ich dir nicht beigebracht, auf Klatsch nichts zu geben?«

»Joan«, sagte Mrs. Hall, »an Ihrer Stelle würde ich ihn ohne Umschweife darum bitten. Ich würde sagen: ›James, ich möchte deine Familie kennenlernen.‹ So würde ich das machen.«

»Nein«, sagte Joan.

Die anderen warteten darauf, daß sie weitersprach, aber sie schwieg. Sie vertiefte sich in das Sortieren der Blätter; sie nahm jeweils ein paar an den Stielen zusammen, damit sie flach aufeinander lagen, und hielt schließlich das fertige Büschel in der Hand und wartete geduldig, bis Missouri nachgab und wieder zu binden anfing. Jedesmal, wenn Missouri ihr ein Büschel abnahm und die Blätter über den dicken harzigen Tabaksaft auf ihrer Haut streiften, spürte Joan ein seltsam taubes Gefühl in den Fingerspitzen. Der Tabaksaft bedeckte ihre Hände und Unterarme und war auch unter die Riemen ihrer Sandalen gedrungen, so daß ihre Fußsohlen mit schwarzem Harz überzogen waren. Wenn sie heute abend im Haus barfuß lief, würde sie dunkle Flecken auf dem Fußboden hinterlassen. Sie rieb sich an einer sauberen Stelle ihres Handrückens die Nasenspitze, und Missouri schnalzte mit der Zunge, um sie zur Eile anzutreiben. »Ich will endlich nach *Hause*«, erklärte sie, und Joan machte sich wieder über die Blätter her und reichte ihr das nächste Büschel. Nachts im Traum würde sie Tische voller Tabakblätter sehen, ganze Berge von gelbgrünen Blättern mit dem dünnen klebrigen Flaum und der rauhen Oberfläche, die sie an alte Bucheinbände aus grobem Leder erinnerte. Als sie ihrer Tante einmal erzählte, daß sie jede Nacht von Maultieren und Blättern und Trockenscheunen träumte, dachte ihre Tante, sie wolle sich über die Arbeit beklagen, und sagte: »Niemand *zwingt* dich dazu. Ich habe dir doch klar und deutlich gesagt, daß du diese Arbeit nicht machen sollst. Eine Sekretärin sortiert keinen Tabak, Liebes.« Aber Joan hatte nur gelacht und gesagt, sie fände es schön, im Traum Blätter zu sehen. »Es gibt

Schlimmeres, wovon ich träumen könnte«, sagte sie, und Mrs. Pike mußte ihr recht geben.
Missouri begriff, daß Joan keine weiteren Fragen beantworten würde, und fing wieder an zu reden. »Zurück zum Sitzen«, sagte sie. »Ich bin auf das Thema gekommen, weil Sie so bald nach dem, ähem, Unglück schon wieder arbeiten. Also, meine Liebe, hören Sie nicht auf Mrs. Pike. Ich kenne sie, sie ist bestimmt der Meinung, daß nicht mal James heute arbeiten sollte. Sie empfindet das als Respektlosigkeit. Aber sehen wir doch den Tatsachen ins Auge –«
»Nun, Respektlosigkeit ist nicht ganz das richtige Wort«, warf Mrs. Hall ein. »Aber ich verstehe Lous Standpunkt. *Ich* an Ihrer Stelle wäre heute nicht gekommen, Joan. Das sage ich Ihnen in aller Offenheit.«
»Was soll ich denn zu Hause machen?« fragte Joan. »Untätig herumsitzen?«
»Das meinte ich ja gerade«, sagte Missouri. »Vom Herumsitzen –«
»Sie hätten dableiben und sich nützlich machen können«, sagte Mrs. Hall. »Tee kochen und so. In solchen Zeiten darf man die Menschen nicht allein lassen. Und James, na ja, er ist doch beinahe Janies angeheirateter Cousin, ihr Cousin zweiten Grades oder wie man das nennt –«
Wieder schauten alle Joan an, aber sie legte nur weiter Blätter zusammen, also wandten sie sich seufzend wieder dem Tisch zu.
»Außerdem«, sagte Mrs. Hall, »ist doch sein eigener Bruder auch kurz davor –«
»Das führt zu nichts«, sagte Joan. »Sie denken eben anders darüber als ich. Ich glaube kaum, daß Tante Lou außer ihrem Mann jemanden um sich haben will, und der ist ja da. Und Simon auch, falls sie ihn sehen will.«
»Ist das nicht komisch«, sagte Lily plötzlich. »Bis letzte Woche hat sie sich kaum um Janie Rose *gekümmert*, und jetzt –«
»Sei still«, sagte Missouri. »Wir sprechen hier von Miss Joans *Verwandten*.«
»Das weiß ich. Aber hat sie nicht immer nur in den höchsten

Tönen von Simon gesprochen? Hat sie nicht Simon so verzogen, daß er –«

»Still jetzt.«

»Meine Füße bringen mich um«, sagte Mrs. Hall.

Ihre zweite Zuarbeiterin, die blasse, die Josephine hieß, schaute auf Mrs. Halls Füße hinunter und stupste einen von ihnen sanft mit der Spitze ihres Turnschuhs an. »Ich trage entweder Turnschuhe, oder ich gehe barfuß«, sagte sie. »Warum haben Sie Lederschuhe an?«

»Weil ich älter bin als Sie. Ich muß anständig aussehen.« Sie riß ihr Bindegarn ab und drehte sich zur Scheune um. »He, Jimmy!« rief sie.

»Seht euch das an«, sagte Missouri. »Sie ist mir um anderthalb Stöcke voraus, und ihr zwei trödelt herum. Beeil dich ein bißchen, Lily.«

Lily reichte ihr das nächste Büschel, hob ihre dünnen schwarzem Arme in voller Länge über ihren Kopf und reckte sich. Um ihrer Mißbilligung Ausdruck zu verleihen, spannte Missouri ihr Garn so fest, daß es einen sirrenden Ton machte und eins der Tabakblätter herunterfiel und im Sand landete. »Oje«, sagte Missouri. Sie gab Joan das Garn und bückte sich, um das Blatt aufzuheben. Dabei legte sie eine Hand in ihr Kreuz. Ein rosafarbener Unterrockträger rutschte über ihre Schulter. »Vor vier Stunden war es vier Uhr«, sagte sie, als sie sich wieder aufrichtete. »Jetzt ist es halb fünf. Wann wird es endlich fünf sein?«

»Es wird Ihnen auch nichts nützen, wenn es fünf ist«, rief Mrs. Hall, »solange Sie noch Blätter auf Ihrem Tisch haben.«

»Was kann ich denn dafür, wenn sie die meisten Blätter bei mir abladen.« Sie schob den Träger hoch und nahm Joan das Bindegarn wieder ab. »Ich sagte gerade etwas«, sagte sie. »Ich habe irgendwie das Gefühl, ich war noch nicht fertig.«

»Sitzen«, erinnerte sie Joan.

»Sitzen? Ach ja, Sitzen. Mein Gott, wie lange bin ich jetzt schon bei diesem Thema? Na, was soll's.« Sie schaute Lily an und schnippte mit den Fingern, denn Lily starrte mit geöffnetem Mund auf einen der Pekannußbäume. Lily zuckte zusammen und reichte ihrer Mutter schnell ein weiteres Blätterbüschel.

»Eigentlich«, sagte Missouri, »wollte ich auf ein Heilmittel für Mrs. Pike hinaus. Also, was ich sagen wollte, ist: Mrs. Pike muß wieder anfangen zu arbeiten.«
»Arbeiten?« fragte Lily. »Ich wußte gar nicht, daß Mrs. Pike gearbeitet hat.«
»Bist du wohl endlich *still*!« Missouri nahm das Garn von der rechten in die linke Hand und langte hinüber, um Lily einen Klaps auf den Arm zu geben. »Ich frage mich, wo du deine Zeit verbringst, Lily«, sagte sie. Sie nahm das Garn wieder in die rechte Hand und griff nach Joans Blätterbündel. »Nun, sie arbeitet tatsächlich. Sie ist Schneiderin. Kleine feine Stiche, und sie hat auch eine Singer-Nähmaschine. Miss Joan wird das bestätigen. Meistens ändert sie Sachen, aber sie näht auch manchmal etwas Neues. Du weißt es vielleicht deshalb nicht«, erklärte sie Lily, »weil sie es zu Hause macht. Heimarbeit. Eine Menge wichtiger Leute sind ihre Kunden. Mrs. Lawrence, die Frau des Richters zum Beispiel – ich habe sie im Auto vorfahren sehen. Verstehen Sie, worauf ich hinauswill, Miss Joan?«
»Nun ja, ich glaube schon«, sagte Joan. »Sie meinen, das würde sie auf andere Gedanken bringen. Aber als Schneiderin geht es einem wie als Friseuse – man muß sich mit den Kunden unterhalten. Und Tante Lou ist dazu momentan nicht imstande.«
»*Natürlich* nicht«, sagte Mrs. Hall. »Sie hat einfach nicht die Kraft dazu. Wenn ich euch schon reden höre!«
»Ich habe die Lösung«, rief Mrs. Halls erste Zuarbeitern. »Ich weiß gar nicht, warum ihr euch solche Sorgen macht.« Sie arbeitete weiter, während sie sprach, gab Mrs. Hall mit blitzartiger Geschwindigkeit ein ordentliches Büschel nach dem anderen. »Es ist genau wie nach einer Krankheit«, sagte sie. »Man muß eine Weile am Arm spazierengeführt werden. Also, Mrs. Pike muß eben auch ein bißchen geführt werden, bloß eben in bezug aufs Reden. Joan arbeitet doch nur jeden zweiten Tag; sie kann sich die Zeit nehmen. Sie könnte die Kunden empfangen und ihnen die Lage erklären, damit sie sich nicht wundern, warum Mrs. Pike so schweigsam ist. Und allmählich wird sich Mrs. Pike für das interessieren, was Joan erzählt. Sie wird auftauen und selber ein paar Bemerkungen beisteuern. Deshalb war Mrs.

Pike schließlich so beliebt, weil sie wie ein Wasserfall reden konnte.«

Missouri starrte sie mit offenem Mund an. »Charleen«, sagte sie, als Charleen fertig war, »du bist genauso dumm, wie du aussiehst. Du scheinst ja Miss Joan für eine Art wandelnde Zeitung zu halten. Aber Joan, die sagt doch den ganzen Tag kaum mehr als zwei Sätze. Mrs. Pike würde ihre Kundinnen so schnell verlieren wie ein Baum im Herbst seine Blätter, und dann hätte sie noch einen Grund mehr, verzweifelt zu sein.«

»Selber dumm«, murmelte Charleen und beugte sich tiefer über den Blätterberg vor ihr.

»Mrs. Pike geht es auch nicht schlechter als meiner Schwester Mary damals«, sagte Mr. Hall. »Als Marys Ältestes starb, saß sie sieben Tage und sieben Nächte draußen auf der Veranda. Selbst als es anfing zu regnen, weigerte sie sich hereinzukommen. Ich dachte schon, sie würde da draußen *verschimmeln*. Mrs. Pike sagt wenigstens ab und zu etwas.«

»Aber nicht viel«, sagte Josephine. Sie kratzte sich mit einer Nagelfeile den Harz von den Händen, während Mrs. Hall das Garn am Ende der Stange verknotete. »Ich bin nach dem Begräbnis zu ihr gegangen und habe gesagt: ›Mrs. Pike, es tut mir wirklich sehr leid.‹ Und wißt ihr, was sie gesagt hat? Sie sagte: ›Hier sollte Simons Schlafzimmer sein.‹ Es war direkt unheimlich.«

»Na ja, sie wollten dort oben ein Haus bauen«, sagte Mrs. Hall. Sie knallte einen neuen Stock auf den Ständer. »Ich finde, sie hätten Janie Rose auf dem Kirchhof begraben sollen, aber das muß jeder selber wissen.«

Missouri nahm ihren Strohhut vom Kopf und fächelte sich damit Luft zu. »Ihr könnt euch ausruhen«, sagte sie zu Joan und Lily. »Wir haben aufgeholt. Jimmy?«

»Ja?«

»Na los, bring das hier weg.«

Joan und Lily lehnten sich gegen den Tisch, so daß sie halb darauf saßen, und Missouri legte den Kopf in den Nacken, damit ihr Hals etwas von dem Luftzug abbekam. »Die Sonne ist fast weg«, sagte sie, »aber trotzdem noch glühend heiß. Was war mir eben eingefallen, Lily?«

»Woher soll *ich* das denn wissen?« fragte Lily.
»Still. Warte mal, ähem – ach.« Sie hörte auf, mit dem Hut zu wedeln, setzte ihn wieder auf und bückte sich nach einem neuen Stock. »Steht nicht so faul rum«, sagte sie barsch. »Charleen, ich nehme das zurück.«
»Was?«
»Was ich gesagt habe. Das nehme ich zurück. Du bist nur halb so dumm.«
»Oh, herzlichen Dank.«
»Nur halb so dumm, wie du aussiehst. Steh gerade, Lily, laß dich nicht immer so gehen. Was ist denn das für Zeug an deinen Händen?«
»Tabakharz natürlich, was sonst?«
»Oh.« Sie riß unter dem aufmerksamen Blick von Mrs. Hall den Faden ab und griff dann nach dem Büschel in Joans Hand.
»Vielleicht drücke ich mich unklar aus, aber ich denke nach«, sagte sie. Dann starrte sie eine Weile mit gerunzelter Stirn ins Leere. Schließlich sagte sie: »Das Älterwerden kann einem ganz schön zu schaffen machen.«
»Und *darüber* mußten Sie so lange nachdenken?« fragte Mrs. Hall verärgert.
»Aber nein«, sagte Missouri. »Ich wollte etwas ganz anderes sagen. Ich hatte mir irgend etwas überlegt.«
»Sie sprachen von Tante Lou«, warf Joan ein.
»Ja, ich weiß. Wenn ihr mich doch bloß –«
»Ich für meinen Teil«, sagte Mrs. Hall, »glaube, wir machen hier eine Menge Lärm um nichts. Sie finden es nicht normal, daß Mrs. Pike sich für ein paar Tage verkriecht. Aber es ist ja auch etwas Schlimmes passiert. Jemand ist gestorben. Das ist auch nicht normal. Mehr sage ich dazu nicht.«
»Um so besser«, sagte Missouri. »Sie lenken mich sowieso nur vom Nachdenken ab.«
»Aber Missouri –«
»Sie haben doch gerade gesagt«, unterbrach Missouri sie, »Sie würden dazu nichts mehr –«
Mrs. Hall seufzte und kehrte ihr den Rücken zu. Sie murmelte etwas, ließ aber die Sache auf sich beruhen, und Missouri nickte

ein paarmal mit dem Kopf. »Also«, sagte sie dann. »Was wollte ich –« Aber als Lily ungeduldig mit der Zunge schnalzte, genau wie ihre Mutter, bedeutete Missouri ihr mit einer Handbewegung, daß sie ruhig sein sollte. »Jetzt fällt es mir wieder ein«, sagte sie. »Das Älterwerden kann – Na ja. Wie auch immer. Natürlich ist niemand der Meinung, daß Mrs. Pike sich unnormal benimmt. Natürlich ist sie traurig. Und wird es auch immer bleiben. Sie wird bis ans Ende ihrer Tage ein kleines bißchen traurig sein. Aber wir werden trotzdem versuchen, sie aufzumuntern. Das ist ebenfalls ganz normal. Wir haben alle unsere Gründe dafür. Vielleicht wollen wir selber nicht an die Toten denken. Oder was es sonst noch für Gründe gibt.«

Sie bückte sich und schlug nach einer Fliege auf ihrem Bein. »Blödes Viech«, sagte sie zu der Fliege, dann griff sie nach Joans Blätterbüschel. Joan hielt die Blätter zu hoch und zu weit weg, und Missouri mußte erst mit dem Finger schnippen, ehe Joan es merkte. »Na los«, sagte sie. Joan wachte auf und reichte ihr die Blätter.

»Also, jedenfalls...«, sagte Missouri. »Jetzt weiß ich schon wieder nicht mehr, wo ich war. Wovon sprach ich eben?«

»Von Mrs. Pike«, sagte Joan.

»Mrs. Pike? Ach ja. Nein, ich wollte gerade auf jemand anderes kommen. Warten Sie, wie heißt er noch gleich?«

»*Mr.* Pike?« schlug Lily vor.

»Sei doch mal still. Obwohl der natürlich auch damit zu tun hat. Nein, warte mal – Simon. Ihr Sohn. Du kennst ihn doch, Joan, oder?«

»Er ist mein Cousin«, sagte Joan.

»Ach ja. Ja, Simon. Der wird daran kaputtgehen, wenn das so weitergeht. Verstehen Sie jetzt, worauf ich hinauswill?«

»Nicht ganz.«

»Das ist doch klar wie Kloß – he, Jimmy, trödel nicht so rum. Ich meine, Simon sollte ihr in ihrem Friseursalon helfen.«

»In ihrem –«

»Ich meine natürlich ihre Schneiderei. Siehst du, du hast mich völlig durcheinandergebracht. Jedenfalls ist er genau der richtige dafür.«

»Sie meinen, *er* sollte sich mit den Kunden unterhalten«, sagte Joan.
»Ganz recht.«
»Naja –«
»Er ist der einzige, der ihr helfen kann. Weder heißer Tee noch Besuch und nicht mal ihr eigener Ehemann können ihr helfen. Aber ihr kleiner Junge.«
»Ich wüßte nicht, wie«, sagte Joan.
Missouri machte ein verzweifeltes Gesicht. »Sie sind wirklich schwer von Begriff«, erklärte sie. »Sie haben keine Ahnung. Die Tapferkeit der Menschen, Miss Joan, zeigt sich darin, daß sie weiterhin sterbliche Wesen lieben, auch wenn sie den Tod kennengelernt haben. Muß ich Ihnen das wirklich erst erklären?«
Sie hielt ihren Faden straff gespannt, während sie Joan beim Zusammensuchen der restlichen Blätter beobachtete. »Ich hasse es, mit einem halbvollen Stock aufzuhören«, sagte sie.
»Also so was«, sagte Charleen. Sie lehnte sich kopfschüttelnd gegen den Tisch und sah zu, wie Mrs. Hall das letzte Büschel an ihren Stock band. »Nicht zu fassen. Wollten sie *das* die ganze Zeit sagen?«
»Ja«, sagte Missouri.
Am anderen Ende des Tisches blickte Mrs. Hall plötzlich auf. »Das ist wahr«, sagte sie gedehnt, aber als die anderen sie anschauten, schüttelte sie nur den Kopf. »Das ist wahr«, sagte sie noch einmal, hob den Stock mit dem Tabak sachte aus dem Gestell und reichte ihn dem wartenden Jungen.

6

James war bei seinem zweiten Bier, als er Joan kommen sah. Er saß, den Rücken gegen die Hauswand gelehnt, in einem Klappstuhl auf Mr. Terrys Veranda und hörte träge der Unterhaltung der anderen Männer zu. Auf seinem Knie bildete sich ein kühler feuchter Ring von der Bierdose. Neben ihm saßen noch vier weitere Männer an der Hauswand. Wenn Joan nicht gekommen wäre, hätte er vielleicht bis zum Abendessen dort gesessen und sich von der Arbeit des Tages ausgeruht, während der Wind sein schweißnasses Hemd trocknete. Aber dann sagte Mr. Terry: »Dahinten –«, und James blickte in Richtung der Felder und sah Joan den Sandweg heraufkommen. Sie war barfuß und trug in jeder Hand eine baumelnde Sandale. »Das Land dahinten im Osten will ich übernächstes Jahr auch bebauen«, fuhr Mr. Terry fort. Er sprach schon davon, solange James ihn kannte. »Ich werde den Alfalfa-Anbau ausweiten. Wozu gutes Land brachliegen lassen, sage ich immer.« James nickte nur, ohne richtig zuzuhören. Er kniff die Augen zusammen, um besser sehen zu können – Joan war noch weit weg –, und beobachtete, wie sie flink und anmutig den staubigen Weg entlangschritt. Sie hielt den Kopf gesenkt, so daß ihr Haar nach vorne fiel und einen Teil ihres Gesichts verdeckte. Die anderen Frauen liefen weit hinter ihr in Richtung Stadt, und einmal drehten sie sich um und winkten, aber Joan sah sie nicht. Die Frauen entfernten sich immer weiter, bis zwischen den Tabakpflanzen nur noch ihre bunten Kleider und die beiden schwarzen Schirme zu sehen waren, mit denen sich Lily und Missouri vor der Sonne schützten.

»Ich habe außerdem an die acht Hektar hinter dem Haus gedacht«, sagte Mr. Terry. »Sie gehören Paul Hammond, aber er nutzt sie nicht.«

»Nein«, sagte James.

»Hören Sie mir überhaupt zu?«

Joan hatte inzwischen den Vorgarten der Terrys erreicht. Sie betrat die Rasenfläche und ließ ihre Füße durch das Gras gleiten, als genieße sie seine Kühle, und Mr. Terry hörte auf zu reden, und die anderen beugten sich auf ihren Stühlen vor und nahmen die Hüte ab.

»Hallo, Joan«, sagte Mr. Terry.

»Hallo.« Sie blieb am Fuß der Treppe stehen und schaute lächelnd zu ihnen hinauf. »Lem«, sagte sie, »Missouri läßt Ihnen ausrichten, daß Sie gleich nach Hause kommen sollen.«

Lem kippte mit seinem Stuhl wieder nach hinten und schüttelte den Kopf. »Da muß ein Irrtum vorliegen«, sagte er. Sein Blick war leer und verträumt. Die anderen lachten leise.

»Wie auch immer«, sagte Joan. »Ich wollte fragen, ob du soweit bist, James. Oder willst du noch ein bißchen bleiben?«

»Nein, ich bin soweit.«
Er trank das restliche Bier in einem Zug aus und stand auf. Howell Blake, der am anderen Ende der Veranda saß und sich mit dem Taschenmesser die Fingernägel saubermachte, hob den Kopf und fragte: »Kommen Sie morgen wieder?«
»Das hängt von Roy Pike ab. Mir scheint, er muß noch eine Weile zu Hause bei seiner Frau bleiben.«
»Nun, Hauptsache, *einer* von Ihnen beiden kommt«, sagte Mr. Terry. »Sagen Sie Roy, daß ich weiß, wie das ist. Sagen *Sie* es ihm, Joan.«
»Mach ich.«
James stieg die Stufen hinunter, und Joan nahm ihre Sandalen in eine Hand, damit er ihre Hand in seine nehmen konnte. Sie waren beide mit Tabakharz beschmiert. Das Harz war inzwischen nicht mehr so klebrig, bildete aber immer noch eine dicke Schicht auf ihrer Haut, und es fühlte sich an wie Händchenhalten mit Gummihandschuhen. Er hielt trotzdem ihre Hand fest, drehte sich halb um und nickte den anderen kurz zu. »Bis morgen dann, wahrscheinlich«, sagte er. »Entweder ich oder Roy, einer von uns kommt bestimmt.«
»Okay. Bis dann.«
Sie durchquerten gemeinsam den Vorgarten und gelangten auf den Sandweg, der zur Schotterstraße führte. Als James nach unten schaute, sah er, daß Joans Zehen bei jedem Schritt kleine Staubwolken aufwirbelten. Ihre Zehen waren ebenfalls mit Harz bedeckt, und der Staub blieb an ihnen haften wie Zuckerguß.
»Ich muß unbedingt ein Bad nehmen«, sagte Joan, als wäre sie seinem Blick gefolgt.
»Nein. Du gefällst mir so.«
»Ich meine es ernst. Und du mußt auch baden. Danach können wir uns ja nach draußen setzen, um uns abzukühlen.«
»Okay«, sagte James. Er zog sie schneller vorwärts, denn er freute sich darauf, allein mit ihr draußen auf der Veranda zu sitzen. Aber Joan bremste ihn.
»Wenn du schnell gehen willst«, sagte sie, »muß ich meine Sandalen anziehen. Soll ich?«
»Nein, nein, schon gut.«

Aber sie bückte sich trotzdem, und James wartete, während sie in die Sandalen schlüpfte. Sie trug Bermudashorts und ein verblichenes blaues Hemd, das über die Hose fiel. Ein Windstoß blähte es auf, und sie sah plötzlich bucklig aus. James legte eine Hand auf den Buckel. Er verschwand unter dem Druck seiner Finger, und James spürte die Höcker ihrer Wirbelsäule durch den dünnen Stoff. Es kam ihm so vor, als kenne er Joans Kleiderschrank in- und auswendig. Er las die Jahreszeiten an ihrer Kleidung ab, und wenn sie etwas Neues kaufte, dann verursachte ihm das ein ungutes Gefühl, das erst wieder verschwand, wenn das Stück ein bißchen abgetragen aussah. Den Anfang des Frühlings nahm James erst dann wahr, wenn Joan das erste Mal eines ihrer alten Baumwollhemden trug, obwohl er ihn schon Tage vorher an den grünen Trieben und den aufbrechenden Knospen der Judasbäume am Straßenrand hätte erkennen können. Er lächelte, und Joan richtete sich auf und schaute ihn an, ohne die leiseste Ahnung zu haben, was in seinem Kopf vorging.

»Woran denkst du?« fragte sie.

»An nichts.«

Sie bogen in die Schotterstraße ein und faßten sich wieder bei den Händen. Ein Kombi fuhr vorbei, der so laut klapperte und ratterte, als würde er jeden Moment auseinanderfallen, und Joan winkte der Person am Steuer zu, aber James blickte gar nicht hoch. Er hatte die Augen auf den Schotter unter seinen Füßen geheftet und konzentrierte sich darauf, Joan durch die sandigsten Stellen der Straße zu führen. Nach einer Weile sagte er: »Ich habe eine Idee.«

»Was denn?«

»Wie wär's, wenn du heute abend rüberkommst und für uns kochst? Wir könnten uns zum Essen auf die Veranda setzen.«

»Du weißt doch, daß ich nicht kochen kann.«

»Ach, es brauchen ja nur Hot dogs zu sein.«

Er ließ ihre Hand los und legte den Arm um sie, so daß er beim Gehen die Bewegung ihrer Schulter an seinem Brustkasten spüren konnte. Sie gingen jetzt sehr langsam; ihm war es inzwischen egal, ob sie je irgendwo ankamen. Er wäre am liebsten ewig diese Straßen entlanggelaufen, wo ringsum alles leuchtete und einen sauberen, polierten Feierabend-Eindruck machte. Die Felder waren in das Licht der tiefstehenden Sonne getaucht und lagen zwischen den Windstößen still da. Hinter der Kurve kam das lange, schäbige Haus, dessen Blechdach das Sonnenlicht grell reflektierte, in Sicht. Es sah seltsam aus und wirkte fehl am Platze. Sie verlangsamten ihre Schritte noch mehr, um es zu betrachten. Dann sagte Joan: »Komm, wir rennen bis zum Haus um die Wette.«

»Jetzt?«

»Ja, los!«

Sie fing an zu rennen, hektisch und in ungleichmäßigem Tempo, und ließ dabei die Hände offen, anstatt sie wie die meisten Leute zu Fäusten zu ballen. James rannte ruhig und entspannt neben ihr her, denn er wollte sie nicht überholen. Wenn er mit dieser Geschwindigkeit lief, atmete er kaum schneller als gewöhnlich, aber Joan war bereits ganz außer Atem und lachte keuchend. Als sie den Vorgarten erreichten, blieb sie stehen und steckte ihr Hemd in die Hose. »Das war kein richtiger Wettlauf«, sagte sie zu ihm. »Du hast dich nicht mal angestrengt.«

Aber er knickte eine lange blaue stachelige Blume ab und überreichte sie ihr mit ernster Miene, als wäre sie die Siegerin, und sie nahm sie entgegen.

»Wann kommst du?« fragte er.

»Etwa in einer Stunde. Ich muß baden und dafür sorgen, daß die anderen etwas zu essen bekommen.«

»Kannst du deine Tante allein lassen?«

»Mal sehen, wie es ihr geht«, sagte Joan. Plötzlich bückte sie sich und schlug die Hände zusammen, ohne die Blume loszulassen. »He, Nellie«, sagte sie. »Bist du das?«

Im Gebüsch am Rand des Rasens raschelte es, und die Hündin steckte ihren Kopf heraus und schaute nach oben. »Wo bist du gewesen?« fragte Joan. Sie machte kleine lockende Handbewegungen. James wartetet einen Moment, aber als es so aussah, als würde Nellie eine ganze Weile brauchen, ehe sie entschied, ob sie mitkommen wollte, wandte er sich in Richtung Haus.

»Ich gehe schon rein«, sagte er.

»Ist gut. Komm jetzt, Nellie.«

James durchquerte den Vorgarten und stieg die Verandastufen zu seiner Haustür hinauf. Auf Ansels Stuhl lag eine zerlesene Zeitschrift, die er mit ins Haus nahm. »Ich bin wieder da, Ansel«, sagte er beim Eintreten. Aber Ansel gab keine Antwort, und seine Couch war leer. »He, Ansel?«

Auf dem Couchtisch lag säuberlich ausgebreitet Ansels komplette Muschelsammlung, mit den Hohlseiten nach oben. Es mußte einer von den Tagen gewesen sein, an denen er sich langweilte, ziellos im Haus herumlief, ab und zu stehenblieb und einen Gegenstand betrachtete, dann das Interesse daran verlor und erneut auf und ab lief. Aber er hatte nicht wie sonst an solchen Tagen James' Fotografien durchgesehen. Und er war weder in der Küche noch oben in seinem Zimmer. »Ansel?« rief James erneut. Seine Stimme schallte in eine reglose, tickende Stille hinein, die er beunruhigend fand.

Er ging wieder nach draußen. Joan war noch im Vorgarten, hatte sich hingehockt und tätschelte Nellie. Als sie James sah, sagte sie: »Du solltest längst in der Badewanne sein«, aber James schüttelte nur den Kopf.

»Ich kann Ansel nicht finden«, sagte er.

Joan erhob sich und kam zur Veranda. »Wahrscheinlich besucht er jemanden«, sagte sie. »Hast du geschaut, ob er einen Zettel dagelassen hat?«

»Ansel schreibt doch keine Zettel.«

»Er wird schon wiederkommen.«

»Ich weiß nicht recht. Würdest du mal nachsehen, ob er bei deiner Tante ist? Ich möchte sie nicht belästigen?«

»Okay.« Sie drehte sich um und schnalzte Nellie zu, die ihr daraufhin tänzelnd folgte. »Zeit für dein Abendessen«, sagte Joan zu ihr und lockte sie ins Haus, indem sie hoch über Nellies Kopf mit den Fingern schnippte. Die beiden verschwanden, und James blieb draußen auf der Veranda und wartete. Wenn Joan seinen Bruder drinnen angetroffen hatte, würde sie Hilfe brauchen, um ihn loszuwerden. Er stellte sich plötzlich bildlich vor, wie Joan rückwärts aus der Tür trat und mit den Fingern schnippte, um Ansel den Weg zu weisen, wie sie es bei Nellie gemacht hatte.

Er lächelte, dann entspannte er sich und stellte einen Fuß auf das Geländer der Veranda.
Aber als Joan herauskam, war sie allein. »Er ist bei den Potters«, sagte sie, ehe James fragen konnte. »Onkel Roy sagt, er war hier, aber Simon wollte ihn nicht reinlassen. Da ist er zu den Potters gegangen.«
»Vielleicht sollte ich nachsehen, ob er wirklich dort ist«, sagte James.
»Oh, es ist bestimmt alles in Ordnung, James. Was ist denn in letzter Zeit mit dir los?«
»Ich will ja nur sichergehen«, sagte er. »Willst du nicht mitkommen? Wenn ich alleine reingehe, lassen sie mich so schnell nicht wieder weg.«
»Also gut.«
Sie ging zu ihm hinüber, und er klopfte bei den Potters an die Tür. Es gab dort keine Fliegengittertür, weil sie keine brauchten. Sie hielten die Innentür immer geschlossen. Sommers wie winters wirkte ihr Teil der Veranda verlassen und leblos, und vor langer Zeit hatten sie James zwei Dutzend Zimtbrötchen geschenkt und ihn gebeten, die verbeulte alte Fliegengittergür aus den Angeln zu heben und hinter das Haus zu bringen. Auf James' Klopfen hin wurde zunächst das Papierrollos angehoben – um festzustellen, wer draußen stand –, und dann schob jemand zwei Riegel zurück. Die Tür ging knarrend auf und Miss Fayes rundes Gesicht erschien.
»Oh, hallo, James«, sagte sie.
»Hallo, Miss Faye.«
»Und Joan ist auch dabei. Joan, Liebes, Sie sehen aus, als hätten Sie den ganzen Tag an der frischen Luft verbracht. Gerade erst habe ich zu Miss Lucy gesagt – aber bitte, kommen Sie doch herein.«
»Eigentlich«, sagte James, »wollte ich nur fragen, ob Ansel hier ist.«
»Ansel?« Sie hatte die Tür jetzt ganz geöffnet und streckte einen Arm einladend nach hinten, um ihnen zu zeigen, daß sie willkommen waren. In der Hoffnung, Ansel zu erblicken, versuchte James an ihr vorbeizuspähen, aber die Einrichtung der Schwe-

stern Potter machte das unmöglich. Sie hatten ein Labyrinth aus hohen schwarzen Wandschirmen mit Blumenmuster gebaut, so daß die Wohnung in ein Dutzend oder mehr kleine Räume unterteilt war. Sosehr James auch den Hals reckte, er sah nur den Wandschirm hinter Miss Faye und dahinter weitere Wandschirme. »Ach, Ansel«, sagte Miss Faye. »James, ich mache mir Sorgen um den Jungen. Erst vorhin haben wir von ihm gesprochen, und ich sagte – wollen Sie nicht hereinkommen? Bleiben Sie doch nicht draußen stehen, kommen Sie herein.«

»Wir haben leider keine Zeit«, sagte Joan freundlich. »Ist Ansel hier?«

»Nun, mal sehen.« Sie wich einen Schritt zurück und gab die Türöffnung frei, damit sie eintreten konnten, und schließlich gingen die beiden hinein. Man konnte nie wissen, was sich hinter den vielen Wandschirmen verbarg. Die Luft war wegen der vielen kleinen Kammern und der meist geschlossenen Türen trübe und schal. Die Wände wirkten dick, was an den schweren Wandbehängen liegen mußte, denn im Rest des Hauses waren sie dünn wie Pappe. Kaum standen sie drinnen, schloß Miss Faye sie von der Außenwelt ab. »Na *also*«, sagte sie, schlug die Tür zu und schob die Riegel vor. James runzelte die Stirn (es gefiel ihm nicht, so eingesperrt zu werden), aber Joan lächelte amüsiert.

»Sie wollten uns sagen, ob Ansel hier ist«, erinnerte sie Miss Faye.

»Ja. Ja. Ich sagte – Lucy? Lucy, komm doch und begrüße unsere Gäste.«

Sie hörten Miss Lucy kommen. Sie brauchte lange für den Weg durch das Wandschirm-Labyrinth. Ihre Schritte kamen mehrmals näher und entfernten sich dann wieder, bis sie plötzlich direkt hinter Miss Faye auftauchte. Sie trug eine riesige weiße Schürze, die mit Witzen über Grillpartys bedruckt war.

»Lucy, sieh doch, wer hier ist«, sagte Miss Faye.

»Oh, wie schön!« Miss Lucy kam mit ausgestreckten Armen auf sie zu, und wie immer fragte sich James, was er tun sollte, wenn sie vor ihm stand – sie umarmen? –, aber Joan rettete die Situation, indem sie vortrat und Miss Lucys Hände ergriff.

»Mein Gott, sehen Sie gesund aus«, sagte Miss Lucy zu Joan, stieß ein kurzes Kichern aus und schüttelte ihre Dauerwelle. »Wir hatten heute schon so viel Besuch, daß ich ganz –«

»Also, genau deshalb sind wir hier«, sagte James.

»Kommen Sie, nehmen Sie doch Platz.«

»Wir wollten fragen –«

»Sie *müssen* einfach einen Moment Platz nehmen.« Sie ging, immer noch Joans Hände haltend, um den ersten Wandschirm herum. James starrte einen dickgepolsterten Plüschsessel an, der mit mehreren Sesselschonern überzogen war, und schüttelte dann den Kopf.

»Tut mir leid«, sagte er, »aber offenbar ist Ansel nicht hier, und nur deshalb sind wir gekommen.«

»Oh, ja. Ja, er war hier.«

»Wann?« fragte James.

»Um drei Uhr, auf die Minute. Nein, eher um viertel nach drei. Ich weiß nicht mehr. Faye...«

»Es war genau zwanzig nach drei«, sagte Miss Faye. »Ich war heute dran, die Uhr-Brosche zu tragen, und ehe ich die Tür öffnete, habe ich zufällig darauf geschaut, weil ich kontrollieren wollte, ob meine Bluse sauber ist. Und vor der Tür stand Ansel. Jetzt setzen Sie sich doch bitte.«

»Das ist fast zwei Stunden her«, sagte James.

»Nein, James, da irrst du dich.«

»Wieso, es ist gleich halb sechs.«

»Ja, er ist vor fast zwei Stunden *gekommen*, das stimmt. Aber gegangen ist er erst später, denn er blieb auf ein Marmeladenbrot.«

»Nun –«

»Und ein Glas Milch. Ich sagte: ›Ansel. Sie brauchen ein bißchen Fleisch auf den Rippen.‹ Und Lucy auch. Sie hat dasselbe gesagt. Ansel sagte: ›Oh, Miss Faye, ich weiß nicht recht.‹ Er war irgendwie traurig.«

»Weswegen?« fragte James.

»Das hat er nicht gesagt. Na, du weißt ja, wie er ist. An manchen Tagen ist das Leben einfach zuviel für ihn. So drückte er sich aus. ›Miss Faye‹, sagte er, ›an manchen Tagen ist das Leben einfach zuviel für mich.‹ Das hat er auch zu Lucy gesagt. ›Miss Lucy‹, sagte er, ›an manchen Tagen ist –‹«

»Hat er gesagt, wo er hinwollte?«

»Nun, nach Hause, nehme ich an.«

»Ich muß gehen«, sagte James.

»Aber Sie sind doch eben erst –«

»Tut mir leid, Miss Faye. Komm, Joan.«

Er war noch vor Miss Faye an der Haustür und schob selber die Riegel zurück, während Miss Fayes Finger nervös über seinen Händen flatterten. Dann stürzte er auf die Veranda hinaus, ohne sich die geringste Mühe zu geben, höflich zu sein. Joan folgte ihm, sagte aber über ihre Schulter hinweg noch etwas zu den Schwestern, um sie zu beschwichtigen. »Es tut mir leid, daß wir so überstürzt aufbrechen müssen«, sagte sie, »aber Sie wissen doch, wie das ist –«, und die beiden gaben leise, bedauernde Laute von sich, um zu zeigen, daß sie es wußten.

»Aber kommen Sie bald wieder«, rief Miss Faye ihnen nach, und James nickte müde und ließ die Tür zufallen. Sofort wurden die beiden Riegel wieder vorgeschoben.

Draußen stand James unschlüssig da und überlegte, was zu tun war. Joan schien überhaupt nicht beunruhigt zu sein. Sie sagte: »Ich habe Miss Lucys Hände mit Tabakharz beschmiert.«

»So ein Pech«, sagte James geistesabwesend.

»Sie hat ihre Hände so komisch angestarrt, dadurch ist es mir aufgefallen. Kleine schwarze Krümel klebten an ihnen.«

James wandte sich um und schaute sie an. »Verstehst du nicht?« sagte er. »Ansel ist weg.«

»Entschuldige, James.« Sie wurde ernst und ging zu ihm. »Er wird schon wiederkommen«, sagte sie.

»Ich weiß nicht recht.«

»Bis jetzt ist er doch immer wiedergekommen.«

»Ich *weiß* nicht«, sagte James. Er bückte sich, band seinen Schuh zu und schaute die Straße entlang, um festzustellen, ob jemand kam. Kein Mensch war zu sehen. »Es könnte alles *mögliche* passiert sein«, sagte er.

Joan hockte sich neben ihn und sagte: »Sonst ist er doch auch immer zurückgekommen, James.«

»Das hast du schon mal gesagt.«
»Ich meine nur –«
»Ich weiß ja, daß er wiederkommt. Ich habe das schon zigmal erlebt. Selbst wenn ich ihn nicht gesucht habe, ist er wiedergekommen. Aber ich kann mich nicht hundertprozentig darauf verlassen.«
Eine rotbraune Henne stolzierte wichtigtuerisch die Straße hinunter. Sie streckte den Kopf weit vor, als hätte sie ein bestimmtes Ziel. Beim Gehen schien sie Selbstgespräche zu führen; sie stieß kurze gackernde Laute aus. James und Joan schauten ihr nach, bis sie außer Sichtweite war.
»Ich muß immer wieder an Maisies Worte denken«, sagte James schließlich. »Wie würde ich mich fühlen, wenn er doch einmal zu weit ginge? Es wäre allein meine Schuld, wenn das geschähe.«
»Welche Maisie?« fragte Joan.
»Maisie Hammond.«
»Nun, du weißt doch, was dabei herauskommt, wenn du dich tatsächlich auf die Suche nach ihm machst. Hast du jemals erlebt, daß Ansel an einer Straßenecke steht und auf dich wartet? Er geht immer irgendwohin, wo du ihn nie im Leben suchen würdest, James. Du aber läufst die ganze Nacht durch die Gegend, weckst jeden Säufer und fragst, ob er ihn gesehen hat, und was hast du davon? Am Ende fährst du jedesmal wieder nach Hause und wartest, bis er von selber zurückkommt.«
»Mir ist aber wohler, wenn ich ihn gesucht habe«, sagte James.
»Ja, ich weiß.« Sie erhob sich wieder, und der Baumwollgeruch ihres Hemdes hing kurz in der Luft. »Ich betrachte es nüchterner als du«, sagte sie. »Er bedeutet mir nichts, deshalb sehe ich klarer. Ich weiß genau, daß er immer wiederkommen wird.«
»Gar nichts weißt du.«
»Hör mal«, sagte Joan. »Was ist los? In letzter Zeit war es mit euch beiden besser geworden. Du hast nicht mehr soviel Wirbel um ihn gemacht, und er lief kaum noch weg. Was ist plötzlich in dich gefahren?«
Er starrte ihre Füße an, die lang und schmutzig waren und in Sandalen steckten, die sich der Form ihrer Zehen angepaßt hatten. Ihre Füße machten ihn so wütend, daß er beinahe nicht ge-

antwortet hätte. Aber dann blickte sie besorgt und unsicher zu ihm hinunter, und er sagte: »Ich weiß auch nicht.«
»Aber es muß doch einen Grund geben.«
»Hör doch auf damit. *Du* hast schließlich keinen Bruder.«
»Mag sein«, sagte Joan, »aber mir ist unbegreiflich, warum du ständig auf Ansel aufpassen mußt, und es gefällt mir auch nicht. Wenn er wollte, könnte er tagsüber ganz normal arbeiten und abends ausgehen.«
»Das könnte er nicht.«
»O doch, das könnte er. Er könnte jetzt irgendwo beim Tanzen sein, und du und ich könnten auch etwas unternehmen. Wir wären nicht bloß ein langweiliges, eingespieltes Paar, das mit siebzig wahrscheinlich immer noch verlobt sein wird und sich längst zum Gespött der Leute gemacht hat. Hörst du mir zu?«
»Nein«, sagte James.
Er erhob sich aus der Hocke und stieg die Verandatreppe hinunter. An seiner Hose haftete Tabakharz und Staub von den Dielen, aber er klopfte die Krümel nicht ab. Die Sonne versank mattrot hinter dem Dach des Pickup. »Du brauchst kein Essen zu machen«, rief James.
»Das hatte ich sowieso nicht mehr vor.«
Er drehte sich um und schaute sie an. Sie stand breitbeinig und mit verschränkten Armen am Rand der Veranda. »Ich wünschte, du würdest auch mal richtige Schuhe tragen«, sagte er.
»Was?«
»Ich habe die Nase voll von diesen ewigen Sandalen.«
»Und ich habe von allem die Nase voll«, entgegnete Joan.
Ihre Stimme klang dünn und traurig. Ihr Tonfall veranlaßte ihn, sich noch einmal umzudrehen, aber sie hatte sich bereits abgewandt und ging die Veranda entlang. »Joan?« sagte er. Sie ging weiter, ohne zu antworten. Weil sie die Arme verschränkt hielt, sah ihr Rücken von hinten schmal und krumm aus. Sie lief mit ihren typischen, behutsamen Schritten, und ihre spitzen, nackten Fersen hoben und senkten sich sanft über den grauen Dielen.

7 Nachts, wenn alle im Bett lagen, schien das Haus nicht von drei Familien, sondern nur von einer bewohnt zu werden. Die verschiedenen Schlafgeräusche vermischten sich und drangen durch die dünnen Wände, und mittlerweile konnte James die Geräusche auseinanderhalten und genau sagen, woher sie stammten. Er kannte das Schnarchen von Miss Faye, das ebenso umständlich und verschnörkelt wie sie selbst war, und die lauten, trötenden Töne, die Mr. Pike von sich gab. Er kannte das Tock-Tock, wenn Miss Lucy gegen eine Wand klopfte, meistens gegen die Wand zum Schlafzimmer der Pikes, da Mr. Pike im Schlaf redete. James vermutete, daß sie einen Fingerhut dafür benutzte. Weil der Abstand zwischen seinem Teil des Hauses und dem der Pikes der Breite eines großen Zimmers entsprach, konnte er die leiseren Geräusche von dort – Simons oder Mrs. Pikes Schnarchen beispielsweise – nicht genau erkennen. Und er fragte sich, ob Joan wohl schnarchte. Aber die Alpträume von Janie Rose hatte er nur allzu häufig mitbekommen. Klar und deutlich hatte er die Geräusche gehört, die durch das offene Fenster ihres angebauten Zimmers im Erdgeschoß nach oben stiegen. »*Das* solltest du lieber nicht tun«, hatte sie in sachlichem Tonfall gesagt. Und dann: »Papi, bitte komm *schnell.*« Und dann war Mr. Pike hastig und unbeholfen im Dunkeln zu ihr getappt. Falls Simon im Schlaf redete, dann nur leise. James hörte ihn bloß morgens, wenn jemand ihn aufzuwecken versuchte und er dann mit lauter Stimme sagte: »Ja, *gut*, ich komme gleich! Ich habe schon meine Strümpfe an. Ist das Wetter nicht herrlich?« –, obwohl er immer noch fest schlief und lediglich versuchte, die anderen zu täuschen. Auch Mr. Pike brüllte manchmal. Wenn er samstags ein paar Bier zuviel getrunken hatte, konnte es passieren, daß er sämtliche Kopfkissen aus dem Fenster warf: »Neunundneunzig Komma zwei Prozent aller Menschen in den Südstaaten sterben den Erstickungstod«, schrie er dann in die Nacht hinaus, und Miss Lucy pochte gegen die Wand. Miss Lucy schlief niemals; davon war James überzeugt. Sie hielt die ganze Zeit Wache. In den Nächten, in denen Ansel sich unruhig in seinem alten Holzbett herumwarf, das in James' Zimmer stand (er weigerte sich, in dem anderen Zimmer zu schlafen, denn er hatte Angst, mit einem

tauben Gefühl in den Füßen aufzuwachen und allein zu sein), und ständig rief: »James, wie lange dauert die Nacht noch?«, klopfte Miss Lucy vorsichtig gegen die Wand und fragte, ob Ansel ihre Wärmflasche haben wolle. »Nein, Madam«, antwortete James daraufhin, und Miss Lucy ging weiter leise und geduldig auf und ab. Manchmal hätte James zu gerne gewußt, was sie dabei anhatte. Er stellte sie sich in einem zwanzig Pfund schweren, gesteppten Morgenrock vor, in dessen Saum, genau wie bei Gardinen, Bleigewichte eingenäht waren, denn irgend etwas schleifte bei jedem ihrer Schritte geräuschvoll über den Boden. Aber einmal hatte er, nachdem er kurz vor dem Schlafengehen zwei Pizzen gegessen hatte, einen furchtbaren Alptraum gehabt. Er hatte im Schlaf »O *Gott*!« geschrien und war zitternd aufgewacht, den eigenen furchterregenden Schrei noch in den Ohren. Dann hatte Miss Lucy geklopft und gesagt: »Keine Sorge, es wird alles wieder gut«, und seine Furcht war verschwunden. Er hatte sich, mit dem tröstlichen Gefühl, behütet zu sein, wieder hingelegt, und seitdem störte ihn das schleifende Geräusch von Miss Lucys Morgenrock nicht mehr.

Im Schlafzimmer der Potters schlug die Uhr vier; sie rasselte und keuchte vor jedem Ton. James lag angespannt im Bett und zählte die Schläge, obwohl er bereits wußte, wie viele es sein würden. Er war in den letzten Stunden immer wieder wach geworden, und sogar in seinen Träumen hatte er dichtbevölkerte Straßen nach der dünnen, gebeugten Gestalt seines Bruders abgesucht. Zuletzt hatte er vom vergangenen Jahr geträumt – von dem Tag, an dem man ihn aus einem fünfzehn Kilometer entfernten Ort anrief, um ihm mitzuteilen, daß jemand Ansel überfahren hatte, allerdings ohne zu erwähnen, daß es ein Fahrradfahrer gewesen war. Danach konnte James überhaupt nicht mehr schlafen. Er dachte über all die Katastrophen nach, die Ansel in der Vergangenheit zugestoßen waren, und über all das, was ihm heute nacht zustoßen könnte. Als die Uhr aufgehört hatte zu rasseln, bemerkte er, daß er mit so heftig gerunzelter Stirn ins Leere starrte, daß seine Stirnmuskeln schmerzten. Dann, als sei das Schlagen der Uhr eine Art Ouvertüre gewesen, hörte er plötzlich in der Ferne jemanden singen:

There's sunshine on the mountains
And spring has come again ...

James setzte sich auf und schob die Gardine zur Seite. Draußen war es stockfinster, nur eine Handvoll kleiner Sterne stand wie verstreute Sandkörner am blauschwarzen Himmel. Die Bäume jenseits des Feldes bildeten plumpe Silhouetten, und in der Stadt dahinter leuchtete nicht ein einziges Licht.

My true love said she'd meet me
But forgot to tell me when

Er stieg aus dem Bett und entwirrte die Beine seiner Schlafanzughose. Auf das kurze fragende Klopfen an der Wand (er hatte gelernt, Miss Lucys Fingerhut-Sprache zu verstehen) antwortete er: »Es ist alles in Ordnung, Miss Lucy.« Sie begann wieder auf und ab zu gehen, und auf jeden ihrer Schritte folgte das schleifende Geräusch des Morgenrocks, als habe sie einen leise murmelnden Begleiter. James rannte, während er noch seine Schlafanzugjacke zuknöpfte, aus dem Zimmer und lief im Dunkeln nach unten. Die singende Stimme war inzwischen näher gekommen.

I was walking down the track, Lord
With a letter in my hand,
A-reading how she left me
For that sunny Jordan land.

Die Haustür stand offen, aber die Gittertür war verriegelt. James schob den Riegel mit einem Finger hoch und machte die Gittertür weit auf. Dann ging er barfuß über die kalten, rissigen Holzbohlen der Veranda. Die Schlafanzughose schlackerte um seine Knöchel, und er stolperte fast (der Schlafanzug gehörte Ansel und war ihm zu groß); er bückte sich, um die Hosenbeine hochzukrempeln. Dann stieg er die Stufen hinunter und blickte angestrengt in die Finsternis. In der Mitte des Gartenwegs blieb er stehen, weniger, weil er etwas sah, sondern eher, weil er ahnte, daß jemand in der Nähe war. Eine lange dünne, leicht schwankende Gestalt ragte vor ihm auf. Sie roch nach Bourbon und war inzwischen so dicht vor ihm, daß er ihren Atem spürte.

And there's sunshine on the hills, Lord
And the grass is all of gold.

Die krächzende Stimme war zwar durchdringend, klang aber dennoch so schwach, als käme sie von weit her. James machte einen Schritt nach vorne. »Ansel«, sagte er.

My love has gone and left me,
And I'll cry until I'm old.

»Ansel«, sagte James erneut.
»Stör mich nicht, ich singe.«
»Komm mit rein.«
Er nahm Ansel beim Arm. Seine Haut war eiskalt. James konnte den Knochen darunter fühlen. Als er Ansel in Richtung Veranda zog, folgte sein Bruder ihm widerstandslos, hatte jedoch sein Gesicht, das nur ein Fleck in der Dunkelheit war, noch immer abgewandt. »Alle möglichen Leute bitten einen heutzutage zu sich herein«, sagte er ins Leere. »Das ist eine echte Plage.«
»Vorsicht«, sagte James. »Jetzt kommen die Stufen.«
»Die Potters sperren einen regelrecht ein. Haben dazu irgendwelche Vorrichtungen an der Tür. Stört es dich, wenn ich das Lied zu Ende singe?«
»Allerdings.«
»Ich glaube, ich singe es trotzdem zu Ende. Wohin bringst du mich, James?«
»*Rein*«, sagte James und hob ihn geradezu auf die erste Stufe. Ansel war so leblos wie eine Stoffpuppe. Durch diese Leblosigkeit wurde James plötzlich bewußt, wie wütend er nach dem stundenlangen Warten und Bangen auf Ansel war; statt ihn vorsichtig am Arm zu führen, hätte er ihn am liebsten ohne viel Aufhebens mit einem kräftigen Stoß ins Haus geschubst. »Rein mit dir«, sagte er und ließ Ansels Arm los. Ansel schwankte, machte eine tiefe Verbeugung vor ihm und ging als erster durch die Tür.
»Wirklich nett von dir, mich hereinzubitten«, sagte er zu James. »Du bist wirklich ein *gastfreundlicher* Mensch.«
»Falls du etwas essen willst –«
»Ich sterbe vor Hunger –«
»Mach dir ein paar Eier«, sagte James und ging durch das dunkle Wohnzimmer in Richtung Treppe. Hinter ihm sagte Ansel: »He, warte –«, aber James reagierte nicht. In der Stimmung, in

der er war, hätte er Ansel nicht einmal einen Kaffee gekocht. Er hatte sich die ganze Nacht Sorgen gemacht, und jetzt wollte er nur noch schlafen. Er knöpfte schon die Schlafanzugjacke auf, um möglichst schnell ins Bett zu kommen.

»Hast du denn nichts für mich gekocht?«

»Nein.«

»War es dir denn vollkommen egal, ob ich wiederkomme?«

»Du weißt ja, wie man Spiegeleier macht.«

»Also wirklich«, sagte Ansel und setzte sich auf etwas, das knarrte. »Ich nehme alles zurück, James. Was ist an deinem Verhalten eigentlich gastfreundlich?«

Die Stufen waren schmal, und James stieß sich deshalb immer wieder die Zehen. Er faßte, zur besseren Orientierung, die Wand an und spürte unter seinen Fingern die Rillen und Blasen in der Tapete. Hinter ihm sagte Ansel: »Bist du etwa sauer auf mich, James?«, aber James antwortete nicht. Er konnte bereits das Klopfen von oben hören. Miss Lucy machte sich bestimmt Sorgen.

»Vermutlich fragst du dich, wo ich war«, sagte Ansel, und es knarrte wieder, als er aufstand. »Das willst du doch immer wissen.« Er lief gegen irgendein Möbelstück, und dann torkelte er unsicher zur Treppe. »Du schränkst dadurch meine Möglichkeiten ein. Sobald ich dir gesagt habe, wo ich war, kann ich da nicht wieder hin. Was meinst du, wie lange es dauern wird, bis ich nirgendwo mehr hinkann?« Er ging inzwischen hinter James die Stufen hoch. Auf der engen Treppe klang seine Stimme hohl. Einen Moment lang blieb James stehen und hörte zu, wie Ansel näher kam, und dann stieg er die restlichen Stufen hoch und tastete sich an der Wand des Flurs entlang, um sein Zimmer zu finden.

»Alles nur eine Frage der Zeit«, sagte Ansel niedergeschlagen. »Der Zeit und der Geographie.«

»Wenn du in *meinem* Zimmer schlafen willst«, sagte James zu ihm, »solltest du besser aufhören zu reden.«

»Ich will es dir nur erklären.«

»Ich bin müde, Ansel.«

»Ich wollte es dir nur erklären.«

James ging weiter, in Richtung von Miss Lucys Klopfen. Er hörte, wie Ansels Hände jetzt hinter ihm über die Wand rutschten, und dann hörte das Geräusch auf, und mit einem *Klick* schaltete Ansel das Flurlicht an. Im ersten Augenblick blendete das Licht. James kniff die Augen zusammen und sagte: »Himmelherrgott –«, und Ansel schaltete das Licht rasch und schuldbewußt wieder aus. »Ich dachte nur«, sagte er, »da wir Strom haben –«

»Es ist vier Uhr morgens, Ansel.«

»Sag mal, trägst du meinen Schlafanzug?«

»Ach, geh doch zum Teufel.«

»Niemals«, sagte Ansel, aber James hatte nicht die Energie, ihm noch länger zuzuhören. Er war mittlerweile im Schlafzimmer, und auf dem Weg zum Bett pochte er gegen die Wand, damit Miss Lucy mit ihrem Klopfen aufhörte. Das tat sie auch. Er schlüpfte zwischen die kalten, unordentlichen Laken. Nachdem er sich ausgestreckt hatte, schloß er die Augen und versuchte, den Anblick von Ansel, der wie ein langer schwarzer Stock im Türrahmen stand und hin und her schwankte, aus seinen Gedanken zu verbannen.

»Ich wüßte gerne, was mit dir los ist«, sagte Ansel. »Bist du sauer auf mich, James?«

»Ja.«

»Ich habe doch bloß einen Spaziergang gemacht.«

»Normalerweise bist du nach deinen Spaziergängen halbtot, und ich bin es, der dich dann wieder gesundpflegen muß.«

»Warte mal«, sagte Ansel. »Ich kann es dir erklären. Du mußt mir nur einen Moment zuhören.«

»Wie soll ich dir zuhören, wenn ich schlafe?« fragte James und drehte sich mit dem Gesicht zum Fenster. Er hörte, wie Ansel ins Zimmer schlurfte, und nachdem er beim anderen Bett angekommen war, verriet ein leises, plumpsendes Geräusch, daß er sich darauf niedergelassen hatte.

»Ich habe alles versucht«, erzählte Ansel ihm. »Zuerst war ich bei den Pikes, aber Simon mag mich nicht mehr. Ich war bei den Potters, und die sperrten mich ein und fragten mich über meine neuesten Hämoglobin-Werte aus. Was blieb mir also übrig? In

der Kneipe sagte ich: ›Charlie‹, sagte ich, ›ich habe ein Problem.‹ Aber Charlie verkaufte mir bloß heimlich Schnaps. Von meinem Problem wollte er nichts hören.«
Ansel ließ seine Schuhe einen nach dem anderen auf den Boden fallen. Ein leises Klacken ertönte, als Ansel seine Krawatte über einen Bettpfosten warf. Trotz seiner geschlossenen Augen hatte James ein genaues Bild davon, wie sein Bruder sich ihm beim Reden zuwandte und mit den Händen gestikulierte, obwohl er wußte, daß er ihn nicht sah. »Schlaf jetzt, Ansel«, murmelte er, aber Ansel seufzte bloß und fing an, mit leisen, schnippenden Geräuschen sein Hemd aufzuknöpfen.
»Es hat etwas mit Janie Rose zu tun«, erzählte er James. »Hörst du mir zu?«
»Nein.«
»In den letzten Tagen hat fast alles mit Janie Rose zu tun. Ich weiß gar nicht, warum. Anscheinend hat sie durch ihren Tod alles aus dem Gleichgewicht gebracht. Weißt du, Janie mag keine Gladiolen.«
James reagierte nicht. Ein Knopf flog auf den Boden, kreiselte dann schier endlos herum, und Ansel trat mit seinem bestrumpften Fuß so heftig darauf, daß das ganze Haus bebte. James spürte, wie die Dielen unter seinem Bett zitterten. Eine Weile herrschte Stille. Dann beugte Ansel sich nach unten, stieß den angehaltenen Atem aus und fuhr auf der Suche nach dem Knopf mit den Fingern über den Fußboden.
»Hab ihn«, sagte er schließlich. »Mir war heute den ganzen Tag elend zumute. Ich hatte mir das Foto von dem alten Ford zu lange angeschaut. Ich verstehe nicht, warum ich so etwas immer wieder tue. Dann hatte ich die Idee, auf den Hügel zu gehen und Janie Rose einen Besuch abzustatten. Ich nahm mir vor, langsam zu gehen, um mich nicht zu überanstrengen. Das tat ich dann auch. Ich hielt unterwegs oft an. Aber als ich schließlich ankam, sah ich die ganzen verwelkten Blumen. Ich dachte: Hätte ich doch bloß ein paar Blumen mitgebracht. Ich dachte: Hätte ich doch bloß ein paar blaue Porzellansternchen mitgebracht. Hörst du mir zu, James?«
James knirschte mit den Zähnen und schwieg.

»Ich kenne noch drei weitere Namen für blaue Porzellansternchen: Quäkerfrauen, Engelsaugen und Jungfern-am-Wege. Janie Rose nannte sie natürlich Jungfern-am-Wege. Trotzdem war mein Gedanke: Hätte ich doch bloß ein paar blaue Porzellansternchen mitgebracht. Ich dachte nicht: Hätte ich doch bloß ein paar Jungfern-am-Wege mitgebracht.«
»Mein Gott«, sagte James träge. Er drehte sein Kopfkissen um, damit die kühle Seite oben war, und legte sich dann wieder hin.
»Also, Porzellansternchen passen nicht gut zu einer Beerdigung. Zu winzig. Aber auch Janie Rose war nicht der Typ für eine Beerdigung. Gewöhnlich sterben nur gute Menschen jung. Darum dachte ich: Hätte ich doch bloß –«
James hob den Kopf und brüllte: »Sei gefälligst still, Ansel«, und an der Wand ertönte aufgeregtes Klopfen. »Ich will es nicht hören«, sagte er mit leiserer Stimme zu Ansel, und dann legte er sich wieder hin und versuchte krampfhaft, an etwas anderes zu denken.
»Ich komme gleich zur Sache«, sagte Ansel. »Das muß ich dir unbedingt erzählen, James. Auf Janies Grab liegen *Gladiolen*.«
James hörte das Geräusch eines Reißverschlusses, und kurz darauf schabte eine Hose über den Boden. Dann zog Ansel seine Socken aus, und James hörte, wie sie nacheinander, zu weichen Bällen zusammengeknüllt, auf dem Fußboden landeten, und er stöhnte, denn seine Ohren waren heute abend offenbar überempfindlich.
»Janie Rose *verabscheut* Gladiolen«, sagte Ansel.
James sagte nichts.
»Sie haßt und verabscheut sie. Sie glaubt, es sind Zauberstäbe von Hexen, als Blumen getarnt. Das hat sie mir selbst gesagt.«
James machte die Augen auf und rollte auf die andere Seite. »Beerdigungen sind für die Eltern da«, sagte er. »Janie Rose ist tot, Ansel.«
Er runzelte die Stirn und wartete. Aus den Augenwinkeln schaute er zu Ansel hinüber und nahm schemenhaft die helle Gestalt in Unterwäsche wahr, die vor der Kommode stand und die mageren Arme über der Brust verschränkt hielt. Schließlich sagte Ansel: »Ich weiß.«

»Sie ist tot.«
»Das weiß ich ganz genau. Trotzdem, sie verabscheut Gladiolen.«
»Die Beerdigung ist für die anderen«, sagte James und drehte wieder auf die andere Seite. »Für Janie spielt es keine Rolle, welche Blumen auf ihrem Grab liegen.«
»Hör auf«, sagte Ansel. »Hör auf.« Er ging schleppend zu seinem Bett. »Es ist nicht leicht, jemanden zu beerdigen, James. Es gehört mehr dazu, als ein Loch in die Erde zu graben.«
»Geh endlich ins Bett.«
»Die Toten kommen, gewissermaßen, immer wieder an die Oberfläche.«
James vergrub das Gesicht im Kopfkissen.
»Ich erinnere mich noch an Janie Roses religiöse Phase«, fuhr Ansel unbeeindruckt fort. »Sie dauerte, wie du weißt, nicht sehr lange. Janie Rose wählte damals diesen verkrüppelten Baum im Garten aus, von dem sie ständig beschönigende Bilder malte, und ich glaube, sie widmete ihn Gott. Sie behängte ihn mit Blechbüchsen und Popcorn-Ketten. Aber schon nach einer Woche interessierte sie sich für etwas anderes. Die Vögel fraßen das Popcorn. Aber die Blechbüchsen hängen immer noch an den Zweigen und klappern im Wind, und Mr. Pike sitzt von früh bis spät draußen und starrt sie an. Obwohl er Janie Rose doch in ein Loch in der Erde gesteckt hat. Ha.«
James griff nach dem Laken und zog es wie eine Kapuze über den Kopf. Das Rascheln des Lakens übertönte alles andere, und als er dann wieder still lag, hörte er die Geräusche nur noch undeutlich. Als Ansel sich wieder hinsetzte, schien das leise Quietschen der Bettfedern wie aus weiter Ferne zu kommen, und seine Stimme klang gedämpft.
»Ich sollte Botanik studieren«, sagte er gerade. »Meinst du nicht auch? Ich weiß so viel über Pflanzen, daß ich eigentlich Botanik studieren sollte.«
James lag bewegungslos da und starrte die dunklen Weinranken auf der Tapete an, bis seine Augen schmerzten.
»Bei Mama waren es Lilien«, sagte Ansel. »Wirklich, sie haßte Lilien. Sie sagte, sie wolle bloß ein Kreuz aus –«

»Wir werden nicht wieder mit diesem Thema anfangen«, sagte James zur Tapete.
»Wir sprechen über *gar* kein Thema mehr. Das einzige, worüber man hier noch ein unverfängliches Gespräch führen kann, ist das Wetter. Also, ich sagte eben, daß sie nur ein Kreuz aus Rosen haben wollte. Keine Lilien. Und weißt du, was die Leute geschickt haben? Weißt du's?«
Er wartete. Das Schweigen dauerte an. James' Arm, der unter seinem Körper lag, schlief langsam ein, aber James wollte sich nicht bewegen, weil er Angst hatte, die Stille zu unterbrechen. Er bewegte vorsichtig, ohne ein Geräusch zu machen, die Finger.
»Sie haben Lilien geschickt«, sagte Ansel schließlich. »Das hättest du dir doch denken können. Wenn du dabeigewesen wärest, müßte ich dir das alles nicht erzählen. Immerhin habe ich dich angerufen. Ich habe mit dir telefoniert und dir gesagt: ›James‹, habe ich gesagt, ›würdest du freundlicherweise zu Mutters Beerdigung kommen?‹ Es war ein Ferngespräch, von Caraway nach Larksville. Aber du hast mir nicht geantwortet, sondern bloß seelenruhig den Hörer aufgelegt. Wenn ich ein hartnäckiger Mensch wäre, würde ich dir immer noch dieselbe Frage stellen. Ich würde dich heute noch fragen: ›James, würdest du freundlicherweise zu Mutters Beerdigung kommen?‹ Weil du mir in all den Jahren nicht ein einziges Mal geantwortet hast. Darum frage ich dich jetzt: James, würdest du freundlicherweise –«
»Nein, werde ich nicht«, sagte James.
Auf der anderen Seite des Zimmers war zu hören, wie jemand kurz, schnell und geräuschvoll Atem holte, und hinter der Wand, in der Wohnung der Potters, setzten die stetigen Schritte, begleitet vom seufzenden Nachhall des schweren Morgenrocks, wieder ein. Ansel legte sich hin.
»Es gibt zwei Arten von Sünden«, sagte er nach einem Moment. Seine Worte waren an die Decke gerichtet, und seine Stimme klang verträumt. »Es gibt die allgemeine Sünde, und es gibt die persönliche Sünde. Gegen die allgemeine Sünde gibt es Gebote und Gesetze und Vorschriften. Die persönliche Sünde ist die Sache eines jeden einzelnen. Man begeht sie, wenn man einen Menschen tief kränkt. Hörst du mir zu? Paß gut auf: Was jetzt

kommt, ist wichtig. Ich habe eine allgemeine Sünde begangen, die mir die Leute irgendwann einmal vergeben werden. Ich habe zuviel getrunken und mich mit einem Mädchen eingelassen, von dem alle wußten, daß es nichts taugte. Aber du hast eine persönliche Sünde begangen, die man dir *niemals* vergeben wird. Du hast andere Menschen gekränkt – indem du andauernd ausgerissen bist und ihnen schließlich unverblümt deine Meinung über sie gesagt hast und für immer von zu Hause weggegangen bist. Und dann bist du nicht zur Beerdigung gekommen. Glaubst du, sie werden dir *das* verzeihen? Nein, mein Lieber. Mich werden sie eines Tages in der Kirche beweinen, und sie werden mir verzeihen. Aber dir nicht. Manchmal bin ich gar nicht so dumm.«

James sagte nichts. Ansel stützte sich auf einen Ellbogen, um zu ihm hinüberzuschauen, aber er behielt den Kopf unter seiner Kapuze. »James?« sagte Ansel.

»Was?«

»Was ich gesagt habe, ist dir egal, stimmt's?«

»Ja«, sagte James.

»Belastet es dich gar nicht? Denkst du denn nie darüber nach? Schau uns an. Du bist ohne einen Abschiedsgruß von zu Haus weggegangen, und mich hat man weggejagt wie einen räudigen Hund. Belastet es –«

»Wie bitte?« fragte James.

»Was?«

»Man hat dich *was*?«

»Man hat mich weggejagt wie einen –«

»Niemand hat dich weggejagt.«

»Doch. Vater sagte, ich sei Alkoholiker; er sagte; ich sei –«

»Das hat er nie gesagt.«

»Na ja, aber zumindest beinah. Er sagte: ›Verschwinde aus meinem Haus‹, sagte er. ›Solange du trinkst und dich mit diesem Mädchen in den roten Hosen rumtreibst, will ich dich hier nicht mehr sehen.‹ Das waren seine Worte.«

James hob unter dem Laken ein wenig den Kopf. Er blickte durch das dunkle Zimmer zu Ansel hinüber und sagte: »Erzähl nicht so einen Unsinn, Ansel.«

»Was?«

»Du bist weg*gegangen*. Wir sind beide weggegangen. Erzähl die Geschichte richtig.«
»Was für einen Unterschied macht das schon? Wen stört es?«
»Mich stört es«, sagte James. »Suche *ich* nach Ausreden, warum ich weggegangen bin? Es ist mir egal, ob du ihn im Stich gelassen hast oder nicht, nur mach dir bitte nichts vor. Erzähl mir nicht, daß er dich rausgeschmissen hat.«
»Also«, sagte Ansel nach einem Moment. »Ich habe ziemlich viel getrunken und –«
»Dabei schmeckt es dir noch nicht einmal«, sagte James.
»Tut es doch.«
James legte sich wieder hin und wickelte das Laken fester um seinen Kopf, und Ansel sprach mit lauterer Stimme weiter. »Es hat wunderbar geschmeckt«, sagte er. Und dann: »Na ja, vielleicht hat er mich nicht direkt rausgeschmissen, und dennoch –«
Es fing ganz sacht an zu regnen, und die Tropfen fielen klackend auf das Metalldach, als seien sie eine Kette von Ausrufungszeichen, zwischen denen genug Zeit für Ansels Worte war.
»James«, sagte Ansel.
»Hmm.«
»Etwas verstehe ich nicht, James. *Du* warst ihr Lieblingskind. Die anderen waren nichts Besonderes, und ich hatte ständig eine Triefnase. Ich glaube, ich hatte schon von Geburt an eine Triefnase und gerötete Augen. Einmal hörte ich, wie Vater sagte: ›Wenn es einen Preis für Dauerschniefen gäbe, würde er ihn bekommen‹, und Mutter sagte: ›Willst du wohl still sein. Vielleicht gibt sich das ja noch.‹ Sie dachten, ich hätte es nicht gehört.«
»Sie haben es nicht so gemeint«, sagte James.
»Doch, das haben sie, und das weißt du auch. Aber *dich* mochten sie; warum bist du weggegangen? Warum bist du nicht zur Beerdigung gekommen? Ich sagte: ›Vater‹, sagte ich, ›willst du, daß ich James bitte, zu Mutters Beerdigung zu kommen?‹ ›Von welchem James redest du?‹ fragte er. ›Von deinem *Sohn* James‹, sagte ich zu ihm. Und er entgegnete: ›Oh. Tu, was du für richtig hältst, Ansel.‹ Damals lebte ich noch zu Hause, und sie hatten noch die Hoffnung, daß ich mich ändern würde; sie ließen mir in gewis-

sen Dingen freie Hand. Ich rief dich an und sagte: ›James, würdest du bitte freundlicherweise zu Mutters Beerdigung kommen?‹ Später fragte er mich, ob ich dich angerufen hätte. ›Ansel‹, sagte er, ›hast du die Person eingeladen, die du vorhin erwähnt hast?‹ Und ich sagte nein, weil ich das für das beste hielt. Vater sagte: ›Er wäre nicht gekommen. Er war schon immer so‹, sagte er. ›Ihm fehlt unsere Frömmigkeit. Es wäre zwecklos gewesen, ihn zu fragen.‹«

Der Regen wurde stärker. Die Tropfen trommelten jetzt unablässig auf die Metallplatten, und Ansels Worte waren zwar noch zu verstehen, der Tonfall seiner Stimme ging aber völlig unter.

»Ich werde dorthin zurückkehren«, sagte er gerade. »Die Leute werden irgendwann vergessen, was ich getan habe, und ich werde zurückkehren. Ich sehne mich nach einer frommen Umgebung.«

Er legte sich wieder hin, und James nickte kaum merklich, in der Hoffnung, endlich einschlafen zu können. »Den Gottesdiensten hier fehlt etwas, finde ich«, fuhr Ansel fort. »Zu ruhig. Zu Hause war es schöner. Mrs. Crowley redete mit tausend Zungen. Es gab bestimmte Dinge, die einen fesselten. Ein rotes Glas auf dem Fenstersims der Chorempore, über dessen Rand etwas Braunes ragte, wie die Schaumkrone auf einem Bier. Ich glaube inzwischen, daß es Wachs war und das Glas eine Art Kerze. Aber früher dachte ich, es sei vielleicht irgendein brauner Pilz, eine Substanz, die sich von allein vermehrt. Erinnerst du dich daran, James?« Er wartete einen Augenblick. »*James*?« sagte er, und seine Stimme übertönte sogar das Prasseln des Regens.

»Nein, ich erinnere mich nicht«, sagte James.

»Manchmal glaube ich, dein Gedächtnis ist eine leere schwarze Tafel, James.«

»Ich gebe mir auch alle Mühe, daß es so bleibt«, sagte James.

»Das merke ich. Ich wette, du wirst mich nicht einmal vermissen, wenn ich weg bin. Ich werde heimkehren und Geschenke mitnehmen. Eine Haarbürste aus Naturborsten für jede unserer Schwestern, ein Brettspiel für Claude und eine französische Bruyèrepfeife für Vater. Blumen für das Grab und für die Küche einen Stapel dieser neuartigen, unzerbrechlichen Teller. Eine Trompetenmuschel mit einem Kruzifix darin, als Ersatz für die,

die du damals runtergeworfen hast, und eine Leselampe mit Schwenkarm…«

Der Regen prasselte weiter, und James lauschte ihm mit ganzer Aufmerksamkeit. Er hatte den ganzen Tag kein schöneres Geräusch gehört. Das bleierne Gefühl verschwand langsam, und der Regen wiegte ihn in den Schlaf.

»… eine neue Schaukel«, sagte Ansel gerade. »Obwohl vermutlich niemand von uns sie heute noch benutzen würde. Früher hatten wir bloß einen Autoreifen. Das war nicht schlecht, und wir konnten auch hoch genug schaukeln, aber man konnte nicht bequem sitzen. Wenn man die Beine hindurchsteckte, waren sie eingeklemmt. Wenn man sich auf den Reifen draufsetzte, wurde einem nach kurzer Zeit schwindelig, weil man sich ständig um sich selbst drehte. ›Aufhören‹, rief man dann und klammerte sich an die Schnur wie ein Affe an eine Palme, und alle anderen lachten…«

8

Am Dienstag morgen stand Mr. Pike als zweiter auf. Er kam in Arbeitskleidung und mit einer Schirmmütze aus Nylon in der Hand in die Küche, und er nahm behäbig am Tisch Platz, stellte die Füße, die in Stiefeln steckten, vor sich hin und ließ den Stuhl geräuschvoll über das Linoleum rutschen. »Ich gehe heute Tabak pflücken«, sagte er zu Joan. Joan stand am Herd und spähte in das Guckloch im Kaffee-Perkolator, um zu sehen, ob der Kaffee stark genug war. Sie reagierte nicht auf die Ankündigung ihres Onkels, weil sie in Gedanken mit anderen Dingen beschäftigt war, aber als sie sich umdrehte, sah sie, daß er sie erwartungsvoll anschaute.

»Was sagtest du?« fragte sie.

»Ich werde heute Tabak pflücken gehen«, wiederholte er.

»Oh. Gut.«

Aber er schien immer noch auf irgend etwas zu warten. Er legte seine großen, knochigen Hände gefaltet auf den Tisch und beugte sich Joan mit aufmerksamem Blick entgegen, aber sie hatte keine Ahnung, was er von ihr wollte. Sie nahm die Kanne

vom Herd und trug sie zur Spüle, um den Kaffeesatz wegzuwerfen.
»Wir brauchen das Geld«, sagte ihr Onkel.
Joan schüttete den Kaffeesatz in den Abfalleimer und hielt dabei den Kaffeebehälter mit spitzen Fingern fest, um sich nicht zu verbrennen.
»*Irgendwann* muß ich ja schließlich wieder anfangen zu arbeiten«, sagte er.
»Ganz recht, Onkel Roy.«
»Die Stimmung hier im Haus wird immer bedrückender. Ich hatte gehofft, es würde langsam besser werden.«
»Das wird es bestimmt bald.«
»Ich weiß nicht so recht.«
Er sah Joan zu, wie sie einen Becher Kaffee vor ihn hinstellte. Die Zuckerdose, die sie ihm hinhielt, starrte er an, als habe er noch niemals solch ein Gefäß gesehen.
»Zucker?« fragte Joan hilfsbereit.
Er schüttelte den Kopf, und sie stellte die Dose neben seinen Ellbogen.
»Es ist nicht gut, den ganzen Tag untätig herumzusitzen«, sagte er.
»Trink deinen Kaffee«, erwiderte sie. Sie schenkte sich selber einen Becher ein und setzte sich, nachdem sie ihre Jeans an den Knien hochgezogen hatte, ihm gegenüber an den Tisch. Ihr Blick war noch vom Schlaf verhangen, und sie nahm alles nur verschwommen, wie ein schimmerndes Muster wahr – die sonnenbeschienenen Flächen auf dem abgewetzten Linoleum, die runden Böden von Mrs. Pikes Töpfen, die nach Größe sortiert an der Wand hingen, die gebeugte, fragende Gestalt ihres Onkels. Als sie ihren Kaffee mit einem Messer, das gerade zur Hand war, umrührte, reflektierte die Klinge das Sonnenlicht, und ein heller Fleck huschte über die Wand wie ein Fisch durch einen Teich, und ihr Onkel hob den Kopf. Er verfolgte den Fleck wie hypnotisiert. Joan legte das Messer auf den Tisch, und der Lichtfleck schnellte nach oben, bis unter die Decke, und Mr. Pike schaute hoch. »Willst du Sandwiches mitnehmen?« fragte sie.
Er antwortete nicht. Sie nahm einen Schluck von ihrem Kaffee.

Aber er schmeckte unangenehm fade, und sie stellte den Becher wieder ab. »Muß ein Machtwort sprechen«, murmelte ihr Onkel. Joan zeichnete mit dem Daumennagel Kreise auf die Tischdecke. Draußen fing ein Vogel an zu zwitschern, und das brachte ihr die Einzelheiten ihrer wirren Träume aus der vergangenen Nacht in Erinnerung, zwischen denen sie für längere Zeit wach gelegen und ihr Kopfkissen immer wieder auf der Suche nach einer kühlen Stelle umgedreht hatte. Seit der Regen aufgehört hatte, zwitscherten die Vögel. Joan rieb sich die Augen und sah durch die geschlossenen Lider rote und purpurfarbene Streifen.

»Was die Sandwiches betrifft«, sagte ihr Onkel plötzlich, »ich will keine. Ich komme zum Mittagessen nach Hause.«

»In Ordnung.«

»Das ist das *mindeste*, was ich tun kann.«

»Ist gut.«

»Was ist mit dir los?« fragte er und griff endlich nach der Zuckerdose. »Bist du böse, weil ich Tabak pflücken gehe?«

»Nein, ich finde, es ist das Beste, was du tun kannst. Vergiß nicht, James Bescheid zu sagen, daß er heute nicht arbeiten muß.«

»Ich dachte, du könntest das machen«, sagte Mr. Pike.

»Nein, mach du es.«

»Du arbeitest doch heute nicht; da hast du bestimmt den Moment Zeit.«

»Mir wäre es aber lieber, wenn du es machst.«

»Oje«, sagte Mr. Pike plötzlich, »habt ihr euch etwa gestritten?«

Joan nahm einen weiteren Schluck von ihrem Kaffee. Er schmeckte immer noch nach nichts. Ein Kolibri kam bis dicht vors Fenster hinabgeflogen und blieb dort. Er schwebte in der Luft wie ein Spielzeugvogel an einem Bindfaden und schaute mit seinen kleinen Augen neugierig in die Küche. Er war so nah, daß Joan und ihr Onkel sehen konnten, wie sein Herz unter seiner gefiederten Brust heftig pochte. Mr. Pike starrte den Vogel geistesabwesend an.

»Ich habe nie viel von langen Verlobungszeiten gehalten.«

»Was?«

»Je länger man verlobt ist, desto mehr Anlässe für Streit gibt es.«
»Ich bin nicht verlobt«, sagte Joan kurz angebunden. »Und überhaupt: an *mir* liegt es nicht.« Ihr Onkel wandte den Blick von dem Kolibri ab und schaute sie fragend an.
»Da bin ich mir nicht so sicher«, sagte er, »aber eines kann ich dir sagen: Manche Männer müssen erst ein bißchen angeschubst werden.«
»Ich halte nichts vom Anschubsen.«
»Manchmal geht es nicht anders. Hab ich dir je erzählt, wie es gekommen ist, daß deine Tante und ich geheiratet haben?«
»Ich bin dafür nicht in der Stimmung«, sagte Joan.
»Na ja, ich wollte es auch nur ganz kurz erwähnen.«
»Nein, ich will es nicht hören«, sagte sie und hatte plötzlich das Bild ihrer nicht mehr jungen Tante vor sich, wie sie oben reglos im Bett lag. »Geh *du* zu James«, sagte sie.
»Ach nein, Joan.«
»Jemand muß es tun.«
»Ach, Joan, du weißt doch, wie das ist. Wenn ich rübergehe, treffe ich Ansel, und der ist um diese Zeit immer gutgelaunt und gesprächig. Gutgelaunt am frühen Morgen – kannst du dir das vorstellen?«
»Vielleicht schläft er noch«, sagte Joan.
»Ansel? Nein. Ich habe gehört, wie er mitten in der Nacht lauthals singend nach Hause gekommen ist, und wahrscheinlich hat er den Rest der Nacht gesungen und singt immer noch. Wo ist Simon?«
»Im Bett.«
»Habe den Jungen seit Tagen nicht gesehen. Schick *ihn* doch rüber.«
»Er wird auch nicht gehen wollen.«
»Hör zu«, sagte Mr. Pike. Er stand auf, dadurch wackelte der Tisch, und der Kolibri flog unvermittelt davon. »Ich kann es heute nicht ertragen, Ansel zu sehen«, sagte er. »Ich weiß nicht, warum, aber in letzter Zeit geht er mir furchtbar auf die Nerven. Könntest du *bitte* rübergehen?«
»Na ja, also gut«, sagte Joan.

»Gut, das wäre also erledigt. Vielen Dank.«
Er setzte sich wieder, und Joan schaute sich erneut in der Küche um. Alles, was sie sah, verursachte ihr Heimweh, wenn auch nicht nach einem bestimmten Zuhause. Das Sonnenlicht auf dem Linoleum erinnerte sie an etwas aus ihrer Kindheit, das ihr fehlte, obwohl sie, soweit sie wußte, niemals in einem Haus gewohnt hatte, wo in der Küche Linoleum lag. Sie starrte auf den weißgetupften Fußbodenbelag mit dem Muster aus roten Balken und blauen Vierecken und die von den Küchenstühlen herrührenden Dellen und die Kratzer, die in der Sonne deutlich sichtbar waren. Schließlich wandte sie den Blick ab und schaute in das ledrigbraune Gesicht ihres Onkels, aber er sah sie bloß an und sagte: »Wir brauchen das Geld«, und daher wandte sie ihren Blick erneut ab. Ihr Kaffee war inzwischen abgekühlt und die Oberfläche sah ölig aus, aber sie trank ihn trotzdem.
Als ihr Onkel seinen Becher geleert hatte, schob er ihn in die Mitte des Tisches, erhob sich und setzte seine Mütze schräg auf den Hinterkopf. »Du hast hier vermutlich alles im Griff«, sagte er.
»Ja.«
»Dann gehe ich jetzt.«
Er stapfte in seinen Stiefeln zur Vordertür, mit eben jenen schwerfälligen Bewegungen, die Simon immer nachzuahmen versuchte. Der Fußboden bebte unter seinen Schritten. Joan hörte, wie die Feder quietschte, die Gittertür geöffnet wurde und die Scharniere klapperten, als sie wieder zufiel. Dann lief Mr. Pike über die Veranda, und Joan wartete darauf, das besonders laute Rumsen auf der hölzernen Vordertreppe zu hören, aber es blieb aus. »Joan?« rief er.
»Was.«
»Joan!«
Sie erhob sich und ging nach draußen. Sie fragte sich, warum Männer immer stehenblieben, wo sie waren, und laut riefen, statt näher zu kommen. Ihr Onkel stand mit dem Rücken zum Haus am Rand der Veranda, hatte die Mütze abgenommen und kratzte sich den Hinterkopf. »Was ist los?« fragte sie ihn, und er drehte sich zu ihr um.

»Also, ich habe es deiner Tante mitgeteilt«, sagte er. »Aber ich bin nicht sicher, ob sie zugehört hat.«
»Was hast du ihr mitgeteilt?«
»Daß ich zur Arbeit gehe. Aber ich bin nicht sicher, ob sie zugehört hat. Sagst du es ihr bitte noch einmal?«
»Mach ich«, sagte Joan.
»Sag ihr, daß wir das Geld brauchen. Erklär ihr das. Sag ihr, es tut mir leid.«
»Mach ich, Onkel Roy.«
»Ich kann nicht die ganze Zeit rumsitzen und *Bäume* anstarren.«
»Ja, ich weiß«, sagte Joan und streckte die Hand aus und stupste ihn leicht an die Schulter, damit er sich umdrehte und wegging. Das tat er auch, allerdings mit gerunzelter Stirn. Als er den Vorgarten halb durchquert hatte, setzte er die Mütze wieder auf, schob die Hände in die Hosentaschen und beschleunigte das Tempo seiner Schritte. Es sah aus, als habe er es eilig, wieder ins normale Leben zurückzukehren. Joan schaute ihm hinterher, bis er das Grundstück verlassen hatte, und dann ging sie die Veranda entlang zur Wohnung der Greens.
Ansel stand am offenen Fenster und kaute Sonnenblumenkerne. Er sah sehr glücklich aus. Er spuckte die Hülsen auf den Verandaboden, stützte dann die Hände auf die Fensterbank, beugte sich vor, so daß seine Ellbogen wie die Flügel eines Vogels nach hinten ragten, und versuchte, die Hülsen quer über die Veranda in den Garten zu blasen. Joan hoffte, er würde hinausfallen. Die Hände in die Seiten gestemmt, blieb sie stehen, wartete, bis er sich wieder aufgerichtet hatte, und sagte dann: »Ansel.«
»Morgen, Joan.«
»Ansel, würdest du James bitte etwas ausrichten?«
»Wenn ich es mir merken kann«, sagte Ansel. »Ich fühle mich heute morgen gar nicht gut. Meine Gesundheit wird anscheinend immer schlechter.«
»Ich finde, du siehst aus, als könnte es dir unmöglich *noch* schlechter gehen«, sagte Joan.
»Wenigstens fällt dir so etwas auf. James ist es völlig egal. Er hat heute eine furchtbare Laune.«

Joan ließ ihn stehen und ging zur Tür und klopfte. Einen Augenblick lang starrte Ansel sie durch das Fenster an und versuchte, sich einen Reim auf ihr Verhalten zu machen. Dann zuckte er die Schultern und ging zur Tür und öffnete sie schwungvoll.
»Morgen, Joan«, sagte er.
»Wo ist James?«
»Nett, dich mal wiederzusehen. James? Der bringt gerade den Müll raus.«
»Würdest du ihm von mir bestellen, daß er heute nicht zu arbeiten braucht? Entscheide dich. Wenn du vorhast, es zu vergessen, sage ich es ihm selbst.«
»Ich werde daran denken«, sagte Ansel. »Komm doch rein und setz dich. Der gute alte James wird gleich zurück sein.«
»Nein, vielen Dank.«
»Wie du willst.« Er gähnte. »Ich hab gesehen, daß dein Onkel heute zur Arbeit gegangen ist«, sagte er. »Meinst du nicht auch, daß er noch ein paar Tage warten sollte?«
»Nein.«
»Na ja, ich wollte das nur mal gesagt haben.« Er gähnte wieder und fischte einen weiteren Sonnenblumenkern aus der Tüte, die er in der Hand hielt. Joan sah, daß er ein Hemd von James trug. Es war dunkelrot kariert und zu weit für ihn. Sie starrte es eine Weile an, dann drehte sie sich wortlos um und ging über die Veranda zurück nach Hause. »Hey!« rief Ansel ihr hinterher, aber Joan war inzwischen in ihrem Wohnzimmer verschwunden und hatte die Gittertür hinter sich zufallen lassen.
Oben im ersten Stock schlief Simon noch tief und fest. Er hatte seine Beine gespreizt, und das Bett war vollkommen zerwühlt. Joan ging zu ihm und berührte sanft seine gekrümmte Hand auf dem Laken. Er bewegte sich murmelnd und drehte sich dann von ihr weg. »Steh auf, Simon«, sagte sie.
»Ich bin schon auf. Ehrlich.«
»Na los.«
»Ich bin schon halb angezogen. Ich habe –«
»Simon.«
Er schlug die Augen auf. »Oh, schon hell«, sagte er, und Joan lächelte und setzte sich neben ihn aufs Bett.

»Ich möchte etwas mit dir besprechen«, sagte sie zu ihm.
»Okay.«
»Hörst du mir auch zu?«
»Ich habe keine sauberen Jeans mehr«, sagte er, schloß die Augen und war sofort wieder eingeschlafen. Joan nahm seine Hand und schüttelte sie, aber sie hing locker und schlaff herunter.
»Simon, es geht um deine Mutter«, sagte sie.
»Ich höre dir zu.«
»Ich finde, deine Mutter sollte ab heute wieder arbeiten.«
Er drehte sich um und schaute sie schläfrig aus halbgeöffneten braunen Augen an. »Was arbeiten?«
»Nähen natürlich. Ich möchte, daß du heute zu Hause bleibst und dich ein bißchen mit den Kundinnen unterhältst. Missouri meint nämlich, ich sei nicht gerade eine wandelnde Zeitung.«
»Was?«
»Willst du mir helfen?«
»Oh, ja, natürlich«, sagte Simon, und er wäre wieder eingeschlafen, wenn Joan ihn nicht im Bett aufgesetzt hätte. Aber sein Kopf hing zur Seite, und sie mußte ihn mit beiden Armen festhalten, damit er nicht zusammensackte. »Ich war auf einem Schiff«, sagte er.
»Komm schon, Simon.«
»Dann sank das Schiff. Die anderen sagten, für mich sei kein Platz im Rettungsboot. Glaubst du, das wird irgendwann wirklich passieren?«
»Nein«, sagte Joan und zerrte mit aller Kraft an ihm, bis er schließlich neben dem Bett stand.
»Ich habe gehört, daß alles, was man träumt, wahr wird«, sagte Simon zu ihr. »Und es stimmt. Letztes Jahr habe ich geträumt, Mama würde rausfinden, daß ich rauche, und prompt lag am nächsten Abend meine halbvolle Packung Winstons neben meinem Teller und Mama starrte mich vorwurfsvoll an. Der Traum ist wahr geworden.«
Er beugte sich vor, um einen gequetschten Zeh zu untersuchen, und Joan stand auf, weil sie in die Küche gehen wollte. »Komm runter, wenn du angezogen bist«, sagte sie.
»Ich habe keine sauberen Jeans mehr.«

»Das war doch bloß im Schlaf dahergesagt. Du hast jede Menge Jeans.«
»Nein, habe ich nicht«, sagte Simon. »Niemand hat die schmutzige Wäsche gewaschen.«
Joan ging zu seiner Kommode und zog die unterste Schublade auf. Die einzige Hose, die darin lag, waren Bermudashorts.
»O Gott«, sagte sie, »ich habe vollkommen vergessen zu waschen.«
»Sag ich doch.«
»Tja, dann mußt du eben bis heute nachmittag die Bermudas tragen. Bis dahin habe ich die Jeans gewaschen.«
»Aber dann sieht man ja meine *Knie*.«
»Was ist daran so schlimm?«
»Jungs zeigen ihre Knie nicht mehr. Das solltest du wissen.«
»So ein Quatsch«, sagte Joan und verwuschelte sein Haar. »Dann mußt du eben *schmutzige* Jeans tragen.«
»Die anderen Jungs lachen mich aus, wenn meine Knie zu sehen sind.«
»Okay. Beeil dich jetzt.«
Sie schloß die Tür hinter sich und ging nach unten. Im Wohnzimmer setzte sie sich auf einen abgewetzten Plüschhocker und griff nach dem Telefon, das daneben auf einem Tisch stand. Sie klemmte den Hörer zwischen Kopf und Schulter und schlug das Telefonbuch ganz hinten auf, wo man häufig gebrauchte Nummern eintragen konnte. Die Seite war bis zum unteren Rand vollgeschrieben und sah, wegen der verschiedenen Handschriften, chaotisch aus. Mr. Pike hatte die Namen seiner Bowling-Freunde sorgfältig in seiner schrägen Schrift eingetragen, und Simon hatte die Namen aller seiner Klassenkameraden hineingekritzelt, obwohl er niemals mit ihnen telefonierte, und Janie Rose hatte mehrere Namen in riesigen, über zwei Zeilen reichenden Großbuchstaben gemalt, nicht ohne vorher mehrmals zu fragen, wie sie geschrieben wurden – die vier kleinen Töchter der Marshs waren einzeln verzeichnet und außerdem der Milchmann, der ihr einmal einen gelben Plastikring vom Bein eines Huhnes geschenkt hatte, den sie jeden Tag trug, bis sie ihn verlor. Mrs. Pike hatte in ihrer zierlichen Handschrift, bei der sich alle

Buchstaben genau im selben Winkel neigten, die Namen ihrer Stammkundinnen aufgeführt und mit einem dünnen Bleistift jeweils Angaben über Farben und die Nummern von Schnittmustern als Gedächtnisstütze für sich selbst hinzugefügt. Joan ging die alphabetisch geordnete Liste durch. Mrs. Abbott, die nie ein Wort sagte. Mrs. Chrisawn, die meistens furchtbar schwermütig war. Davis, Forsyth, Hammond... Bei diesem Namen hielt sie inne. Connie Hammond zu holen war immer eine gute Idee, wenn sich in einer Familie eine Tragödie ereignet hatte. Sie brachte unaufgefordert Hühnersuppe mit und wußte wichtige Kleinigkeiten, zum Beispiel, wie man ein Bett macht, in dem jemand liegt, und was man sagen konnte, wenn allen anderen kein Gesprächsthema mehr einfiel. Joan selbst würde es eher schaden als nützen, wenn jemand ununterbrochen auf sie einredete; aber ihre Tante war anders. Ihre Tante hatte sich, als Connie Hammond das letzte Mal bei ihr gewesen war, tatsächlich aufgesetzt und ein paar Sätze gesagt. Daher strich Joan das Telefonbuch auf den Knien glatt und wählte die Nummer der Hammonds.

Als Mrs. Hammond an den Apparat ging, redete sie gerade mit jemandem. Sie sagte: »Also, das ist ja wirklich *grauenvoll* –« und dann in den Hörer: »Hallo?«

»Mrs. Hammond, hier spricht Joan Pike«, sagte Joan.

»Joan, Kindchen, wie geht's Ihnen?« sagte Mrs. Hammond und senkte dann ihre schrille Stimme, um zu fragen: »Wie geht es Ihrer armen Tante?«

»Also, genau darüber wollte ich mit Ihnen reden«, sagte Joan. Sie hielt den Hörer etwas vom Ohr weg, weil sie befürchtete, Mrs. Hammonds Stimme könne wieder schriller werden.

»Was haben Sie eben gesagt?«

»Ich sagte, daß ich mit Ihnen über Tante Lou sprechen will. Ihr geht es gar nicht gut.«

»Oje.« Ein Rascheln ertönte, als Mrs. Hammond die Hand über die Muschel legte. Dann sagte sie zu jemandem: »Lou Pike geht es *gar nicht gut.*« Sie nahm die Hand von der Muschel und wandte sich, atemlos, wieder an Joan. »Wissen Sie, Kindchen, das habe ich gerade erst gestern abend zu Mr. Hammond gesagt. Ich sagte zu ihm, ich habe noch nie erlebt, daß jemand etwas so schwer nimmt. Natürlich gibt es einen guten Grund dafür, aber man muß sich nur mal anhören, was sie *redet*, Joan. Sie kann nichts dafür: dieser Nichtsnutz Ned Marsh ist schuld; daß der selbst mit einem Trecker so rücksichtslos fährt, kann ich einfach nicht –«

»Ähem«, sagte Joan, und Mrs. Hammond verstummte und schloß hörbar den Mund, um deutlich zu machen, daß man sie unterbrochen hatte. »Ähem, sie ist heute noch gar nicht aufgestanden. Sie liegt immer noch im Bett. Und Onkel Roy ist bei der Tabakernte –«

»Wo ist er?«

»Bei der Tabakernte. Er arbeitet.«

»Also, diese Männer«, sagte Mrs. Hammond.

»Er kann schließlich nicht den Rest seines Lebens rumsitzen und Bäume –«

»Er könnte seine Frau trösten«, warf Mrs. Hammond ein.

»Sie würde nicht auf ihn hören. Daher dachte ich, wenn er heute nicht da ist, könnte –«

»So sind die Männer«, sagte Mrs. Hammond. »Sie denken immer nur an die Arbeit.«

»Ich dachte, wenn *er* bei der Arbeit ist«, fuhr Joan unbeirrt fort, »könnte Tante Lou vielleicht auch wieder anfangen zu arbeiten.«

»Zu *arbeiten*?«

»Nähen. Missouri sagte –«

»Mrs. wer?«

»Mrs. – ach egal. Warten Sie bitte einen Moment.« Joan nahm den Hörer an das andere Ohr und beugte sich vor, so als wäre Mrs. Hammond dadurch in der Lage, sie zu sehen. »Mrs. Hammond«, sagte sie. »Ich weiß, daß Sie die Gabe haben, anderen Menschen zu helfen.«

»Oh, also ich –«

»Ich weiß, daß Sie meiner Tante Lou momentan mehr helfen könnten als jeder andere Mensch. Sie könnten das Kleid vorbeibringen, an dem sie zuletzt gearbeitet hat, dieses – war es nicht lila?«

»Violett«, sagte Mrs. Hammond. »Im Prinzeßstil.«

»Genau das meine ich.«
»Lou sagte, so ein Prinzeßkleid würde mich etwas größer machen.«
»Richtig«, sagte Joan. »Das Kleid meine ich.«
»Vor allem durch die senkrechten Nadelstreifen.«
»Ja. Ich habe mir etwas überlegt. Wenn Sie es herbringen und Tante Lou überreden, daran zu arbeiten, wird sie auf andere Gedanken –«
»Vielleicht haben Sie recht«, sagte Mrs. Hammond. »Warum ist mir das nicht selbst eingefallen? Wissen Sie, als ich Ihre Tante am Tag vor der Beerdigung besuchte – Sie erinnern sich bestimmt daran –, da fand ich, daß es ihr nicht guttut, untätig herumzusitzen. Das habe ich ihr auch gesagt. Ich war schon immer der Ansicht, daß Backen die Nerven beruhigt, und daher sagte ich zu ihr: ›Lou‹, sagte ich, ›warum backst du nicht ein paar Brötchen?‹ Aber sie schaute mich nur an, als ob ich völlig den Verstand verloren hätte. Schließlich hatte ich ihr gerade zwei Dutzend vorbeigebracht und außerdem noch einen Kuchen. Aber ich fand, sie müsse sich mit irgend etwas beschäftigen; das wollte ich ihr klarmachen. Vielleicht haben Sie wirklich recht, Joan.«
»Also gut«, sagte Joan. »Können Sie im Laufe des Tages vorbeikommen?«
»Ich mache mich sofort auf den Weg. Ich würde sonst keine ruhige Minute mehr haben. Sagten Sie, daß Ihre Tante noch im Bett liegt?«
»Vor ein paar Minuten jedenfalls«, sagte Joan.
»Dann sehen Sie zu, daß Ihre Tante aufsteht, und ich komme, sobald ich das Kleid gefunden habe. Machen Sie sich keine Sorgen, ich komme bestimmt.«
»Gut. Dann bis nachher.«
»Auf Wiedersehen.«
Joan legte auf, lehnte sich zurück und rieb sich ihr plattgedrücktes Ohr. Jetzt, da alles arrangiert war, mußte sie als nächstes Simon holen. Sie würde seine Unterstützung brauchen.
Simon stand vor dem Spiegel, als Joan sein Zimmer betrat. Er trug Jeans, aber kein Hemd und kratzte sich geistesabwesend den Bauch. »He«, sagte Joan, und er zuckte zusammen und

schaute zu ihr hoch. »Zieh ein Hemd an«, sagte sie zu ihm. »Connie Hammond kommt.«

»Du meine Güte, Joan. Mrs. *Hammond*?«

»Sie wird in wenigen Minuten hiersein. Beeil dich. Sie tut deiner Mutter einen großen Gefallen.«

»Wetten, daß Mama es gar nicht merkt«, sagte Simon, aber er zog eine Kommodenschublade auf. Joan schloß die Tür hinter sich und ging zum Schlafzimmer der Pikes.

Ihre Tante saß, gegen zwei Kopfkissen gelehnt, im Bett; in ihrem grauen Nylonnachthemd wirkte sie noch molliger als sonst. Sie hatte die Hände über dem Bauch gefaltet und schaute apathisch auf ihre Füße, die sich unter der Tagesdecke abzeichneten. »Guten Morgen«, sagte Joan, und Mrs. Pike hob langsam den Kopf und schaute sie, wie durch eine Nebelschwade hindurch, an. Aber sie antwortete nicht. Nach einer Weile richtete sie den Blick auf etwas anderes, so als sei Joan die falsche Antwort auf eine Frage, die sie gestellt hatte. Joan ging zum Fußende des Bettes.

»Tante Lou«, sagte sie. »Willst du aufstehen?«

Ihre Tante schüttelte den Kopf.

»Gleich kommt Mrs. Hammond. Willst du, daß sie dich im Bett antrifft?«

»Nein«, sagte Mrs. Pike, aber sie machte keine Anstalten aufzustehen. Sie rutschte im Bett weiter nach unten, starrte jetzt sorgenvoll die Tapete an und schien in der Unordnung, die sie umgab, zu versinken. Überall auf dem Fußboden lagen Kleider – die Sachen, die sie während der letzten Tage angezogen hatte, weil sie von jemandem dazu überredet worden war. Sie hatte sie irgendwann ausgezogen, einfach liegengelassen und wieder ihr graues Nachthemd übergestreift. Mr. Pike hingegen hatte sich um Ordnung bemüht. Er hatte seine Sachen fein säuberlich auf den Sitz des Schaukelstuhls gestapelt, und im Halbdunkel wirkten sie wie ein eindrucksvoller, aus vielen Schichten bestehender Berg. Die Kommode war übersät mit Bürsten und Haarklammern und schmutzigen Kaffeebechern mit dunklen Rändern auf den Innenseiten. Der Anblick verursachte bei Joan ein Gefühl der Enge und Verzweiflung, und sie ging zum Fenster, um das

Rollo hochzuziehen, aber im Hellen fiel die Unordnung noch mehr auf. »Tante Lou«, sagte sie. »Es muß etwas geschehen.«

»Was?«

»Wir müssen hier aufräumen.«

Ihre Tante nickte, zeigte jedoch keine weitere Reaktion. Dann aber rutschte sie, zu Joans Überraschung, plötzlich an die Bettkante und stand auf. Da sie seit kurzem die Angewohnheit hatte, sich wie eine alte Frau zu bewegen, tastete sie erst vorsichtig mit den Füßen den Boden ab, ehe sie sich langsam und schwerfällig erhob. Einen Augenblick lang blieb sie regungslos stehen, dann schüttelte sie ihr Nachthemd aus und ging mit zögernden Schritten zur Kommode. »Ich werde jetzt aufräumen«, erklärte sie.

»Gut so«, sagte Joan.

Aber ihre Tante stand nur vor der Kommode und starrte in den Spiegel. Sie legte beide Hände auf die Kommode, beugte sich vor und schaute sich stirnrunzelnd selbst in die Augen. Der Wecker, der direkt vor ihr stand, tickte laut, und sie schob ihn, ohne hinzuschauen, weg. »Manche Leute halten alle Uhren an, wenn jemand stirbt«, sagte sie.

»Was willst du anziehen, Tante Lou?«

»Wenn Connie Hammond herkommt, wird sie eben gleich wieder gehen müssen.«

»Welches Kleid willst du anziehen?« fragte Joan, und ihr scharfer Tonfall führte dazu, daß Mrs. Pike seufzte und sich aufrichtete.

»Irgendeins«, sagte sie. Sie holte eine Plastikschachtel aus einer halb geöffneten Schublade und begann, die Haarklammern hineinzulegen. Sie tastete wie eine Blinde sorgfältig die Oberfläche der Kommode ab, ohne den Blick vom Spiegel abzuwenden, und nahm jede Haarklammer einzeln in die Hand. Joan beobachtete sie regungslos. Jede der Haarklammern machte beim Auftreffen auf den Boden der Plastikschachtel ein leises, klickendes Geräusch, und jedesmal stöhnte Mrs. Pike auf. »Meine *Groß*mutter hat alle Uhren angehalten«, sagte sie. »Sie hat sogar den Obstbäumen verkündet, daß jemand gestorben war, damit sie nicht verdorrten. Aber wir haben ja keine Obstbäume.« Ihre Finger glitten langsam über die Kommode, und als sie keine Haarklammern mehr fand, schloß sie die Schachtel und legte sie wieder in die Schublade. Dann ging sie zurück zum Bett. Sie schob die Füße zwischen die Laken und zog anschließend die Überdecke mit großer Sorgfalt bis an die Brust.

»Nein, warte«, sagte Joan.

»Ich habe getan, was ich konnte, Joan.«

Joan ging zum Schrank und holte das erstbeste Kleid heraus; es war ein marineblaues mit weißen Tupfen. »Ist dir das recht?«

»Nein.«

»Dann dieses.« Und sie nahm ein braunes Kleid vom Bügel und legte es, ohne die Antwort ihrer Tante abzuwarten, auf das Bett. »Das ist das hübscheste von allen«, sagte sie.

Draußen machte ein Wagen eine Vollbremsung, und Joan hörte Kies aufspritzen. Sie schaute aus dem Fenster und sah, wie Mrs. Hammond ihren Pontiac mit einer einzigen heftigen Lenkradbewegung rückwärts in die Einfahrt steuerte und dabei stur geradeaus blickte. Der Wagen blieb direkt neben James' Pickup stehen, nur wenige Zentimeter vor Simons Fahrrad. Dann stürzte Mrs. Hammond mit an die Brust gedrücktem Kleiderstoff und Seidenpapier heraus. Die Wagentür ließ sie offenstehen. Was ihr noch fehlte, war ein Martinshorn. Joan beugte sich aus dem Fenster und rief: »Mrs. Hammond«, und Mrs. Hammond schaute mit überraschtem und besorgtem Blick nach oben.

»Kommen Sie bitte gleich nach oben«, sagte Joan zu ihr. »Tante Lou liegt noch im Bett.«

»Oh. Also gut.«

Sie drückte das Stoffbündel an sich und lief zum Haus, und Joan hörte die durchdringenden Geräusche ihrer Absätze, als sie mit schnellen Schritten die Veranda überquerte, durch das Wohnzimmer ging und dann die Treppe hochstieg. »Ojemine«, sagte sie zu sich selber. Sie klang atemlos.

Aber Mrs. Pike zeigte keine Reaktion. Sie lehnte sich mit ausdrucksloser Miene gegen die Kissen und faltete die Arme wieder vor ihrem Bauch. Als Mrs. Hammond ins Zimmer gestürmt kam und: »Na so was, *Lou*!« sagte, so als sei sie überrascht, Mrs. Pike zu sehen, nickte Mrs. Pike nur leicht mit dem Kopf und betrachtete die Tapete. »Lou?« sagte Mrs. Hammond.

»Sie wollte gerade aufstehen«, sagte Joan zu ihr.
»Ich werde ihr helfen. Darum bin ich ja hier.« Sie legte das, was sie mitgebracht hatte, auf die Kommode, schaute kurz in den Spiegel, schob eine Haarsträhne zurück und setzte sich dann auf den Bettrand. Jede ihrer Bewegungen drückte Entschlossenheit aus. Das Zimmer schien, seit sie es betreten hatte, den Eindruck von Schlampigkeit verloren zu haben. Ihr Gesicht war sorgfältig geschminkt, um die Fältchen in ihren Mundwinkeln zu überdekken, und sie steckte in einem hübschen, sommerlichen Futteralkleid, das Mrs. Pike vor zwei Jahren genäht hatte. Der Anblick ihrer properen Erscheinung veranlaßte Mrs. Pike, sich aufrechter hinzusetzen und ihren Bauch einzuziehen, auch wenn ihr Gesicht immer noch ausdruckslos war.
»Ich sprach gerade davon, die Uhren anzuhalten«, erklärte sie Mrs. Hammond.
»Ach *nein*.«
»Ich bin beinah entschlossen, es zu tun.«
»Ach nein. Ich glaube nicht, daß so etwas nötig ist.«
Aber Mrs. Pike sagte: »Doch. Ich weiß nicht, warum ich nicht schon früher daran gedacht habe.«
»Es hängt von den Uhren ab«, sagte Mrs. Hammond. »Wenn sie mit Blattgold belegt oder aus Mahagoni sind – dann hält man sie an. Aber das sind die einzigen. Stimmt's, Joan?«
Joan hatte davon noch nie etwas gehört, aber sie sagte: »Ja, genau«, und Mrs. Hammond strahlte sie an und wiegte sich leicht auf dem Bett hin und her.
»Nur die, die zur Zierde dienen.«
»Oh, das wußte ich nicht.«
»Man würde ja auch zum Beispiel eine Turmuhr nicht anhalten.«
»Nein.«
»Willst du jetzt aufstehen?«
»Ich kann nicht, Connie«, sagte Mrs. Pike. »Ich hab nicht genug Kraft dazu. Ich fürchte, Sie werden wieder gehen müssen.«
»Nicht doch.« Mrs. Hammond schüttelte den Kopf und warf einen prüfenden Blick durch das Zimmer. Sie schien diese Reaktion erwartet zu haben und beabsichtigte offenbar, so lange zu

bleiben, bis Mrs. Pike ihre Meinung geändert hatte. »Hier müßte mal ein bißchen aufgeräumt werden«, sagte sie. »Außerdem könnte das Zimmer ein paar Farbtupfer vertragen. Wissen Sie was? Ich habe einen orangefarbenen Kerzenständer in Mr. Hammonds düsteres Arbeitszimmer gestellt, und schlagartig hat sich die Atmosphäre des Zimmers verändert. Mr. Hammond gefällt das zwar nicht, aber Sie wären verblüfft, wie groß der Unterschied ist.«

»Das ist mir alles völlig egal«, sagte Mrs. Pike mit fester Stimme.

»Nicht doch, Lou.«

»Ich möchte ein bißchen schlafen.«

»Wenn Sie mein violettes Kleid fertiggenäht haben, lasse ich Sie so lange schlafen, wie Sie wollen«, sagte Mrs. Hammond. »Ich brauche das Kleid für eine Party.«

Sie stand auf, ging zur Kommode und zog die linke obere Schublade auf, so als wisse sie instinktiv, wo Mrs. Pike ihre Unterwäsche aufbewahrte. Von einem Stapel auf der rechten Seite nahm sie einen Nylonunterrock und hielt ihn vor den Spiegel. »Mein Gott, wie hübsch!« sagte sie und warf ihn auf das Bett. Mrs. Pike hielt ihn im Schoß fest und starrte ihn an.

Über den Flur näherte sich Simon mit trampelnden Schritten. Er hatte inzwischen seine Stiefel angezogen. Als er beim Elternschlafzimmer ankam, ging er ohne anzuklopfen hinein und sagte: »Ich bin soweit.« Er stellte sich, die Hände tief in den Hosentaschen vergraben, ans Fußende des Bettes und schaukelte auf seine typische unbeholfene Art mit dem Oberkörper vor und zurück.

»Was willst du tun?« fragte Mrs. Hammond interessiert.

»Beim Nähen Gesellschaft leisten«, erklärte Simon. »Soll ich Ihnen erzählen, warum die Eltern von Andy Point sich gestritten haben?«

»Erzähl mir das in ein paar Minuten«, sagte Mrs. Hammond. »Vorher muß ich deine Mutter dazu bringen, daß sie aufsteht.«

Erst jetzt schaute Simon sie an. Er schaute unter zusammengezogenen Augenbrauen hervor und ließ seinen Blick bedächtig über seine Mutter gleiten. Aber sie schien es nicht zu bemerken. Er trat gegen ein Bein des Messingbettes, woraufhin eine der Bettfedern quietschte. Dann sagte er: »Also, ich gehe jetzt runter und frühstücke«, und schlenderte hinaus. Mrs. Hammond schaute ihm nach und schüttelte den Kopf.

»Die Frisur des Jungen ist wirklich unmöglich«, sagte sie zu Mrs. Pike.

»Nein.«

»Wie lange wollen Sie sich noch derartig gehenlassen, Lou?«

Mrs. Pike schaute auf ihre Hände und schüttelte dann den Kopf, als sei die Antwort ihr Geheimnis. »Sind Sie sicher, daß man die Uhren nicht anhält?« fragte sie, aber Mrs. Hammond gab keine Antwort. Sie hatte ein komplettes Set Unterwäsche aus der Schublade geholt, warf die Sachen aufs Bett und griff dann nach Mrs. Pike, um sie vorsichtig in eine aufrechte Haltung zu bringen. »Gut so«, sagte sie. Zu Joan sagte sie: »Gehen Sie in die Küche und machen Sie dem Jungen ein ordentliches Frühstück. Ich bringe Ihre Tante in ein paar Minuten runter.«

Joan bezweifelte, daß die beiden jemals nach unten kommen würden, aber sie war froh, das Zimmer verlassen zu können. Sie schloß die Tür hinter sich und ging schnell, zwei Stufen auf einmal nehmend und mit der Hand am Geländer die Treppe hinunter. Als sie die Küche betrat, hatte Simon schon die Zutaten für ein Erdnußbutter-Mayonnaise-Sandwich zurechtgelegt. Er fuhr mit dem Daumennagel über das Mayonnaise-Etikett und machte kleine Furchen hinein. »Möchtest du einen Milchkaffee?« fragte sie ihn, aber er schüttelte bloß den Kopf. Er hörte auf, mit dem Etikett herumzuspielen, öffnete das Glas, und Joan reichte ihm ein Messer.

»Ich werde in Zukunft nie wieder mit einem Schiff fahren«, sagte er. »Ich glaube *fest* an Träume.«

»Sei doch nicht albern«, sagte Joan.

»Ich weiß, wann ich eine Warnung ernst nehmen muß.«

Er klatschte Mayonnaise auf die Erdnußbutter und klappte die beiden Brotscheiben zusammen. Dann fing er an zu essen; zuerst biß er rundherum die Kruste ab, und als nur noch ein kleines krustenloses Viereck mit ungleichmäßig gewelltem Rand übriggeblieben war, wirkte er erleichtert, denn er haßte Krusten. Er

nahm einen Bissen von dem weichen Brot und begann mit vollem Mund zu reden.
»Statt hierzubleiben«, sagte er, »würde ich lieber zu Billy gehen. Er hat von seinem Vater einen Chemiebaukasten geschenkt bekommen.« Er schaute zu Joan hoch, aber sie sagte nichts. »Dazu hätte ich mehr Lust, als hierzubleiben und zu reden«, sagte er zu ihr.
»Wie du willst«, sagte Joan.
»Mama wird es gar nicht merken.«
»Doch, das wird sie.«
»Wetten nicht.«
Joan ging zum Küchenschrank und holte von einem der oberen Regale einen riesigen grünen Glasteller, dessen Anblick sie an einen kühlen Fluß an einem Sommertag erinnerte. Auf dem Teller verteilte sie Kekse und Kuchenstücke aus den Dosen, die die Nachbarn vorbeigebracht hatten, während Simon bedächtig sein Sandwich kaute und ihr zusah. Als Joan fertig war, trat sie zurück und betrachtete das Ergebnis mit leicht zusammengekniffenen Augen.
»Tante Lou kann es besser«, sagte sie.
»Ach, ich weiß nicht.«
»Sie macht eine Art Muster.«
»Allerdings bietet sie niemals soviel an«, sagte Simon. »Nicht, wenn sie nur eine Kundin hat.«
»Da hast du recht.«
»Sie benutzt immer den kleinen, glitzernden Glasteller.«
»Na ja, dazu ist es jetzt zu spät«, sagte Joan. Sie nahm den Teller mit dem Kuchen und trug ihn ins Wohnzimmer, wo sie ihn auf einen Beistelltisch neben dem Sofa stellte. Dann schob sie die Nähmaschine ihrer Tante in die Mitte des Zimmers. Es war ein altmodisches Modell, das noch von einem Pedal angetrieben wurde und in einen großen zerkratzten Tisch eingelassen war. Sie holte gerade aus einer der Schubladen unter der Holzplatte die Korbschachtel mit den Garnrollen, als sie hörte, wie Mrs. Pike langsam und vorsichtig den Flur im ersten Stock überquerte. »Gut so«, sagte Mrs. Hammond, »gut so.« Die Küchentür ging auf, und Simon, der den letzten Bissen des Sandwiches

kaute, ging zum Fuß der Treppe und schaute nach oben. »Mama kommt«, sagte er zu Joan.

»Das höre ich.«

»Sonst ist sie nie vor dem Mittagessen runtergekommen. Wie lange muß ich hierbleiben?«

»Du mußt überhaupt nicht hierbleiben.«

»Na ja, vielleicht bleibe ich noch ein bißchen«, sagte Simon. Er ging rasch von der Treppe weg und setzte sich aufs Sofa, und Mrs. Pike begann mit unsicheren Schritten die Stufen hinabzusteigen. »Gut so«, sagte Mrs. Hammond immer wieder. Joan stellte einen Stuhl an die Nähmaschine und wartete, den Blick der Treppe zugewandt.

Mrs. Pike erschien, und sie sah so ordentlich zurechtgemacht aus wie schon seit langem nicht mehr. Ihr braunes Kleid wurde durch ein geblümtes Taschentuch in der Brusttasche geschmückt, und ihr Haar hatte jemand gekämmt, der etwas davon verstand. Das einzige Problem bestand darin, daß sie abgenommen hatte und ihr Gürtel, dessen Löcher weit gedehnt waren, weil er sich früher über ihrem Bauch gespannt hatte, jetzt ein paar Zentimeter unter der Taille des Kleides hing. Mrs. Hammond ging dicht hinter ihr und zog von hinten an dem Gürtel, damit es zumindest von vorne ordentlich aussah, aber der Gürtel rutschte immer wieder nach unten. »Sieht sie nicht *hübsch* aus?« fragte Mrs. Hammond, und sowohl Simon als auch Joan nickten.

In der anderen Hand hielt Mrs. Hammond ihr Bündel aus Stoff und Seidenpapier. Sie geleitete Mrs. Pike zu dem von Joan bereitgestellten Stuhl, legte dann das Bündel vor sie auf den Nähtisch, sagte: »Da wären wir also« und trat zurück, um abzuwarten, was Mrs. Pike tun würde. Sie tat gar nichts. Sie schaute den violetten Stoff an, als habe sie ihn noch nie zuvor gesehen. »Nun gut«, sagte Mrs. Hammond und faltete das Bündel selbst auseinander, »Sie erinnern sich bestimmt noch, daß Sie es im Mai zurechtgeschnitten haben, ehe das Theater mit Lauras Hochzeit losging, und danach war ich nicht mehr zur Anprobe da. Joan, Kindchen, wie wär's, wenn Sie Ihrer Tante einen Kaffee und ein belegtes Brötchen holen?«

»Ich habe keinen Hunger«, sagte Mrs. Pike.
Aber Joan verschwand trotzdem in die Küche. Sie hörte noch, wie Mrs. Hammond sagte: »Ich mache seit drei Wochen eine Tomaten-Diät. Und das alles nur wegen diesem Prinzeßkleid. Darum möchte ich Sie bitten, es neu abzustecken. Es soll nicht einen einzigen Zentimeter zu weit sein, Lou, denn ich will möglichst *noch mal* fünf Pfund abnehmen...«
Joan nahm zwei Tassen und Untertassen aus dem Schrank und stellte sie auf ein Tablett. Sie schenkte den Kaffee ein und ließ sich dabei Zeit, denn sie hatte es nicht eilig, zurück ins Wohnzimmer zu gehen. Als es keinen Grund mehr gab, in der Küche zu bleiben, nahm sie das Tablett und ging hinaus.
»Je älter man wird«, sagte Mrs. Hammond gerade, »desto hartnäckiger klammert sich das Fett an einem fest.« Sie steckte, ohne Mrs. Pikes Hilfe, die violetten Stoffstücke auf ihrem Kleid fest. Mrs. Pike strich lediglich die bereits festgesteckten Stücke glatt, indem sie mit fahrigen Bewegungen über den Stoff fuhr. »Es sind nur vier Teile«, erinnerte Mrs. Hammond sie. »Die Tasche nicht mitgerechnet. Wo ist die Tasche eigentlich? Wie Sie wissen, war das der Grund, warum wir uns für diesen Schnitt entschieden haben. Sie sagten, Sie könnten das Kleid an einem Vormittag zusammennähen. Wissen Sie noch?«
Während des Schweigens, das auf diese Frage folgte, stellte Joan das Kaffeetablett neben den Kuchenteller und verteilte die Tassen. Für ihre Tante stellte sie eine auf den Tisch und für Mrs. Hammond eine auf die Lehne des Sessels, aber keine der beiden Frauen nahm davon Notiz. Mrs. Pike betrachtete, scheinbar fasziniert, das Antriebsrad ihrer Nähmaschine. Mrs. Hammond wartete weiter, mit vor dem Busen gekreuzten Armen, um zu verhindern, daß der violette Stoff verrutschte. Sie schien bereit zu sein, so lange schweigend stehenzubleiben, bis wenigstens eine ihrer Fragen beantwortet wurde. Aber Mrs. Pike hatte ihr womöglich nicht einmal zugehört.
Dann sagte Simon: »Also, der Grund, warum die Eltern von Andy Point nicht mehr miteinander reden –«, Mrs. Hammond schaute zu ihm hinüber, »und warum sie sich den Rücken zukehren, wenn sie im Wohnzimmer sitzen«, sagte er, »ist etwas,

das letzten Sonntag passiert ist. Zumindest laut Andy. Ich konnte ihm kaum glauben, denn der Streit hat mit einer völlig unbedeutenden Kleinigkeit angefangen.«

»Es sind fast immer Kleinigkeiten«, sagte Mrs. Hammond. Mrs. Pike nickte und holte eine Packung Nadeln aus ihrer Garnrollenschachtel. »Sie waren unterwegs zur Kirche«, erzählte Simon. »Andy war bei ihnen. Er mußte mitgehen. Da kamen sie plötzlich an einem Schild vorbei, auf dem stand: ›Gemeindekirche Craig, drei Kilometer. Besucher sind herzlich willkommen.‹ Und Mrs. Point sagte: ›Also, dieses Schild hab ich noch nie gesehen.‹ Sie wollte einfach nur irgend etwas sagen. Und *Mr.* Point antwortete: ›Das verstehe ich nicht. Es steht schon seit mindestens einem Jahr an dieser Stelle.‹ – ›Nein, das stimmt nicht‹, sagte Mrs. Point. ›Doch‹, sagte Mr. Point...«

»Also, ist das nicht mal wieder typisch?« sagte Mrs. Hammond. Sie drehte sich ein wenig, aber Mrs. Pike drehte sie wieder zurück, um zwei Stücke Stoff in Höhe der Hüfte zusammenstecken zu können. Mrs. Pike hatte den Mund voller Nadeln und beobachtete stirnrunzelnd jede ihrer eigenen Handbewegungen.

»Wie dem auch sei«, sagte Simon. »Damit fing es jedenfalls an. Andy sagt, er hat so was noch nie erlebt. Er sagt, sie mußten sogar ein zweites Zeitungsabonnement bestellen, weil die beiden nicht bereit sind, sich ein Exemplar zu teilen.«

»Das ist doch wirklich die Höhe«, sagte Mrs. Hammond. »Autsch, Lou.«

»Oh, tut mir leid«, sagte Mrs. Pike. Die anderen drei schauten in ihre Richtung, aber sie steckte wortlos weiter den Stoff fest, und daher fuhr Mrs. Hammond an der Stelle fort, wo sie unterbrochen worden war.

»Was mich an der Sache wundert«, sagte sie zu Simon, »ist, daß so etwas gar nicht Mary Points Art ist. Sie neigt sonst nicht dazu, nachtragend zu sein.«

»Oh, es ist auch nicht ihre Schuld«, sagte Simon. »Andy sagt, sie hatte die ganze Sache schon vergessen. Sie ging zum Gottesdienst und dachte nicht mehr daran. Aber abends hat Mr. Point dann das Essen, das sie gekocht hatte, nicht angerührt, sondern sich statt dessen ein Sandwich gemacht. Das tut er immer, wenn er wütend ist. Mrs. Point sagte: ›Andy‹, sagte sie, ›hast du eine Ahnung, warum dein Vater wütend ist?‹ Und Andy sagte: ›Na ja, vermutlich ist er wütend, weil du gesagt hast, das Schild stände erst seit kurzem dort.‹ Daraufhin sagte sie: ›Oh, das hatte ich vollkommen vergessen‹, aber zu dem Zeitpunkt war es schon zu spät. Jetzt ist sie wütend auf ihn, weil er wütend auf sie war, und es sieht nicht so aus, als ob sich das je wieder ändert.«

»Sie haben kein einziges Pfund abgenommen«, sagte Mrs. Pike. Sie hatte inzwischen alle Stücke zusammengesteckt und schüttelte mißbilligend den Kopf, da sie so eng saßen.

»Das stimmt nicht«, sagte Mrs. Hammond. »Schließlich habe ich darunter noch ein Kleid an.« Sie tat so, als sei es ganz normal, daß Mrs. Pike etwas sagte, aber kaum hatte Mrs. Pike ausgeredet, warf Mrs. Hammond Joan einen bedeutungsvollen Blick zu. Joan nickte, auch wenn sie von dem Erfolg ihres Plans noch nicht überzeugt war. Aber Simon redete tapfer weiter, klammerte sich dabei an der Sofakante fest und richtete den Blick auf seine Mutter, obwohl er mit Mrs. Hammond sprach.

»Ich habe Andy gefragt«, sagte er. »Ich habe ihn gefragt: ›Glaubst du, das wird irgendwann wieder aufhören?‹ Und Andy sagte: ›Ja, und zwar genauso, wie es angefangen hat. Durch Zufall.‹«

»Nein, wird es nicht«, sagte Mrs. Pike, und erneut hatte sie die ungeteilte Aufmerksamkeit der anderen. Sie nahm die Nadeln aus dem Mund, legte sie auf den Nähtisch und sagte dann: »So einfach ist das nicht. Natürlich kann es passieren, daß einer von den beiden zufällig etwas sagt. Wahrscheinlich wird es Mary sein. Und Sid wird wahrscheinlich antworten, weil er froh ist, daß sie das Schweigen gebrochen hat, aber in dem Moment wird Mary sich schon wieder unter Kontrolle haben. Sie wird sich albern vorkommen, weil sie als erste gesprochen hat, und ihm irgendeine spitze Bemerkung an den Kopf werfen. Nein, so einfach ist das nicht.«

»Da haben Sie recht«, sagte Mrs. Hammond, und Joan dachte, daß sie vermutlich jeder Bemerkung von Mrs. Pike zugestimmt hätte. »Man muß bedenken –«

Das Telefon klingelte. Mrs. Hammond verstummte, und Simon

beugte sich hinüber, um den Hörer abzunehmen. »Hallo«, sagte er. »Was?« Er schwieg einen Moment. »Doch, ich habe davon gehört. Ich weiß, ich habe es einfach vergessen. Trotzdem vielen Dank. Wiederhören.« Er legte auf.

»Wer war das?« fragte Mrs. Hammond.

»Ach, bloß dieser Sender.«

»Was?«

»Dieser Radiosender. Die machen ein Gewinnspiel. Sie rufen einen an, und wenn man nicht ›Hallo‹ sagt, sondern statt dessen: ›Ich höre immer WKKJ, den Gute-Laune-Sender –‹«

»Ja, davon habe ich gehört«, sagte Mrs. Hammond.

»Hätten sie doch ein paar Wochen früher angerufen. Dann wäre vielleicht jemand anderes an den Apparat gegangen, und –«

Mrs. Pikes Garnschachtel landete klappernd auf dem Fußboden. Die Garnrollen kullerten in alle Richtungen und wickelten lange bunte Fäden ab, und Mrs. Hammond sagte: »Was ist denn, Lou?«, aber Mrs. Pike gab keine Antwort. Sie war zusammengesunken, lag mit der Stirn auf dem Antriebsrad der Nähmaschine; ihre krampfhaft zu Fäusten geballten Hände drückte sie gegen den Bauch. »*Lou?*« sagte Mrs. Hammond in scharfem Tonfall. Sie schaute Joan und Simon an, und beide erwiderten ihren Blick. »Ist etwas passiert?«

»Ich habe etwas Falsches gesagt«, erklärte Simon.

Mrs. Hammond starrte ihn fragend an, aber er schwieg beharrlich. Schließlich wandte sie sich wieder an Mrs. Pike und sagte: »Nun komm schon, Lou« und zog unter großer Anstrengung den leblosen Körper an den Schultern hoch. »Was ist los?« fragte sie. Sie betrachtete Mrs. Pikes Gesicht, die tränenlosen, weit aufgerissenen Augen und den hellen Abdruck in der Mitte der Stirn, den das Antriebsrad der Nähmaschine hinterlassen hatte. »Was ist los?« fragte sie erneut. Aber Mrs. Pike schaukelte bloß vor und zurück, und Simon und Joan blickten zu Boden.

9 Am Dienstagvormittag hatte Ansel ständig Besuch. Als erste kam Joan. Sie konnte nicht lange geblieben sein, denn sie war gekommen und gegangen, während James den Müll hinausbrachte, und das hatte nicht lange gedauert. Als er zurückkehrte, sagte Ansel: »Joan war hier«, warf eine Handvoll Sonnenblumenkernhülsen in den Aschenbecher und setzte sich hin, um die Zeitung zu lesen.

»Was wollte sie?« fragte James.

»Nichts Besonderes«, sagte Ansel. Er schlug die Zeitung auf und hielt sie so vor sich, daß von ihm nur noch eine helle Locke oben auf dem Kopf zu sehen war. Dann fiel ihm noch etwas ein. »Du brauchst heute nicht bei der Tabakernte zu helfen«, sagte er.

»Wieso nicht?«

Aber Ansel gab keine Antwort. Er war schon seit dem Aufwachen verärgert; James erkannte das an seiner Schweigsamkeit, aber er wußte, es hatte keinen Zweck, nach dem Grund zu fragen. Also machte er einfach Frühstück und überlegte dabei, daß Joan wahrscheinlich vorbeigekommen war, um ihm zu sagen, daß ihr Onkel heute arbeiten gehen würde. Er drehte ein Spiegelei um, kurz bevor es anbrannte, und rief: »Ansel?«

»Mhm?«

»Geht Roy Pike heute arbeiten?«

Auch auf diese Frage bekam er keine Antwort. Er hörte nur ein stetes Tappen (Ansel klopfte beim Lesen immer im Rhythmus des Textes mit dem Fuß auf den Boden, so als wäre es ein Gedicht) und das Knistern der Zeitung. James machte sich nicht die Mühe, seine Frage zu wiederholen.

Die zweite Besucherin war Maisie Hammond. Sie kam, während Ansel von dem japanischen Tablett sein Frühstück aß, und als sie eintrat, sagte Ansel: »Ah, Maisie«, und schob sich einen weiteren Bissen Ei in den Mund. (Es war einer von den Tagen, an denen James Ansel das Essen unaufgefordert auf dem Tablett zum Sofa brachte, weil er lieber alleine in der Küche essen wollte. Ansel hatte gesagt: »Nanu? Wie ich sehe, kochst du neuerdings wieder«, was eine völlig unsinnige Bemerkung gewesen war.) Maisie trug ein weißes Sommerkleid mit Glockenrock. Sie

stellte sich neben das Sofa, als sei sie Florence Nightingale, und beugte sich vor, um das Ei auf Ansels Teller in Augenschein zu nehmen. »Was ist das?« fragte sie.
»Spiegelei natürlich.«
»Sieht irgendwie komisch aus.«
»James hat es gemacht«, sagte Ansel.
»Ach so.« Sie drehte sich um, so daß sie James sehen konnte, der in der Küche saß und frühstückte. »Hallo, James«, sagte sie.
»Hallo, Maisie.«
»Hast du in letzter Zeit irgendwelche Fotos gemacht?«
»Nein.«
Damit schien das Gespräch beendet zu sein; sie wandte sich wieder Ansel zu. »Darf ich mich zu dir aufs Sofa setzen?« fragte sie.
»Nimm lieber den Sessel.«
»Na schön.«
Sie nahm auf der Kante des Sessels Platz und breitete ihren Rock um sich herum aus. Als sie den Kopf in Ansels Richtung wandte und das weißblonde Haar über ihr Gesicht fiel, sah es aus, als schiene die Morgensonne direkt durch ihr Haar hindurch, und sie wirkte wie aus Glas. James betrachtete sie durch die offene Tür, während er seinen Toast kaute, aber sie schaute nicht mehr zu ihm hin. »Ich wollte dich zu einem Picknick einladen«, sagte sie zu Ansel.
»Oh. Nein, danke.«
»Tante Connie veranstaltet es.«
»Nett von dir, daß du mich gefragt hast«, sagte Ansel.
»Hast du denn keine Lust?«
»Ich kann nicht kommen. James, ich bin fertig.«
»Stell das Tablett auf den Tisch«, sagte James.
»Da steht schon zuviel anderes Zeug.«
James schob seinen Stuhl zurück und ging, immer noch sein Toastbrot kauend, ins Wohnzimmer. Als er beim Sofa ankam, war Ansel bereits dabei, sich hinzulegen; er hielt ihm das Tablett mit einer Hand hin, während er seine Füße aufs Sofa schwang.
»Ansel will nicht zu Tante Connies Picknick kommen«, sagte Maisie.

»Wie schade«, sagte James. Er nahm das Tablett und ging zurück in die Küche.
»Er läßt sich nicht überreden«, rief Maisie ihm nach.
»Vielleicht fühlt er sich nicht gut genug.«
»Würdest du bitte den Mund halten?« sagte Ansel. »Wenn *ich* keine Ausrede suche, brauchst du es erst recht nicht zu tun.«
James ging noch einmal zurück, um die Salz- und Pfefferstreuer zu holen, die auf der Armlehne des Sofas standen. Als er danach griff, sagte Maisie: »Rede du doch mal mit ihm.«
»Da kann ich auch nichts machen.«
»Warum geht er nie aus?«
»Das ist mein Geheimnis«, sagte Ansel. Sie schauten ihn an. Er lag auf dem Rücken und hatte die Hände über der Brust gefaltet, so als rechne er damit, jeden Moment aufgebahrt zu werden, und starrte mit weit geöffneten Augen und leerem Blick die Decke an. Aber jetzt, als er sich ihrer Aufmerksamkeit sicher war, bewegte er nur die Augen in Richtung Fenster und sagte: »Sieh an. Da fliegt ein Jet.«
»Er zieht einen Kondensstreifen hinter sich her«, sagte Ansel schließlich nach einem Augenblick des Schweigens.
»Hast du Schmerzen?« fragte Maisie.
»Ach ja.«
Sie blickte James an. »Ansel hat Schmerzen«, teilte sie ihm mit. Aber James setzte sich mit den Pfeffer- und Salzstreuern in der Hand auf einen Holzstuhl und streckte die Beine aus. Wenn Ansel eine Antwort mit »ach« einleitete, brauchte man ihm nicht zu glauben.
»Was soll ich tun?« fragte Maisie ihn.
»Keine Ahnung.«
»Soll ich ihm eine Wärmflasche bringen?«
»Eine Wärmflasche dürfte meinen *Füßen* wohl kaum helfen«, sagte Ansel.
»Oh, du hast also Schmerzen in den *Füßen*?«
»Ich glaube ja.«
»Na, so was«, sagte Maisie, dann schaute sie erneut zu James, aber der gab keinen Kommentar ab. Schließlich sagte sie: »Ist das der Grund, warum du nicht zu dem Picknick kommen willst?«

»Nein.«
»Weißt du, es findet erst am Sonntag statt. Bis dahin geht es dir bestimmt besser.«
»Ich habe einfach keine Lust zu kommen«, sagte Ansel. »Aber trotzdem vielen Dank.«
Maisie schien darauf keine Antwort einzufallen. Sie spielte mit dem Saum ihres weißen Rocks, und James fing an, die Salz- und Pfefferstreuer rhythmisch gegeneinanderzuschlagen. Er überlegte gerade, ob er einen komplizierten Takt probieren sollte, da sagte Maisie: »Würdest du bitte mit dem Lärm aufhören?«
James hielt inne. Draußen fuhr plötzlich ein Auto vor. Es kam geräuschvoll auf dem Schotterbelag zum Stehen. Maisie stand auf und beugte sich leicht vor, um aus dem Fenster zu schauen. »Das ist Tante Connie«, sagte sie.
»Vielleicht will sie mich persönlich einladen«, sagte Ansel.
»Nein, sie geht rüber zu den Pikes.«
»*Da* wird sie bestimmt nicht lange bleiben. Mrs. Pike will allein sein.«
»Tante Connie versteht es, die Menschen aufzuheitern«, sagte Maisie.
»Manchmal kann ich das auch, aber du weißt ja, was passiert ist, als ich –«
»Das Picknick, zu dem ich dich eingeladen habe, ist Tante Connies größte Party in diesem Sommer«, sagte Maisie. »Das wollte ich nur betonen. Sie hat sogar einen Zauberer engagiert.«
Ansel seufzte und schaute zur Decke. Nach einer Weile sagte er: »Der Schmerz sitzt direkt in den Fußknöcheln. Es tut furchtbar weh.«
»In den Knöcheln?«
»Ich bin gestern abend zuviel gelaufen.«
»Wo bist du hingegangen?« fragte Maisie.
James schaute Ansel mit gerunzelter Stirn an. Er wollte nicht, daß Maisie hörte, was am Abend zuvor geschehen war, nicht nach den Vorwürfen, die sie ihm neulich gemacht hatte. Aber Ansel beobachtete James nicht; er sprach in selbstgefälligem Ton weiter.
»Ich war fast überall«, sagte er. »Ich dachte: Ich muß hier weg,

ich kann hier nicht bleiben. Ich war an jedem Ort, der mir einfiel.«

»Du solltest dir nicht soviel zumuten«, sagte Maisie.

»Du machst dir keine Vorstellung, wie schwindlig mir war«, sagte Ansel. »Mir drehte sich alles. Ich war nicht mal in der Lage, meine Sachen zu packen, ich mußte zuerst ein bißchen was zu mir nehmen, um meine Nerven zu beruhigen.«

»Um deine – oh«, sagte Maisie und warf James einen mißbilligenden Blick zu. »Ansel, du weißt genau, was passiert, wenn du trinkst. Du siehst ja, wie du dich jetzt fühlst.«

»Es lag an meiner Stimmung«, sagte Ansel. »Ich bin einfach losgegangen.«

James lehnte sich vor und sagte: »Im Kühlschrank steht ein Krug Limonade. Möchte jemand ein Glas?«

»Nein«, sagte Maisie. »Und wo warst *du* währenddessen?«

»Ich war bei der Arbeit«, sagte James. Er stand auf, ehe sie noch etwas sagen konnte. »Ich muß jetzt zu Dan, ihm die Fotos für die Zeitung bringen.«

»Also dann, Wiedersehen«, sagte Maisie und wandte sich erneut Ansel zu. James war froh, daß sie ihn so leicht davonkommen ließ.

In der Dunkelkammer suchte er die Fotos von den Ereignissen der vergangenen Woche zusammen – ein Feuer, ein Familientreffen, zwei Damenkränzchen. Als er nach einem Umschlag kramte, hörte er ein Klopfen an der Haustür. Er horchte angestrengt (vielleicht kam Joan noch einmal vorbei), aber es waren nur die Schwestern Potter, die Ansel ihren vierzehntägigen Besuch abstatteten, um sich nach seinem Befinden zu erkundigen. James hörte ihr Gezwitscher und dann Maisies eher nüchterne Stimme. »Wir haben dir deine Lieblingskekse mitgebracht«, sagte Miss Lucy, und Ansel sagte: »Oh, das ist aber –« – »Ich nehme sie Ihnen ab«, sagte Maisie. Maisie mischt sich immer gleich ein, dachte James. Er legte die Bilder aus der Hand und ging ins Wohnzimmer, um hallo zu sagen. Die beiden Schwestern standen noch in der Tür, während sich Maisie mit der Tüte Kekse auf dem Schoß in ihrem Sessel zurückgelehnt hatte. »Setzen Sie sich doch«, sagte er, und sie fingen sogleich wieder an zu zwitschern und kamen mit ausgestreckten Armen auf ihn zu. Sie trugen ihre feinen weißen Rüschenhandschuhe. Ihr Anblick stimmte ihn traurig – sie sahen aus, als versprächen sie sich viel von diesem Besuch, obwohl sie doch nur ein paar Minuten in den abgewetzten Plüschsesseln sitzen und dann wieder nach Hause gehen würden. Er sagte: »Schön, Sie zu sehen, Miss Lucy. Miss Faye. Nett von Ihnen, daß Sie Kekse für Ansel gebacken haben.«

»Das macht uns doch Freude«, sagte Miss Lucy.

»Wollen Sie sich nicht setzen?«

Miss Faye nahm in dem Sessel, der ihr angeboten wurde, Platz, aber Miss Lucy setzte sich zu Ansel auf die Couch. Er protestierte nicht. Er hatte sich inzwischen aufgesetzt, und als sie sich neben ihm niederließ, schaute er sie lächelnd an. »Ich habe gehört, wie Sie gestern nacht an die Wand geklopft haben.«

»Geklopft?« fragte Maisie.

Miss Lucy wirkte plötzlich sehr ernst und zog leicht den Kopf ein. Sie sprach niemals über ihr nächtliches Aufundabgehen. »Wir wollten uns erkundigen, ob es Ihnen gutgeht«, sagte ihre Schwester, »und Sie daran erinnern, daß morgen Mittwoch ist und Sie zum Arzt gehen müssen, um Ihre Spritze zu bekommen.«

»James hat mich schon daran erinnert«, sagte Ansel.

»Letztes Mal haben Sie es trotzdem vergessen. Sie haben statt dessen Besuche gemacht.«

»Das stimmt«, gab Ansel zu. Dann lehnte er sich zurück und blickte lächelnd in die Runde. Er sah so glücklich und so selbstzufrieden aus, daß die anderen ebenfalls lächelten. Die Schwestern lächelten verlegen auf ihre Handschuhe hinab, und Maisie lächelte Ansel mit zusammengekniffenen Augen direkt ins Gesicht. James stand auf; da die Gäste es sich bequem gemacht hatten, konnte er gehen.

»Ich bin mit Dan Thompson von der Zeitung verabredet«, erklärte er den Schwestern Potter. »Tut mir leid, daß ich wegmuß.«

»Machen Sie's gut«, sagte Miss Faye. »Würden Sie ihn bitte an die Geburtsanzeige für das Baby unserer Nichte erinnern?«

»Klar, mach ich. Bis später.«
Er ging zurück in die Dunkelkammer. Der Raum war kühl und gab ihm ein Gefühl von Distanz; die Stimmen im Wohnzimmer schienen von weit her zu kommen. Er steckte die Bilder der letzten Woche in den Umschlag, dann legte er, um seinen Aufenthalt in der Kühle auszudehnen, den Umschlag beiseite und fing an, die Bilder wegzuräumen, die Ansel sich vor zwei Tagen angeschaut hatte – das von dem Ford, Ansel auf der Couch, Joan im Staubsturm. Bei dem Bild von Joan hielt er inne und betrachtete es eingehend; er fand, es war das beste Foto, das er je gemacht hatte. Ihre Gestalt erschien als deutliche, dunkle Linie, umgeben von verschwommenen Wirbeln, und sie hielt beim Gehen in ihrer typischen Art den Kopf gesenkt. So hatte er sie unzählige Male gesehen. Und als er das Foto, ein konkretes Bild seiner Vorstellung von ihr, in der Hand hielt, mußte er wieder an ihren Streit denken. Die ganze letzte Nacht und den ganzen Morgen hatte er versucht, den Gedanken zu verdrängen.
Als er jetzt darüber nachdachte, wurde ihm klar, daß *er* den ersten Schritt machen mußte, wenn die Dinge wieder ins Lot kommen sollten. Joan würde nicht einlenken. Sie würde ihre Meinung über Ansel niemals ändern, und sie würde es auch nicht um des lieben Friedens willen vortäuschen. Er würde zu ihr gehen und sagen müssen: »Also, wir sind zwar verschiedener Meinung, aber es tut mir leid, daß wir uns gestritten haben.« Sonst würde sie sich einfach nicht mehr blicken lassen, nur noch mit Simon spielen und sich für den Rest ihres Lebens mit häuslichen Tätigkeiten beschäftigen. Und das alles ohne Grund. Er schob das Foto in den Ordner. Mr. Pike sagte oft: »Eines Tages, mein Junge, wird das Mädchen weggehen und dich verlassen«, und er wußte gar nicht, wie recht er damit hatte. Letzten Monat hatte Joan eines Tages ihre Sachen gepackt und war in die Stadt gegangen, um mit dem Bus zu ihren Eltern zu fahren. Aber dann hatte sie beschlossen, sich vorher noch einen Film im Kino anzusehen, und als er zu Ende war, hatte sie es sich schon wieder anders überlegt und war zurückgekommen. Auf ihren hohen Absätzen war sie, zwei große Koffer hinter sich her zerrend, über das Feld gestolpert. Sie hatte James davon erzählt und über

sich selber lachen müssen, aber James hatte nicht mitgelacht. Was sollte er machen, wenn sie wegging?
Draußen im Wohnzimmer sprach Miss Lucy gerade von ihrem Neffen, der in Japan Missionar war und wegen seiner roten Haare dort viel Aufsehen erregte. »Sie sollten ihn sehen, wenn er sich verbeugt«, sagte sie. »Er hat mir erzählt, daß man sich dort ständig verbeugt.« James hörte mit halbem Ohr zu, während er mit den Fingern auf den Stahlschrank trommelte.
Wenn Joan wegging, hatte er seiner Ansicht nach nur zwei Möglichkeiten. Entweder ließ er sie in Ruhe, dann würde er sich die nächsten vierzig Jahre immer wieder vorstellen, wie sie mit ihm von den Tabakscheunen durch die Felder nach Hause lief oder ihm einen nach Pfefferminz riechenden Gute-Nacht-Kuß gab, oder er fuhr ihr nach und sagte: »Bitte komm zurück. Willst du mich heiraten?« In Gedanken konnte er das sagen, aber nicht im wirklichen Leben. Im wirklichen Leben gab es Ansel, und er würde auch weiterhin bei ihm bleiben, denn er könnte auf keinen Fall das einzige Mitglied seiner Familie, von dem er sich noch nicht abgewandt hatte, im Stich lassen. Und im wirklichen Leben würden Ansel und Joan einander niemals mögen.
»Ich würde jederzeit Afrika vorziehen«, sagte Miss Faye. »Die Afrikaner *wissen* wenigstens, daß sie missioniert werden müssen, aber die Asiaten reagieren vollkommen überrascht auf die Missionare.« Und Miss Lucy fügte mit zwitschernder Stimme etwas hinzu, das James nicht verstehen konnte.
Er stand auf und rieb sich die Knie, die vom langen Hocken schmerzten. Dann griff er nach den Fotos für die Zeitung und verließ die Dunkelkammer. Anstatt zur Vordertür hinauszugehen, nahm er die Hintertür, um so unauffällig wie möglich zu verschwinden. Draußen fiel sein Blick auf die Margeriten, die er hatte pflücken wollen. Sie wiegten sich im Wind und waren schon beinahe verblüht. Er schob den Umschlag mit den Bildern unter einen Arm und stapfte durch die Wiese zu den langstieligsten Blumen. Er kam sich immer albern vor, wenn er Blumen pflückte. Er tat es nicht ungern (denn Joan mochte Margeriten wesentlich lieber als gekaufte Blumen oder andere Geschenke), aber der Gedanke, daß ihm jemand zusehen könnte, behagte ihm

nicht. Vorsichtshalber pflückte er die Blumen deshalb betont beiläufig – er riß sie fast an den Wurzeln ab und legte sie achtlos kreuz und quer übereinander. Aber auf dem Weg um das Haus herum ordnete er sie sorgfältig und betrachtete seinen Strauß dann noch einmal prüfend.

Mrs. Hammonds Auto stand nicht mehr da; das war wenigstens etwas. Sie mußte weggefahren sein, als er in der Dunkelkammer war. Jetzt hoffte er nur noch, daß Joan an die Tür gehen würde. Er klopfte und wartete, während er angespannt das Fliegengitter betrachtete. Lange kam niemand. Dann rief Joan von irgendwo im Haus: »Hat es geklopft?« Ihre Stimme hallte; sie stand wahrscheinlich auf dem Treppenabsatz.

»Ich bin es«, sagte James.

»Simon, würdest du James bitte die Tür aufmachen?«

Simon kam mit schlurfenden Schritten aus der Küche. Durch das Fliegengitter konnte James von ihm nur eine Silhouette erkennen – spindeldürre Arme und Beine und hochgezogene Schultern, als fürchte er sich vor etwas. Bevor er die Tür erreicht hatte, fragte er James: »Bist du allein gekommen?«

»Wen sollte ich denn mitgebracht haben?« fragte James.

»Ach, niemanden.« Und er kam an die Tür und drückte sie auf. »Joan ist oben«, erklärte er. »Sie bringt Mutter ins Bett. Sie wird gleich runterkommen.«

»Deine Mutter war schon auf?«

»Ja, aber jetzt geht sie wieder ins Bett. Ich habe etwas Falsches gesagt.«

»Das glaube ich nicht«, sagte James, ohne zu wissen, wovon Simon sprach. Er zog die Tür behutsam hinter sich zu und ging zu einem Sessel. »Ist Joan zu beschäftigt, um mit mir zu sprechen?«

Aber da hörten sie Joan bereits die Treppe herunterkommen. Sie ging auf Zehenspitzen und nahm nicht wie sonst zwei Stufen auf einmal. Simon zeigte mit dem Daumen in Richtung des Geräusches. »Da ist sie ja«, sagte er. Als Joan in Sichtweite kam, schaute sie James einen Moment lang ausdruckslos an, als nähme sie ihn gar nicht wahr, dann lächelte sie und sagte: »Oh. Hallo.«

»Hallo«, sagte James. Er erhob sich und streckte ihr die Blumen

entgegen. »Ich habe dir ein paar Margeriten mitgebracht. Ich habe sie zufällig auf der Wiese entdeckt.«
»Nett von dir«, sagte sie und betrachtete dann stirnrunzelnd die Margeriten. James schaute die Blumen in seiner Hand an. Sie wirkten plötzlich welk und zerzaust. »Na ja, vielleicht sind sie doch nicht so schön«, sagte er, aber Joan war aus ihren Gedanken erwacht und sagte: »Sie sind sehr hübsch. Ich hole eine Vase.«
»Oh, du brauchst nicht extra eine *Vase* für sie zu holen –«
»Doch, natürlich.«
Sie ging hinaus in die Küche. Sie schien immer noch auf Zehenspitzen zu laufen. James bemerkte plötzlich die angespannte Stille im Haus. Er wußte nicht, ob Mrs. Pikes Zustand dafür verantwortlich war oder ob es daran lag, daß Joan ihm noch böse war, aber er traute sich nicht zu fragen. Er schaute zu Simon hinüber, der immer noch ins Leere starrte. »Bin ich in einem ungünstigen Moment gekommen?« fragte James ihn.
»Hmh?«
Joan kam mit einer Kristallvase voll Wasser zurück. Er fragte sie: »Bin ich in einem ungünstigen Moment gekommen?«
»O nein, eigentlich nicht.«
»Wirklich nicht?«
»Nein, nein«, sagte Joan. »Tante Lou fühlte sich vorhin nicht wohl, aber jetzt ist sie oben, und alles ist soweit in Ordnung.« Sie nahm ihm die Margeriten ab. Die Geste war kühl und unpersönlich, und sie schaute ihn dabei nicht an. »Wir müssen es langsam angehen lassen«, sagte sie. »Das vergesse ich oft. Ich habe in den meisten Dingen nicht gerade eine leichte Hand.« Aber als sie die Margeriten in die Vase stellte, waren ihre Finger so leicht und sanft wie Schmetterlinge, und sie brauchte die Blumen bloß zu berühren, schon richteten sie sich auf oder bogen sich anmutig. Als sie fertig war, sahen sie kein bißchen zerzaust oder welk aus; James war froh, daß er sie mitgebracht hatte.
»Du solltest in einem Blumenladen arbeiten«, sagte er zu ihr.
Aber Joan stellte die Vase auf einen Tisch, ohne darauf zu achten, wie die Blumen aussahen. Sie hatte sie die ganze Zeit kein einziges Mal angeschaut. »Im Gegensatz zu Mrs. Hammond«,

sagte sie. »Ich meine, *sie* hat eine leichte Hand. Aber diese Art leichte Hand meine ich gar nicht.«
»Ich kann dir nicht ganz folgen«, sagte James.
Sie setzte sich und schüttelte den Kopf, als wäre er ein hoffnungsloser Fall. »Schon gut«, sagte sie.
»Mrs. *Hammond* soll eine leichte Hand haben?«
»Schon gut.« Unvermittelt schaute sie Simon an. »Simon, möchtest du jetzt Mittagessen?« fragte sie ihn.
»Ich habe doch eben erst gefrühstückt.«
»Ach so.«
»*Du* hast eine leichte Hand«, sagte James. »Die leichteste Hand, die ich mir vorstellen kann.«
»Ach James, du hast doch keine Ahnung.«
»Ich versuche ja nur –« Er hielt inne und blickte zu Simon hinüber. Simon sah aus, als wäre ihm kalt. »Willst du dich nicht setzen?« fragte James.
»Nicht unbedingt.«
»Na komm schon.«
Simon zuckte die Schultern und setzte sich auf das Sofa. Aber als sie sich alle drei mit im Schoß gefalteten Händen gegenübersaßen, wurde die Stimmung noch gespannter. James hatte das Gefühl, sie sollten eine Unterhaltung führen, irgendein richtiges Gespräch, anstatt nur knappe Bemerkungen auszutauschen. Er lächelte Joan aufmunternd an, aber sie erwiderte sein Lächeln schweigend und nur mit den Lippen, während ihre Augen ernst blieben. Vielleicht war sie sogar verärgert, er wußte es nicht.
»Soll ich lieber ein andermal wiederkommen?« fragte er.
»Nein, ist schon gut.«
»Na schön.« Er lehnte sich vor und betrachtete seine Fingernägel. »Ich nehme an, dein Onkel arbeitet heute«, sagte er.
»Hat Ansel dir das nicht gesagt?«
»In gewisser Weise schon.«
»Gibt es dagegen etwas einzuwenden?« wollte Joan wissen.
»Nein, natürlich nicht.«
»Man muß schließlich irgend etwas tun. Man kann nicht bloß untätig herumsitzen. Es ist *unfair*, den ganzen Tag herumzusitzen und alle anderen ständig daran zu erinnern –« Sie hielt inne,

und James schaute sie von der Seite an, ohne den Kopf zu heben. Die Schärfe ihres Tonfalls machte ihn nervös, und er hatte keine Ahnung, wie er sich verhalten sollte. Aber dann sagte sie: »Jetzt brauchst du also nicht mehr auf den Tabakfeldern zu arbeiten.«

»Nein«, sagte James.

»Wie schön für dich.«

Er wartete eine Weile, dann räusperte er sich und sagte: »Ich habe gehört, es wird eine gute Ernte geben.«

»Das hat Billy Brandon mir auch erzählt«, sagte Simon unvermittelt.

»Die Scheunen sind schon fast voll.«

James zog aus seiner Hemdtasche einen Plastikkamm, an dem kleine Flusen hingen. Als er mit dem Zeigefinger über die Zinken strich, gab es einen dumpfen, blechernen Ton, wie von einem kleinen Xylophon. Joan und Simon schauten ihm zu. Als er ihren Blick spürte, steckte er den Kamm schnell wieder in die Tasche.

»Ich glaube, ich gehe jetzt«, sagte er hilflos. »Ich komme ein andermal wieder.«

»Ist gut«, sagte Joan.

»Soll ich?«

»Was?«

»Soll ich wiederkommen?«

»Ach so. Ja.«

»Okay«, sagte er, aber er war nicht überzeugt, daß sie es ernst meinte. Er stand auf und ging zur Tür. Joan und Simon folgten ihm feierlich. Dann drehte er sich um und sagte: »Ich könnte dich vielleicht ins Kino einladen. Am Donnerstag. Euch beide.«

»Mal sehen«, sagte Joan.

»Hast du Lust oder nicht?«

»Ich weiß nicht, ob wir können«, sagte sie.

»Normalerweise würde ich nicht so lange im voraus fragen, aber morgen abend habe ich keine Zeit. Da gehe ich mit Ansel Cribbage spielen. Aber am Donnerstag –«

»Mal sehen«, sagte Joan.

»Ich weiß, daß ich nicht mehr den Chauffeur für ihn spielen

wollte, aber in letzter Zeit war er – ach, lassen wir das Thema.«
»Ich habe nicht davon angefangen«, sagte Joan.
»Na ja, irgendwie schon.«
»Ich habe kein Wort gesagt.«
»Ich habe es an deinem Gesichtsausdruck gesehen.«
»Mein Gesichtsausdruck war völlig normal. Ich habe nicht mal daran *gedacht*.«
Sie klang, als sei sie den Tränen nahe. James stand da und überlegte, was er sagen könnte, aber dann dachte er, er würde alles nur schlimmer machen, ganz egal, was er sagte. Daher schwieg er einen Augenblick und sagte dann: »Ich gehe jetzt lieber. Auf Wiedersehen.«
»Wiedersehen«, sagte Simon.
Er hatte den Vorgarten schon halb durchquert, als er die Tür zuschlagen hörte; Joan hatte nicht mal auf Wiedersehen gesagt. Die einzigen Geräusche, die jetzt zu hören waren, kamen von Ansels Fenster – die vogelähnlichen Töne lachender Frauen, die um seinen Bruder versammelt waren. Ihr helles, fröhliches Trillern drang durch das geöffnete Fenster nach draußen und blieb wie ein Vorhang auf der leeren Veranda hängen.

10

An diesem Nachmittag bekam Joan einen Anruf von ihrer Mutter. Sie war gerade im ersten Stock und versuchte, Mrs. Pike zu überreden, das Bett ein zweites Mal zu verlassen. Es schien weniger mühsam zu sein als am Morgen. »Was willst du anziehen?« fragte Joan, und die Antwort ihrer Tante kam schon nach kurzem Zögern. »Das beige, glaube ich«, sagte sie. Sie wartete, während Joan das Kleid vom Bügel nahm. »Kann ich die Perlmuttbrosche dazu tragen?«
»Natürlich«, sagte Joan. Sie hätte auch zugestimmt, wenn ihre Tante die Gardinen hätte anziehen wollen. Sie holte die Brosche aus der Kommodenschublade und legte sie neben das Kleid, und dann klingelte das Telefon. Beide Frauen verharrten reglos und lauschten.
»Hey, Joan!« rief Simon.

»Ich bin hier oben.«
»Jemand will dich am Telefon sprechen.«
»Ich bin gleich wieder da«, sagte Joan zu ihrer Tante und rannte, zwei Stufen auf einmal nehmend, die Treppe hinunter. Sie hatte keine Ahnung, wer am Apparat sein könnte, aber als sie die gefühllose, näselnde Stimme der Telefonistin hörte, war sie enttäuscht.
»Miss Joan Pike?« fragte die Telefonistin.
»Ja.«
»Sind Sie Miss Joan Pike?«
»Ja.«
»Ein Ferngespräch.«
»In Ordnung«, sagte Joan.
Nach einer kurzen Pause fragte ihre Mutter in formellem Tonfall: »Bist du es, Joan?« und wartete darauf, daß Joan noch einmal ihre Identität bestätigte.
»Ja, ich bin's«, sagte Joan. »Hallo, Mutter.«
»Hallo«, sagte ihre Mutter. »Ich rufe an, um zu fragen, wie es Lou geht. Dein Vater bat mich darum.«
»Es geht ihr schon besser«, sagte Joan. Sie hörte, wie ihre Mutter sich abwandte und ihrem Vater etwas zuflüsterte; wahrscheinlich gab sie Joans Antwort an ihn weiter. Normalerweise hatte ihre Mutter eine leise, gedämpfte Stimme, die den Eindruck erweckte, als würde im Nebenzimmer ein Kranker liegen. Aber als sie wieder in die Muschel sprach, tat sie es mit ihrer lauten und deutlichen Kaffeekränzchen-Stimme, der Stimme einer korpulenten Frau, die sich sehr gerade hielt und deren Schuhspitzen beim Gehen nach außen zeigten.
»Dein Vater hat ein schlechtes Gewissen, weil wir nicht zur Beerdigung gekommen sind«, sagte sie. »Er sagt zwar, er hat nur einen Schnupfen, aber mir gefallen die Geräusche nicht, die er beim Atmen macht. Können wir irgend etwas für dich tun, Joan?«
»Nein, ich glaube nicht. Die Blumen waren sehr hübsch – Onkel Roy bat mich, euch das zu sagen.«
»Na ja, wir waren uns nicht ganz sicher. Nicht alle Leute mögen Gladiolen.«

»Nein, nein, sie waren schon richtig.«
»Das freut mich. Wie geht es Simon?«
»Ich glaube, soweit ganz gut.«
»Grüß ihn bitte von uns. Sag ihm –«
Ihre Stimme war inzwischen wieder fast so leise wie üblich. Joan sah sie genau vor sich: Sie saß auf der Kante des Schaukelstuhls mit dem bestickten Sitzpolster, und Joans Vater stand hinter ihr und beugte sich ein wenig vor, um mitzuhören, was gesagt wurde. Er selbst hatte ein bißchen Angst vor Telefonen; er behandelte sie so, als könnten sie jeden Moment explodieren. Joan stellte sich vor, wie ihre Mutter mit dem Zeigefinger die kleine Falte zwischen ihren Augenbrauen glättete, die aber in dem Moment, wenn sie ihren Finger wegnahm, sofort wieder erschien. Als Joan daran dachte, vermißte sie ihre Mutter; sie sagte unvermittelt: »Ich habe die Nase voll.«
»Was?«
»Ich habe schlicht und einfach die Nase voll. Ich will zurück nach Hause. Ich will nicht länger hierbleiben.«
»Aber, Joan –«, sagte ihre Mutter, und dann verlor sich ihre Stimme. Schließlich sagte sie: »Meinst du nicht, du solltest momentan bei Lou bleiben?«
»Ich bin ihr keine Hilfe«, sagte Joan. »Sie sitzt nur den ganzen Tag herum. Wohin ich auch blicke, Janie Rose ist überall, und ich habe keine Lust mehr hierzubleiben. Nichts ist, wie es sein sollte.«
»Braucht Simon dich denn nicht?«
»Also –«, sagte Joan und schwieg dann, weil ihr Vater sich offenbar erkundigt hatte, was los sei. Die beiden sprachen eine Weile murmelnd miteinander, und die Stimme ihrer Mutter klang ein wenig ungeduldig. Joans Vater war schwerhörig; man mußte ihm alles zweimal sagen. Als ihre Mutter sich erneut an Joan wandte, seufzte sie und sprach dann wieder mit lauter Stimme.
»Du weißt, wir würden uns sehr freuen, dich bei uns zu haben«, sagte sie. »Komm, sobald du es einrichten kannst. Weißt du schon, wann?«
»Nein, noch nicht. Morgen oder übermorgen vielleicht. Ich nehme den Bus.«

»Vielleicht kann James dich bringen«, sagte ihre Mutter. »Wir würden uns sehr freuen, ihn zu sehen.«
»Er wird nicht mitkommen.«
»Dein Vater fragt öfters nach ihm.«
»Er kommt nicht mit«, sagte Joan mit fester Stimme.
Wieder entstand eine Pause, und dann sagte ihre Mutter: »Ist irgend etwas nicht in Ordnung?«
»Was sollte nicht in Ordnung sein?«
»Na ja, ich weiß nicht. Wir können dich dann also in den nächsten Tagen erwarten?«
»Ja. Macht bitte keine Umstände.«
»Du machst uns keine Umstände. Also dann: auf Wiedersehen.«
»Auf Wiedersehen. Und vielen Dank für den Anruf.«
Sie legte auf, blieb aber, noch mit der Hand am Hörer, bewegungslos sitzen. Aus den Augenwinkeln erblickte sie Simon. Er stand gegen den Rahmen der Küchentür gelehnt und aß ein weiteres Erdnußbutter-Mayonnaise-Sandwich. »He«, sagte sie, aber er biß bloß ein Stück von seinem Sandwich ab und kaute es sorgfältig, ohne den Blick von ihrem Gesicht abzuwenden. »Das war deine Tante Abby«, sagte sie zu ihm.
»Ich weiß.«
»Sie wollte wissen, wie es uns allen geht.«
Er richtete sich auf und ging zu ihr; die Füße setzte er dabei sehr vorsichtig und gerade auf den Boden. Als er bei ihr angekommen war, sagte er: »Ich habe mit angehört, daß du nach Hause fahren willst«, und wartete, das Sandwich halb an den Mund gehoben, auf eine Antwort.
»Schon möglich«, sagte Joan.
»Fährst du mit dem Bus?«
»Vielleicht fahre ich gar nicht. Ich habe mich noch nicht entschieden.«
»Wie lange würdest du wegbleiben?«
»Hör zu«, sagte Joan. »Ich weiß nicht, ob ich fahren werde. Ich glaube bloß, daß es vielleicht ganz gut wäre, für eine Weile hier rauszukommen. Erzähl es also bitte niemandem, verstanden?«
»Ja, verstanden.«

»Noch nicht einmal James.«
»Schon klar«, sagte Simon. Er plauderte niemals Geheimnisse aus; daher war es eine Kränkung anzunehmen, daß er etwas weitererzählen würde. »Wenn du aber doch fährst –«, sagte er.
»Wahrscheinlich nicht.«
»Aber wenn du doch fährst, darf ich dann mitkommen?«
»Oh, Simon«, begann Joan und verstummte dann, weil sie nicht wußte, was sie sagen sollte. »Deine Eltern brauchen dich«, sagte sie schließlich.
»Es wird ihnen gar nicht auffallen, wenn ich weg bin.«
»Deinem Vater wird es auffallen. Deiner Mutter auch – bald, zumindest.«
»Nein.«
»Doch. Hörst du, sie kommt nach unten.«
Er drehte sich um und schaute zur Treppe. Mrs. Pike kam aus eigenem Antrieb nach unten; sie ging mit unsicheren Schritten, bat jedoch nicht um Hilfe. Sie hatte die Perlmuttbrosche am Halsausschnitt festgesteckt, und der Stoff war an der Stelle ein wenig gerafft. Nachdem sie unten angekommen war, schaute sie zwischen Joan und Simon hin und her, so als erwarte sie, daß die beiden ihr sagten, was sie jetzt tun sollte. Joan ging zu ihr hinüber.
»Ich könnte dir einen Happen zu essen machen«, sagte sie.
»Ich bin runtergekommen, um zu nähen.«
»Zu nähen?«
»Ich bin gekommen, um Connies Kleid zusammenzunähen.«
»Oh«, sagte Joan. Sie drehte den Kopf und war froh, das halbfertige Kleid auf dem Nähmaschinentisch liegen zu sehen. (Mrs. Hammond hatte ihre Sachen nicht mitgenommen, als sie überhastet, unverständliche Worte murmelnd, aufgebrochen war.) »Es ist alles da«, sagte Joan zu ihr. »Kann ich sonst noch etwas für dich tun?«
»Nein. Ich will nur nähen.«
»Sollen wir dir Gesellschaft leisten?«
»Ich will nur nähen.«
»In Ordnung«, sagte Joan, aber sie blieb noch eine Weile stehen und Simon ebenfalls. Mrs. Pike schaute nicht wieder in ihre

Richtung. Sie ging zu dem Stuhl vor der Nähmaschine, ließ sich ungelenk darauf nieder, und ohne lange zu überlegen oder auch nur einen Blick auf das Kleid zu werfen, fing sie an zu nähen – sie schob einfach mit einer ruckartigen Bewegung zwei Stoffstücke unter die Nadel und trat energisch auf das Pedal. Schließlich wandte Joan sich ab, weil sie nicht wußte, was sie noch tun konnte. »Laß uns in die Küche gehen«, sagte sie zu Simon. Sie drückte sanft gegen seine Schulter, und er folgte ihr, drehte sich aber mehrmals um und blickte seine Mutter an. In der Küche sagte er: »Siehst du?« Aber sie sagte: »Sei still«, ohne ihn zu fragen, was er damit gemeint hatte. »Vielleicht sollten wir einen Spaziergang machen«, sagte sie.

»Ich habe meinen Ball wiedergefunden.«

»Welchen Ball?«

»Den ich verloren hatte. Ich habe ihn wiedergefunden.«

»Das freut mich«, sagte Joan. »Ist er noch heil?«

»Ja. Hast du Lust, Ball zu spielen?«

»Nein, eigentlich nicht.«

»Ach bitte, Joan.«

Sie schaute ihn an. »Wir hätten dich zum Friseur schicken sollen«, sagte sie schließlich.

»Nur eine Viertelstunde. Ich verspreche auch, nicht so hart zu werfen.«

»Na schön«, sagte sie.

Simon ging zur Tür und nahm den Baseball, der daneben lag. Der Ball war jetzt grau und voller Grasflecken, aber die zwei Wochen auf dem Feld hatten ihm nichts anhaben können. Simon warf ihn hoch und fing ihn wieder auf, während er, gefolgt von Joan, durch die Hintertür hinausging.

»Wenn wir einen großen kurzgeschnittenen Rasen hätten, könnten wir Schlagball spielen.«

»Nur kleine Kinder spielen Schlagball.«

Sie gingen durch das hohe Gras hinter dem Haus, indem sie es mit Schwimmbewegungen beiseite schoben, und nachdem sie die Mülleimer und den verrosteten Schrott hinter sich gelassen hatten, kamen sie an einen Platz, wo das Gras kürzer war. Janie hatte diese Stelle vor knapp einem Jahr in Brand gesetzt, als sie

in dem kostbaren Hochzeitskleid ihrer Mutter dort herumspaziert war und mit abgespreiztem kleinem Finger eine brennende Zigarette in der Hand gehalten hatte. James, Mr. Pike und Mr. Terry hatten das Feuer mit ihren Hemden ausgeschlagen, und während ihnen der Schweiß über die Gesichter lief und ihre Stimmen vom Rauch immer heiserer wurden, lehnte sich Ansel aus dem Küchenfenster und schrie: »Schäm dich! Schäm dich!«, und Janie Rose saß zusammengekauert im Blechbüchsenbaum, heulte und wischte ihre Brillengläser mit dem spitzenbesetzten Saum des Hochzeitskleides ab. Inzwischen wuchs das Gras wieder, aber es war kürzer und weniger dicht als früher, und zwischen den Halmen sah man die schwarze verdorrte Erde. Joan und Simon stellten sich an gegenüberliegenden Rändern der abgebrannten Fläche auf, und Simon schuf sich einen Standplatz, indem er die kümmerlichen Grashalme niedertrampelte und mit den Füßen über den verkohlten Boden scharrte.
»Los geht's«, sagte er und streckte den Arm so weit nach hinten aus, daß Joan, noch ehe er geworfen hatte, beide Hände vor den Körper hielt, um den Ball abzuwehren. Simon hielt mitten in der Bewegung inne und ließ den Ball in seine andere Hand fallen.
»Was ist denn mit dir los?« sagte er. »Willst du wie ein Mädchen spielen?«
»Nicht, wenn du so vorsichtig wirfst, wie du versprochen hast.«
Er sah sie mißbilligend an, nickte dann aber und hob erneut seinen Wurfarm. Diesmal warf er ohne auszuholen, und der Ball flog in einem gleichmäßigen Bogen durch den blauen Himmel. Joan fing ihn mühelos auf, dachte dabei sogar daran, die Augen nicht zu schließen, und warf ihn von unten zu Simon zurück.
»Du mußt von oben werfen«, sagte Simon.
»Entschuldigung.«
Kleine Schweißperlen traten auf ihre Stirn. Sie zog ihre Bluse aus den Bermudashorts, um sich Kühlung zu verschaffen, und sah erst im letzten Moment den Ball, der schnurgerade in Bauchhöhe auf sie zugeschossen kam.
»Paß auf«, sagte Simon.

»Paß *du* lieber auf. Es hat beim Fangen ganz schön an den Händen gebrannt.«
Dieses Mal warf sie den Ball von oben zurück, aber etwas zu kurz, so daß Simon nach vorne laufen mußte, um ihn zu fangen. Während er zu seinem Standplatz zurückging, knallte hinter ihnen eine Fliegengittertür, und Joan drehte automatisch den Kopf, um herauszufinden, aus welchem Teil des Hauses das Geräusch kam. »Weiter geht's«, sagte Simon, und in dem Moment sah Joan aus dem Augenwinkel, wie jemand Großes, der James' kariertes Hemd trug, sich durch das Gras einen Weg zu ihr bahnte. Sie drehte sich ganz um. »Paß auf!« rief Simon. Irgend etwas schlug seitlich gegen ihren Kopf, und sie sah nur noch Grün und spürte einen stechenden Schmerz. Sie setzte sich hin, nicht weil sie ohnmächtig wurde, sondern weil sie so verblüfft war, daß ihre Knie nachgaben. Neben ihr lag auf einem Grasbüschel der Baseball, der heller aussah, als sie ihn in Erinnerung hatte. Das Blut in ihren Schläfen pochte, und sie legte sich ganz auf den Rücken, wobei der verkohlte Boden unter ihr leise knisternde Geräusche machte. Simon brüllte: »*Joan*!«, und die Person in James' Hemd kam mit stampfenden Schritten immer näher. Es war Ansel. Sie sah ihn und schloß die Augen. Im selben Moment kam Simon schnell und laut atmend bei ihr an. Er ließ sich neben ihr auf den Boden fallen und sagte: »*Joan*, oh, *Scheiße*, Joan«, woraufhin sie, trotz ihrer geschlossenen Augen und der Schmerzen im Kopf, unwillkürlich grinsen mußte. Sie schaute zu ihm hoch und sagte: »Simon Pike –«, und versucht sich aufzurichten, aber jemand drückte ihre Schultern mit Gewalt nach unten. »*Wo* hast du –«, begann sie, aber dann legte Ansel ihr die Hand auf den Mund. Seine Hand roch nach Noxzema-Creme.
»Du bleibst liegen«, sagte er. »Du darfst dich nicht aufsetzen und auch nicht sprechen. Ich rufe einen Krankenwagen.«
»Einen Krankenwagen?« Und dieses Mal lachte sie ungehemmt und setzte sich auf, obwohl Ansel sie daran zu hindern versuchte. »Ansel«, sagte sie, »ich brauche keinen Krankenwagen. Ich war nur völlig überrascht.«
»Ich habe dich vorher gewarnt«, sagte Simon. »Mein Gott, wie

schnell jemandem etwas passieren kann.« Er lehnte sich zurück, umklammerte seine Knie, und einen Moment lang sah es so aus, als würde er gleich in Tränen ausbrechen.

»Na, na, ist ja gut«, sagte Joan zu ihm. Sie stellte sich mühsam wieder auf die Füße, und als Ansel sie am Ellbogen faßte, wehrte sie sich nicht. Dann reichte sie Simon eine Hand, um ihm hochzuhelfen. Im Stehen tat ihr Kopf noch mehr weh; der Schmerz pulsierte. Sie klopfte Simon auf die Schulter. »Es war meine eigene Schuld«, sagte sie, »ich habe mich umgedreht, um zu sehen, wer da kommt.«

Ansel umklammerte hartnäckig ihren Ellbogen. Sie versuchte den Arm wegzuziehen, aber Ansel griff nur fester zu und trat dichter an sie heran. Er wirkte größer als sonst, blaß und besorgt, und blinzelte nervös im grellen Sonnenlicht.

»Du kommst jetzt mit rein«, sagte er zu ihr, »ich hole einen Arzt.«

»Ich brauche keinen Arzt, Ansel.«

»Vielleicht ist es schlimmer, als du denkst.«

»Ach, um Himmels willen«, sagte sie. »Ich werde schon nicht sterben.«

»Man weiß nie. Man muß immer –«

Sie zog ihren Arm weg, dieses Mal mit einer so heftigen Bewegung, daß er losließ, und sie griff statt dessen nach Simons Hand, damit er sie stützen konnte, falls ihr schwindelig wurde. Feierlich, so als würde er eine große Verantwortung tragen, führte Simon sie zum Haus. Ansel, der von der unerwarteten Anstrengung völlig außer Atem war, folgte ihnen.

»Wir gehen zu mir«, sagte er. »Ich habe Eistee.«

»Nein, vielen Dank.«

»Ich will aber, daß ihr mit zu mir kommt. Ich fühle mich verantwortlich. Und außerdem langweile ich mich. James ist zu Dan Thomson gefahren.«

»Na schön«, sagte Joan. Sie hatte tatsächlich keine große Lust, ins Wohnzimmer der Pikes zurückzukehren. Sie änderten die Richtung und gingen zur Wohnung der Greens. Ansel schob vor ihnen das Gras auseinander und kickte rostige Autoteile zur Seite, um den Weg für Joan frei zu machen. Als sie bei der Hintertür ankamen, öffnete er sie und forderte Joan und Simon mit einer Verbeugung auf voranzugehen, obwohl die beiden ihm überhaupt keine Beachtung schenkten.

»Geht gleich ins Wohnzimmer«, sagte er. »Weißt du was, Joan, du darfst dich auf meine Couch legen.«

»Ach, Ansel, ich glaube nicht –«

»Das biete ich nur selten jemandem an.«

»In Ordnung«, sagte sie und ging zur Couch, denn sie hatte wegen ihrer Kopfschmerzen keine Lust auf eine Diskussion. Die Wohnung roch genau wie James – eine Mischung aus Entwicklerlösung, Rasierseife und Sonnenschein –, und außerdem lag ein Hauch von Ansels Medizingeruch in der Luft. Sie streckte sich auf der Couch aus und schloß die Augen.

Ansel brachte den Eistee herein. Die Eiswürfel klirrten, und in jedem Glas schwamm ein Zweig frischer Minze. Joan war überrascht, denn sonst ließ Ansel sich immer bedienen. Sie hätte vermutet, daß er nicht einmal wußte, wo die Gläser standen. Er stellte das Tablett auf den Couchtisch und gab Simon und Joan jeweils ein Glas. Dann griff er nach seinem eigenen Glas, ging damit hinüber zum Sessel und nahm mit einer unsicheren Bewegung Platz, so als habe er dort noch nie zuvor gesessen. Was vielleicht auch stimmte. »Prost«, sagte er und hielt sein Glas hoch. »Joan, was den Arzt betrifft –«

»Es geht mir *gut*.«

»Du solltest trotzdem hingehen«, sagte Simon. »Vielleicht hast du dich verletzt, ohne es zu merken.«

»Ich habe mich nicht verletzt. Hör bitte damit auf.«

Sie nahm einen Schluck Eistee und schloß die Augen. Sie fand es angenehm, wieder im Kühlen zu sein. Im Zimmer war es düster und still. Sie lag bequem auf dem Sofa und war, von der Hitze im Garten, entspannt und müde.

»Was auch gut schmeckt«, erzählte Ansel gerade Simon, »ist Eistee mit einem Pfefferminzbonbon darin. Hast du das schon mal probiert?« Seine Stimme kam ihr leise vor, als sei er weit entfernt, denn sie war leicht eingedöst. Sie hörte, wie er sich auf dem alten, knarrenden Sessel anders hinsetzte. »Hast du das schon mal probiert?« fragte er erneut.

»Nein«, sagte Simon. Er war immer noch mißtrauisch gegenüber Ansel. Joan hatte keine Ahnung, warum.
»Du solltest deine Mutter bitten, dir so einen Eistee zu machen«, sagte Ansel ihm.
»Das wird sie nicht tun.«
»Doch, bestimmt. Bestimmt.«
»Wir trinken meistens Cola«, sagte Simon.
»Eistee schmeckt besser.«
Es entstand eine lange Pause. Joan stellte ihr Glas auf dem Fußboden ab und streckte sich dann wieder aus und legte den Handrücken auf die Augen, um nichts mehr zu sehen.
»James ist bei Dan Thompson«, sagte Ansel.
»Das hast du schon erzählt«, sagte Simon.
»Er ist einfach weggefahren und hat mich allein gelassen.«
»Ist mir doch egal.«
»Wenn ich heute tot umfallen würde, wüßte er nicht einmal, was für ein Name in den Grabstein gemeißelt werden müßte.«
»Ist mir doch egal.«
»Ach ja«, seufzte Ansel, und dann war zu hören, wie er sich im Sessel ausstreckte. »Es gibt auf der Welt Menschen«, sagte er, »die könnten sterben und würden etwa eine Woche lang betrauert. Wenn sie Glück haben. Und das war's dann. Glaubst du, daß ich einer von denen bin?«
»Weiß ich nicht«, sagte Simon. »Ich höre gar nicht zu.«
»Oh.«
Es herrschte wieder Schweigen, und in einem Glas, vermutlich in Ansels, klirrte Eis. Ansel sagte: »Ich gehe weg von hier.«
»Alle gehen weg.«
»Was?«
»Erwachsene können weggehen, ohne jemandem Bescheid zu sagen. Schade, daß ich das nicht darf.«
»Du kannst mit mir kommen«, sagte Ansel.
»Wohin?«
»In meine Heimat. In den Ort, aus dem ich stamme.«
»Liegt der im Norden?« fragte Simon.
»Im Norden wovon?«
»Na, im Norden eben. Liegt er im Norden?«

»Nein, im Süden«, sagte Ansel.

»Oh. Ich möchte lieber nach Norden.«

»Das ist doch egal. Mach dir nichts vor. Bei uns in der Stadt gibt es einen Polizisten, der so tut, als sei er ein Nachtwächter. Er läuft in nebligen Nächten durch die Straßen, ruft die Stunden aus und singt Lieder wie ›Sunshine on the Mountain‹ und alle möglichen anderen Lieder über die Sonne – und das mitten in der Nacht. Es ist toll, *so was* zu hören, wenn man nachts aufwacht.«

»Das kann ich mir vorstellen«, sagte Simon.

»Vor allem, wenn man gerade einen Alptraum gehabt hat.«

»Stimmt.«

Der Schmerz in Joans Kopf pulsierte im Rhythmus von Ansels Worten. Sie wäre am liebsten hinausgegangen, um nicht mehr zuhören zu müssen, wie er mit seiner dünnen Stimme endlos weiterredete, aber der Schmerz wirkte wie ein Gewicht, das ihren Kopf nach unten drückte. Sie lauschte im Halbschlaf, ohne ein Wort zu sagen.

»Seit ein paar Tagen denke ich dauernd an zu Hause«, sagte Ansel. »Das muß wohl an der Beerdigung liegen.«

»Du warst doch gar nicht auf der Beerdigung.«

»Trotzdem. Das einzige Problem ist, daß ich nicht weiß, wie es dort inzwischen aussieht. Ich habe keine Ahnung, was sich alles verändert hat, denn ich bekomme keine Briefe von zu Hause. James bekommt welche – von unseren Schwestern. Er schreibt ihnen einmal im Monat. Sein Brief enthält immer nur sachliche Informationen, und wenn er einen Antwortbrief bekommt, tut er so, als hätte er ihn nicht erhalten. Ich weiß nicht, warum. Ich meine, er schreibt ihnen weiterhin, erwähnt aber niemals, was sie an *ihn* schreiben, macht nie eine Bemerkung über ihre Briefe. Was glaubst du, warum er das tut?«

»Keine Ahnung«, sagte Simon. »Dieser Polizist, singt der jede Nacht?«

»*Fast* jede. Und es gibt in der Stadt einen Futtermittelladen, in dem Hüte verschenkt werden. Große Strohhüte, von denen lange rote Federn herabhängen, wie bei Sir Walter Raleigh. Die Sedad Street ist voll von Leuten mit diesen Hüten, alle außer den alten Frauen tragen sie, sogar die Bauern. Alte Frauen mögen diese Hüte nicht. Und am Harper's River sieht man kleine Jungs und farbige Männer, die in morschen Booten angeln und Hüte mit roten Federn tragen. Man erkennt sie sofort, wenn man sich dem Ort nähert. Man schaut aus dem Busfenster und sieht auf den Feldern Bauern, die Hüte mit roten Federn tragen; und auch die Maultiere tragen diese Hüte, allerdings sind Löcher für ihre Ohren hineingeschnitten. Daran erkennt man, daß man gleich zu Hause sein wird.«

»Und was ist mit mir?« fragte Simon.

»Was soll mit dir sein?«

»Würden die Leute in dem Laden mir auch einen Hut schenken, wenn ich sie darum bitte?«

»Aber natürlich.«

»Dann werde ich darum bitten.«

»Tu das.«

Wieder klirrte Eis. Joans Hand klebte an ihrer feuchten Stirn, und sie nahm sie weg; es klang fast, als würde etwas zerreißen. Dann seufzte sie und drehte sich auf die Seite.

»Wie heißt die Stadt eigentlich?« fragte Simon.

»Caraway, North Carolina.«

»Fährt ein Bus dorthin?«

»Sechsmal am Tag.«

»Gibt es dort Jungs in meinem Alter?«

»Ob es die gibt?« fragte Ansel und lachte plötzlich mit einem kehligen Glucksen, das ein bißchen wie James' Lachen klang. »Ob es die gibt? Klar doch, jede Menge sogar. Das kannst du mir glauben. Und noch etwas, eine Sache, die ich bisher in keiner anderen Stadt gesehen habe: Die Jungs tragen einen goldenen Ring im Ohr.«

»*Ohrringe*?«

»O nein. Sie machen es wie bei den Piraten. Sie stechen sich ein Ohrloch und stecken einen goldenen Ring hinein. Alle haben das gemacht.«

»Du auch?«

»Meine Eltern haben es mir verboten. Und eigentlich gehörte ich auch nicht zu dieser bestimmten Gruppe. Aber bei James war es anders. Er trug damals einen Ohrring, aber er hat ihn eines Tages abgenommen. Er trug ihn nur, weil unsere Eltern es ihm verboten hatten. *Alle* nehmen den Ring irgendwann ab, wenn sie erwachsen sind und auf eigenen Füßen stehen. Oft hört man jemanden sagen: ›Soundso ist seit kurzem verlobt. Er hat eine feste Stelle gefunden und trägt kein Gold mehr im Ohr.‹ Aber ich habe sowieso nie Gold im Ohr getragen.«

»Tut es weh?« fragte Simon.

»Tut was weh?«

»Das Durchstechen vom Ohr.«

»O nein. Ich glaube jedenfalls nicht. Und wenn, dann höchstens ganz kurz.«

»Wenn ich hinziehe, werde ich dann auch einen Ring im Ohr tragen?«

»Ganz bestimmt.«

»Wie lange dauert die Busfahrt?«

Joan spürte, daß sie einnickte. Das Haus schien sich um sie zu drehen und kam ihr so vor, als strichen dabei gelbliche Sonnenstrahlen über ihre Augenlider. Als sie nicht einmal mehr die Stimmen der anderen hörte, zwang sie sich aufzuwachen. Sie öffnete die Augen, und ihr Blick fiel auf einen Schuh von Ansel, mit dem er träge auf den Boden tippte. »Habe ich geschlafen?« fragte sie. Simon und Ansel schauten zu ihr herüber. »Wie spät ist es?«

»Kurz vor drei«, sagte Ansel. »Wie geht es deinem Kopf?«

»Gut.«

»Bist du sicher?«

»Ja. Tut mir leid, dich enttäuschen zu müssen.« Sie setzte sich auf und steckte ihre Bluse in die Hose. »Wir müssen gehen, Simon.«

»Schade, Ansel erzählt mir gerade etwas Interessantes.«

»Das kann warten.«

Sie ließ ihn vorgehen, drehte sich in der Tür noch einmal zu Ansel um und lächelte ihn an. »Vielen Dank, daß ich auf dem Sofa liegen durfte«, sagte sie.

»Nichts zu danken.« Er streckte den Kopf, an Joan vorbei, durch die Tür und schaute Simon an. »Überleg es dir«, sagte er.

»Okay.«
»Was sollst du dir überlegen?« fragte Joan.
»Nichts«, sagte Simon.
Joan gähnte und ging hinter ihm die Veranda entlang.

11

»Die Menschen sind sich alle ziemlich ähnlich«, sagte Ansel. »Das stelle ich immer wieder fest. Stimmst du mir zu?« Er hatte flach auf dem Sofa gelegen, erhob sich jetzt aber, um James anzuschauen, der im Sessel saß und eine Zeitung durchblätterte. »Stimmst du mir zu?«

»Na ja, mehr oder weniger«, sagte James und schlug den Sportteil auf.

»Natürlich. Es bleibt dir ja auch gar nichts anderes übrig. Ist das die Larksviller Zeitung?«

»Die Larksviller Zeitung erscheint erst morgen.«

»Ach so, ich dachte, heute wäre Mittwoch.«

»Ist es auch«, sagte James. »Die Zeitung erscheint donnerstags.«

»Oh.«

Ansel legte sich wieder hin, verschränkte die Finger auf der Brust und starrte nachdenklich an die Decke. Er hatte morgens über Schwindelanfälle geklagt und deshalb den ganzen Vormittag auf dem Sofa gelegen, und James hatte ihm Gesellschaft geleistet. Weil es das bequemste war. Ansonsten hätte Ansel sich ständig Vorwände ausgedacht, um ihn zu rufen und ihm irgendwelche Fragen zu stellen. Zum Beispiel: »Wie hieß die alte Frau, die immer an der Straßenecke Predigten hielt?« Oder: »Was ist aus meinem alten Seersucker-Anzug geworden?« Und James hätte beinahe ebensoviel Zeit in dem Zimmer verbracht, wie wenn er sich gleich dort hingesetzt hätte. Er gähnte jetzt und blätterte eine weitere Seite der Zeitung um, und Ansel ließ seinen Blick zu ihm zurückschweifen.

»Das ist eine Tatsache, James«, sagte er. »Die Menschen unterscheiden sich verdammt wenig voneinander.«

»Das hast du bereits erwähnt«, sagte James.

»Richtig, das habe ich. Weil es wahr ist. Denk nur an den Sohn der Edwards, den mit den vorstehenden Zähnen, der zur Armee ging – wie hieß der noch gleich?«

»Ich weiß nicht.«

»Doch, den kennst du bestimmt. Ganz bestimmt. Wie hieß der?«

»Ansel«, sagte James, »ich mache mir einfach nicht die Mühe, mir so etwas zu merken.«

»Darauf wäre ich nicht auch noch stolz. Clarence, so hieß er. Oder Clayton. Ich bin mir nicht sicher. Also, Clarence hat als Soldat fast die ganze Welt bereist. Fast die ganze Welt. Und weißt du, was er erzählte, als er zurückkam? Er erzählte, es gäbe etwas, das in den Ländern, in denen er war, überall gleich gewesen sei: Jedesmal, wenn eine Mutter mit ihren Kindern in ein Auto steigt, um irgendwohin zu fahren, spuckt sie als allererstes auf ein Taschentuch und wischt damit die Gesichter ihrer Kinder ab. Überall. In Kanada, Frankreich, Deutschland – überall. Also, wenn das nicht der beste Beweis für meine Behauptung ist.«

James überflog die Baseball-Ergebnisse und machte unwillkürlich bei jedem Ergebnis, das ihm nicht gefiel, leise »Ts«. Nach einer Weile wurde ihm die Stille bewußt, und er schaute hoch und sah, daß Ansel ihn mit gekränktem Blick anstarrte. »Du hast mir gar nicht zugehört«, sagte Ansel, und James seufzte und faltete die Zeitung zusammen.

»Ich habe gleichzeitig gelesen und zugehört«, sagte er.

»Nein. Was muß ich machen, damit man mir zuhört?«

»Also gut, es tut mir leid. Erzähl es mir noch einmal, wenn du willst.«

»Nein.«

Ansel drehte sich auf die Seite, bis seine Wange auf dem Sofakissen lag, und schloß die Augen. »Ich stelle immer häufiger fest«, sagte er, »daß mir niemand zuhört. Ich verstehe das nicht. Normalerweise denke ich nach, bevor ich etwas sage, um sicherzugehen, daß es interessant ist. Ich lege mir gewissermaßen die Worte zurecht. An was werden sich die Leute nach meinem Tod erinnern, wenn nicht an das, was ich gesagt habe? Wohl kaum an mein Aussehen oder die Art, wie ich mich bewegte. Ich sehe ziemlich unauffällig aus und bewege mich so gut wie gar nicht. Nein, nur an das, was ich gesagt habe, und wie kann sich jemand daran erinnern, wenn er mir nie zuhört?«

»Ich höre dir zu«, sagte James.

»Nein. Manchmal, wenn Stille herrscht, nachdem ich etwas gesagt habe und niemand darauf reagiert, weil niemand zugehört hat, schaue ich an mir herunter und denke: Du meine Güte, bin ich tatsächlich hier? Gibt es mich überhaupt?«

»Um Himmels willen«, sagte James. Er faltete die Zeitung wieder auseinander.

»Ich frage mich, wer mich nach meinem Tod vermissen wird. Du? Simon? Mrs. Pike wird bereuen, daß sie mir nicht öfter einen Teller heiße Suppe gebracht hat. Joan wird gar nicht merken, daß ich nicht mehr da bin. Wirst du mich vermissen?«

James las weiter. Er erfuhr alles über einen Jungen namens Ralph Combs aus Raleigh, der vorhatte, Spieler in der Baseball-Profiliga zu werden. Er las die Blondie- und Dick-Tracy-Cartoons und die zweiundzwanzigste Folge eines in Fortsetzungen abgedruckten Abenteuerromans, dann fiel ihm die Stille wieder auf, und er senkte die Zeitung, um Ansel anzuschauen. Ansel hatte einen Arm über dem Kopf ausgestreckt, die Finger um die Armlehne gelegt und war eingeschlafen. Seine Augenlider wirkten durchsichtig und glänzten leicht, und weil sein Haar ihm unordentlich in die Stirn hing, sah er so aus, als wäre er wieder zwölf Jahre alt. Sein Anblick stimmte James traurig. Er stand auf, ging zum Sofa, blieb neben Ansels Kopf stehen und schaute hinunter auf das schmale, blasse, gegen die Kissen gedrückte Gesicht. Er hätte ihm am liebsten auf die Schulter getippt und gesagt: *»Jetzt* werde ich dir zuhören.« Aber wenn er das täte, würde Ansel aufwachen und wieder sechsundzwanzig Jahre alt sein, nervös nach neuen Krankheitssymptomen suchen, zu einem langen Monolog anheben, den er schon einmal gehalten hatte, und nicht mehr wie der ängstliche kleine Bruder aussehen, der einen ganzen Abend lang auf einem Stuhl sitzen konnte, ohne ein Wort zu sagen oder den Blick vom Boden zu heben. Dieser Zwölfjährige würde spurlos verschwinden, und es würde noch nicht einmal ein Nachhall von ihm in Ansels Lächeln oder der Art, wie er ein bestimmtes Wort aussprach, zurückbleiben. James wandte sich von der Couch ab und ging zum Fenster.

Wegen seiner Stimmung wirkte alles, was er durch das Fenster sah, traurig und verlassen. Das Gras wurde vom Wind hinuntergedrückt, richtete sich kurz wieder auf, nur um dann wieder nach unten gedrückt zu werden. Simons Fahrrad lag auf der Seite, und in den Speichen hing eine welke Butterblume. Am Straßenrand kletterte der Versicherungsagent der Potters gerade aus seinem Volkswagen. (Er kam jede Woche zu ihnen, denn sie wollten immer wieder bestätigt haben, daß mit ihrer Police noch alles in Ordnung war.) Er sah müde und traurig aus. Während er zum Haus ging, wischte er sich über das Gesicht und rückte die Plastiknelke in seinem Knopfloch zurecht, und als er auf die erste Verandastufe trat, hob er abrupt den Kopf und setzte einen munteren Gesichtsausdruck auf. Dann verschwand er aus James' Blickfeld. Aber James hörte, wie er klopfte und die Wohnungstür der Potters zögernd geöffnet wurde, die Riegel wieder vorgeschoben wurden. Sie glitten leicht über die gut geölten Schienen. James mußte über die Schnelligkeit, mit der das geschah, lächeln, und er sah Miss Lucy genau vor sich, wie sie geschickt die Riegel vorschob und solange sie und Miss Faye irgend konnten, den kleinen Mr. Harding ein- und die Einsamkeit auf diese Weise ausschlossen. James hörte auf zu lächeln und wandte sich vom Fenster ab.

In der Küche war es noch schlimmer. Auf der Theke stand ein einzelnes Gänseblümchen, das von der Wiese hinterm Haus stammte. Es war verwelkt und hing über dem Tablett mit Ansels unangetastetem Mittagessen. (»Ich esse heute nichts«, hatte Ansel gesagt. »Falls dich das interessiert.« »Ganz wie du willst«, hatte James geantwortet.) Hinter dem Haus war die halbgemähte, kahl und stoppelig aussehende Wiese. Simon Pike stand gegen einen Verbrennungsofen gelehnt und starrte in die Gegend, und während James ihn beobachtete, richtete Simon sich langsam auf und begann gedankenvoll im Kreis darum herumzuspazieren. Gelegentlich trat er mit den Stiefelspitzen nach irgend etwas, und da er die Schultern wieder hochgezogen hatte, wirkte er klein und besorgt. James streckte den Kopf aus dem Fenster.

»He, Simon«, sagte er, »warum kommst du nicht rein?«
Simon hob den Kopf und schaute ihn an. »Wozu?«
»Na ja, du wirkst da draußen irgendwie einsam.«
»Ach, nein.«
»Komm doch«, sagte James. »Ich möchte ein Foto von dir machen.«
Das war für Simon eine Überlegung wert. Er blieb zögernd stehen, reckte das Kinn nach vorne und schaute, den Blick von James abgewandt, über die Wiese. Schließlich sagte er: »Was für ein Foto?«
»Die Sorte, die dir am besten gefällt. Ein Porträt.«
»Na schön, dann vielleicht. Ich komme rein und überlege es mir.«
»Gute Idee«, sagte James.
Er wartete geduldig auf Simon, der seelenruhig zum Haus schlenderte, unterwegs anhielt und nach einer Schuhbürste trat und, ehe er eintrat, die Stelle auf der Tür, wo die Farbe abgeplatzt war, ausgiebig inspizierte. Wenn Simon Probleme hatte, benahm er sich immer so. In der Küche lief er, ohne James anzusehen oder mit ihm zu reden, einmal im Kreis herum, nahm verschiedene Gegenstände von der Arbeitsplatte und drehte sie mehrmals in den Händen, ehe er sie wieder absetzte. Dann schob er die Hände in die Gesäßtaschen und ging zum Fenster. »Mama näht ein Kleid fertig«, sagte er.
»Das freut mich.«
»Sie redet auch ein bißchen, aber über nichts, was mich interessiert.«
»Na ja, du mußt ihr Zeit lassen«, sagte James. »Anfangs redet man immer nur über das Wetter und so.«
»Ich weiß«, sagte Simon. »Mein Vater arbeitet bei der Tabakernte. Und Joan heute ebenfalls. Alle sind beschäftigt.«
»Du auch«, sagte James. »Du läßt dich fotografieren.«
»Na ja.«
Aber als James zur Dunkelkammer ging, folgte Simon ihm. »Wo wollen wir das Foto machen?«
»Wenn du willst, draußen.«
»Lieber im Wohnzimmer.«

»In Ordnung«, sagte James. Er machte die Tür zur Dunkelkammer auf und ging zu dem Regal, auf dem seine Kameras lagen. »Du mußt aber leise sein, weil Ansel dort schläft.«
»Um *diese* Zeit?«
»Ihm ist mal wieder schwindelig.«
»Oh, Mann«, sagte Simon und begann wieder im Kreis zu gehen. Er stellte bei jedem Schritt die Hacke des einen Stiefels direkt vor die Spitze des anderen, und um die Balance zu halten streckte er die Arme aus und neigte den Oberkörper immer wieder ein wenig zur Seite. »Heute ist für *alle* ein schlechter Tag«, sagte er. »Soviel ist sicher.« Er machte den Eindruck, als würde er hoch über dem Boden auf einem Reifen entlanggehen.
James wußte, welche Porträts Simon und Janie Rose am besten gefielen – auf ihnen waren die Gesichter vor einer einfachen weißen Leinwand aufgenommen und hinterher retuschiert worden. Er selbst machte lieber zwanglose Bilder. Er ließ die Leinwand stehen, und nahm nur ein paar Lampen mit, die ein warmes Licht gaben, und außerdem seine Lieblingskamera, eine alte Box. »Du setzt dich am besten in den Sessel«, sagte er zu Simon.
Er hatte Simon die Kamera zum Tragen gegeben, und Simon blinzelte beim Gehen durch den Sucher. »Willst du auf dem Foto irgend etwas Besonderes tun?«
»Ja«, sagte Simon. »Ich will eine Zigarre rauchen.«
»Mach keine Witze.«
»Es ist mein voller Ernst. Du hast mich gefragt, was ich auf dem Foto tun will. Also, ich will unbedingt einmal mit einer Zigarre in der Hand fotografiert werden. Da warte ich schon lange drauf.«
»Na schön, was soll's«, sagte James. Er stellte die Lampen ab und ging hinüber zum Kaminsims. Aus der alten hölzernen Zigarrendose, die früher seinem Großvater gehört hatte, nahm er eine von den dicken dunklen Zigarren, die er an besonderen Abenden rauchte, wenn niemand in der Nähe war, der sich beschweren konnte. »Hier, nimm«, sagte er. »Aber du zündest sie nicht an. Du wirst bloß damit fotografiert.«
»Vielen Dank«, sagte Simon. Er ging zum Sessel und warf Ansel im Vorbeigehen einen Seitenblick zu, aber Ansel bewegte sich

nur leicht, ohne aufzuwachen. »Er weiß gar nicht, was er verpaßt«, flüsterte Simon. »Ich mit einer Zigarre – Junge, Junge.«
»Wir werden es für die Nachwelt festhalten«, sagte James.
Während James das Licht einrichtete, übte Simon mit der Zigarre. Er packte sie aus, streifte die Bauchbinde ab und stützte dann im Sitzen seinen Ellbogen auf die Sessellehne und runzelte bei jedem Zug aus der nichtangezündeten Zigarre mit finsterem Blick die Stirn. »Langsam kriege ich den Dreh raus«, sagte er und schaute sich nach einem Aschenbecher um, damit er das Abstreifen der Asche üben konnte. »Wann glaubst du, wird man mir erlauben, richtig Zigarre zu rauchen?«
»Wahrscheinlich nie«, sagte James. »Es ist ständig jemand in der Nähe, den der Geruch stört.«
»Ach, das wäre mir egal. Ich werde damit anfangen, sobald ich zu Hause ausgezogen bin. Mit sechzehn.«
James lächelte und drehte eine Lampe in Simons Richtung. Er führte inzwischen seit mehreren Jahren solche Gespräche mit Simon und hatte schon eine ganze Liste von Dingen im Kopf, die Simon mit sechzehn machen wollte. Zigarren rauchen, Steptanzen lernen, selber im Kaufhaus einkaufen und sich Koteletten wachsen lassen. Janie Rose hatte nicht einmal *so* lange warten wollen. Sie fragte ihre Mutter jede Woche: »Glaubst du, ich sollte langsam ans Heiraten denken?« Und dann lächelte sie erwartungsvoll und gab dabei den Blick auf zwei Schneidezähne frei, die noch so neu waren, daß sie aussahen, als hätten sie einen Wellenschliff, und alle anderen lachten über sie. James konnte ihren Standpunkt – den von Janie und Simon – jedoch gut verstehen. Er konnte sich nicht erinnern, daß es großen Spaß gemacht hatte, Kind zu sein. Deshalb nickte er Simon zu und sagte: »Wenn du sechzehn bist, schenke ich dir eine Kiste Zigarren«, und Simon lächelte und lehnte sich im Sessel zurück.
»Vielleicht warte ich gar nicht bis dahin«, sagte er. »Man kann nie wissen.«
»Das würde ich aber«, sagte James. »Rauchen hemmt das Wachstum.«
»Nein, ich meine mit dem Ausziehen. Vielleicht geh ich schon früher weg.« Er streckte die Zunge heraus und schnippte von

der Spitze einen imaginären Tabakkrümel. »Ich habe mir bereits überlegt, wohin ich gehen könnte.«
»Dafür ist es wohl noch ein bißchen zu früh«, sagte James.
»Ich weiß nicht. Kennst du Caraway, North Carolina?«
James hörte auf, mit der Kamera zu hantieren, und schaute hoch.
»Wie kommst du darauf?« fragte er.
»Ich dachte nur, du könntest mir etwas über die Stadt erzählen. Falls du von dort stammst.«
»Da gibt es nichts zu erzählen«, sagte James.
»Immerhin tragen die Leute Hüte mit Federn, und die Jungs haben goldene Ringe im Ohr. Meinst du, es würde mir dort gefallen?«
Im Sucher sah sein Gesicht klein und spitz aus, mit einer Sorgenfalte zwischen den Augenbrauen. Er beugte sich James entgegen und achtete nicht mehr auf die Zigarre, die er zwischen Daumen und Zeigefinger hielt, und als er nach seiner Frage für einen Moment regungslos verharrte, machte James das Foto. »Das ist gut geworden«, sagte er.
»Wird es mir in Caraway gefallen?«
»Ich glaube kaum. Hast du je erlebt, daß *ich* nach Caraway gefahren bin?«
»Na ja, die Jungs tragen goldene Ohrringe«, wiederholte Simon, und dann seufzte er und kratzte sich den Kopf, und James machte in dem Moment ein weiteres Foto.
»Ja, die *Jungs* aus Caraway«, sagte er zu Simon, »sind die schlimmsten Jungs im ganzen Bundesstaat. Sie haben engstirnige, frömmelnde Eltern. Und wenn sie groß sind, wollen sie nichts weiter, als in eine Stadt wie Larksville ziehen. Was willst du in Caraway machen?«
»Ich könnte bei deiner Familie wohnen«, sagte Simon.
James schaute mit offenem Mund von der Kamera hoch und warf dann den Kopf zurück und lachte. »Hoho!« sagte er, und Ansel bewegte sich im Schlaf. »Das möchte ich sehen«, sagte er mit leiser Stimme. »Dreh jetzt bitte den Kopf zur Seite.«
Simon tat es, wandte den Blick aber nicht von James ab. »*Ansel* sagt –«, begann er.

»*Ansel* hat keine Ahnung.«
»Stammt er denn nicht von dort?«
»Er hat keine Ahnung.«
»Egal«, sagte Simon. »Vielleicht fahre ich mal hin und schau mir die Stadt an.«
»Deine Mutter wird begeistert sein. Hör auf, mich aus den Augenwinkeln anzustarren, Simon. Schau den Kamin an.«
»Glaubst du, daß sie mich vermissen würde?« fragte Simon.
James knipste das Foto, richtete sich auf und betrachtete ihn mit zusammengekniffenen Augen von der Seite, um zu entscheiden, wie er ihn als nächstes fotografieren wollte.
»Meine Mutter würde bestimmt sagen: ›*Wer* ist verschwunden? Ach so, *Simon*!‹ würde sie sagen, ›um Himmels willen. Hast du daran gedacht, Eier zu holen?‹« Er beugte sich vor, betrachtete James fragend und rollte währenddessen die Zigarre zwischen den Fingern seiner linken Hand hin und her. »Du wirst schon sehen«, sagte er.
»Du weißt, daß das Unsinn ist«, sagte James.
Er bewegte sich etwas zur Seite und stellte die Kamera ein. Er wartete darauf, daß Simon ihm widersprach, aber das geschah nicht. In dem viereckigen Sucher sah er, daß Simon plötzlich seufzte, wie ein kleiner alter Mann zusammensackte und geistesabwesend das feuchte Ende der Zigarre betrachtete. »Ach, zum Teufel«, sagte er. »Ist ja auch egal.«
Bei dieser Bemerkung schaute James hoch, sagte aber nichts. Statt dessen knipste er das Foto und warf einen mißtrauischen Blick auf die Lampen, um abzuschätzen, ob das Licht reichte.
»Draußen wäre es besser gewesen«, sagte er schließlich.
»Ich habe außerdem gehört«, sagte Simon, »daß dort die ganze Nacht lang gesungen wird. Und diese Federhüte, also, sogar die Maultiere tragen sie. Mit Löchern für die Ohren.«
»Dreh dich jetzt nach links«, sagte James.
»Sechsmal am Tag fährt ein Bus dorthin, hat Ansel erzählt.«
James stützte sich mit verschränkten Armen auf die Kamera und betrachtete Simon nachdenklich. Simon erwiderte seinen Blick. Im Licht der Lampen wirkten seine Augen schwarz und undurchdringlich. Seine Wimpern mit den sonnengebleichten Spit-

zen hingen über ihnen wie ein Schleier, und sein Kinn war leicht nach oben gereckt. Wer konnte wissen, was in seinem Kopf vorging? Dann faltete James die Arme auseinander und sagte: »Leg jetzt die Zigarre weg. Das letzte Foto ist für deine Mutter.«
»Ach, nein, meine Mutter würde es sich sowieso nicht –«
»Sie will ein Foto von dir haben, das sie den Verwandten zeigen kann. Und was sollen die denken, wenn sie dich mit einer dicken Zigarre in der Hand sehen?«
»Sie wird es –«, begann Simon erneut.
Aber James sagte: »Du bist in diesem Sommer unheimlich gewachsen. Sie will ein Foto von dir haben, bevor du so groß wirst, daß du auf keins mehr paßt.«
»Hat sie dir das gesagt?«
»Ja, natürlich.«
»Sie hat dich wirklich um ein Foto von mir gebeten?«
»Natürlich hat sie das«, sagte James. »Sie sagte: ›James, machen Sie bitte bei Gelegenheit ein Foto von Simon. Wir haben keins mehr, auf dem man ihn noch wiedererkennen kann.‹ Ich habe es ihr versprochen.«
»Also gut«, sagte Simon schließlich. Er stand auf, ging durchs Zimmer und legte die Zigarre auf den Kaminsims. Als er wieder beim Sessel war, setzte er sich sehr sorgfältig zurecht, stopfte seine Hosenbeine in die Stiefel und fuhr sich mit den Händen durchs Haar, um es glattzustreichen. Seine Haltung wirkte jetzt künstlich; der entspannte Ausdruck, den er auf den anderen Bildern gehabt hatte, war verschwunden. Die Hände lagen symmetrisch auf den Armlehnen, sein Rücken war vollkommen gerade und sein Gesicht verkrampft zum Ansatz eines Lächelns verzogen. Er starrte ohne zu blinzeln in die Kamera, und nachdem James einen Moment gewartet hatte, drückte er auf den Auslöser und richtete sich auf. »Vielen Dank«, sagte er förmlich.
»Oh, gern geschehn.«
»Vielleicht mache ich die Abzüge schon heute nachmittag. Ansonsten morgen früh. Simpson will wegen eines Paßfotos vorbeikommen, und das will ich gleich mit entwickeln.«
»Okay«, sagte Simon. Er stand auf, steckte sein Hemd in die Hose, dann schaute er plötzlich zu James hinüber und warf ihm

zögernd ein breites Lächeln zu, bei dem sogar die beiden Grübchen in den Wangen zu sehen waren, die er sonst immer zu verbergen versuchte. »Also, dann bis bald«, sagte er, stapfte hinaus und ließ die Gittertür hinter sich zuknallen. Als James zum Fenster ging, um ihm hinterherzuschauen, sah er, wie er im Vorgarten das Fahrrad, das er tagelang nicht benutzt hatte, hochnahm und die Pedale in eine Stellung brachte, in der er aufsteigen konnte. Die Butterblume hing immer noch im Vorderrad, ihre kleine gelbe Blüte baumelte träge zwischen den Speichen, und als Simon langsam losfuhr, flatterten die verwelkten Blätter wie Wimpel. Er fuhr in Richtung der Farm der Terrys. Bestimmt wollte er die Tabakpflücker besuchen, so wie er es früher immer getan hatte.

Als Simon außer Sichtweite war, überzeugte sich James mit einem Blick davon, daß Ansel noch schlief, und ging dann auch nach draußen und lief ans andere Ende der langen Veranda. Die Rollos bei den Pikes waren nicht mehr heruntergelassen. Er spähte durch das dunkle Fliegengitter der Tür und sah Mrs. Pike an ihrer Nähmaschine sitzen. Momentan nähte sie allerdings mit der Hand an etwas, das in ihrem Schoß lag. »Mrs. Pike«, rief er mit leiser Stimme. Sie ließ die Hand, in der sie die Nadel hielt, sinken und schaute zu ihm hoch. Ihre Lippen waren schief aufeinandergepreßt, weil in einem Mundwinkel mehrere Nadeln steckten. »Mrs. Pike, darf ich für einen Moment reinkommen?«

»Joan hilft bei der Tabakernte«, sagte sie. Dadurch, daß sie mit den Nadeln im Mund sprach, wirkte sie anders als sonst. Sie glich der Serviererin im Royal-Crown-Restaurant, die immer mit einer Zigarette im Mund redete. »Wollen Sie zu Joan?«

»Nein, also, ich wollte Ihnen bloß sagen –«, fing James an. Er machte die Gittertür auf und trat einen Schritt ins Zimmer, obwohl Mrs. Pike ihn nicht gebeten hatte einzutreten. »Ich habe ein Foto von Simon gemacht«, sagte er.

»Oh.«

»Auf dem er im Sessel sitzt.«

»Das ist wirklich nett«, sagte Mrs. Pike und riß einen Faden von dem Kleid ab, das sie nähte.

»Wissen Sie, Mrs. Pike, ich habe es für *Sie* aufgenommen.«
»Das ist wirklich nett von Ihnen«, sagte sie erneut. Sie hielt das Kleid mit ausgestreckten Armen hoch und betrachtete es stirnrunzelnd. James verlagerte sein Gewicht auf den anderen Fuß.
»Genau genommen habe ich Simon erzählt«, sagte er, »daß es *Ihr* Wunsch war. Daß Sie mich gebeten haben, ein Foto von ihm zu machen.«
Sie legte das Kleid wieder in ihren Schoß und schaute James an, und er rechnete fest damit, daß sie jetzt *irgend etwas* sagen würde. Aber als sie endlich sprach, sagte sie nur: »Es muß ziemlich schwierig sein, Kinder zu fotografieren« – in höflichem Tonfall, als sei er ein Fremder, mit dem sie Konversation machen wollte.
James wartete noch eine Weile, aber sie sagte nichts mehr. Sie hatte den Kopf wieder über ihre Näharbeit gesenkt, arbeitete mit ihren kurzen, flinken Fingern an dem Kleid und schob mit der Zunge geistesabwesend die Nadeln in den anderen Mundwinkel. Daher sagte James: »Na ja, Madam, eigentlich nicht«, und dann drehte er sich um und machte leise die Gittertür hinter sich zu. Auf dem Weg zurück zu seinem Teil des Hauses dachte er mehrmals daran, umzukehren und einen zweiten Versuch zu machen, aber er wußte, daß es sinnlos war. Also ging er in seine Wohnung, blieb eine Weile nachdenklich im Wohnzimmer stehen und betrachtete seinen schlafenden Bruder.

12

Alles, was Joan auf dieser Welt besaß, paßte bequem in zwei Koffer. Sie packte gerade ihre Sachen Stück für Stück ein, faltete die Röcke einmal zusammen und legte sie vorsichtig in den großen Lederkoffer, den ihre Großeltern ihrem Vater geschenkt hatten, als er vor fünfzig Jahren zu einem Debattier-Wettbewerb gefahren war. Ihr eigener Koffer, der neuer war und noch glänzte, stand bereits gepackt und verschlossen auf dem Fußboden. Ihre große Basthandtasche hatte sie nicht mit eingepackt, weil man sie nur schlecht knicken konnte und sie genug Platz für alles bot, was sie auf der Busfahrt vielleicht brauchen würde. Die Tasche stand auf dem Fußboden, und eine Ecke einer Greyhound-Fahrkarte ragte heraus. Die Fahrkarte hatte Joan erst vormittags gekauft, nachdem sie die letzte Nacht hindurch wachgelegen und die Bettdecke zwischen den Fingern gerollt hatte, weil sie unschlüssig gewesen war, was sie tun sollte. Nach dem Frühstück war sie auf Simons Fahrrad in die Stadt gefahren und hatte auf dem Rückweg die Fahrkarte unter ihrer weißen Bluse versteckt. Niemand wußte, daß sie weggehen würde.

Als der Wandschrank leer war, säuberte sie ihn sorgfältig, hob jede Haarklammer und jeden Knopf einzeln vom Boden auf und schob die Bügel, deren Haken alle in die gleiche Richtung zeigten, sorgfältig an ein Ende der Kleiderstange. Sie tat das vor allem, um ihrer Tante Arbeit zu ersparen, aber sie wollte auch mit dem Gefühl weggehen, ein tadellos aufgeräumtes Zimmer zu hinterlassen – nichts, was ihr gehörte, sollte zurückbleiben und ihr einen Grund geben wiederzukommen. Alles sollte, falls das möglich war, so aussehen, als sei sie niemals dagewesen. Sie machte energisch die Tür des Wandschranks zu und drehte den Schlüssel im Schloß herum. Dann nahm sie das übrige Zimmer in Angriff.

Sie wickelte ihr silbernes Frisierset in mehrere Pullover ein, damit es nicht zerkratzt wurde. Beim Anblick des Sets, das ihre Eltern ihr zum achtzehnten Geburtstag geschenkt hatten, fiel ihr ein, daß sie den beiden eigentlich Geschenke mitbringen sollte, und sie starrte in den Spiegel, während sie darüber nachdachte. Bisher hatte sie bei jeder Heimkehr, selbst wenn sie nur zwei Wochen im Pfadfinderlager gewesen war, ihren Eltern Geschenke mitgebracht und sie ihnen förmlich überreicht, und ihre Eltern hatten dasselbe getan. Aber dieses Mal hatte sie ihre Heimkehr nicht lange genug im voraus geplant. Sie würde mit leeren Händen nach Hause kommen. Diese Vorstellung mißfiel ihr, so als verletze sie dadurch eine grundlegende Benimmregel für Gäste, die sie, die stets und überall ein Gast war, aus irgendeinem Grund vergessen hatte. Sie schüttelte den Kopf und legte das eingewickelte Frisierset vorsichtig auf die Röcke.

Im Garten schoß Simon mit einem imaginären Maschinenge-

wehr. Er schrie mit hoher, sich überschlagender Stimme »Rat-ta-ta-ta-tat« und zielte auf unsichtbare Zaunkönige, die in den Büschen hinter dem Haus saßen. Sie konnte ihn von ihrem Fenster aus sehen – seine durch die Entfernung verkleinerte, mit blauem Jeansstoff bekleidete Gestalt, den Haarwirbel, der von einem winzigen weißen Punkt auf seinem Hinterkopf ausging. Mit etwas Glück würde er sie nicht weggehen sehen. Er blieb nachmittags meistens im Garten, und seine Mutter schlief, daher würde sie hoffentlich aus dem Haus schleichen und über die Wiesen verschwinden können, ohne von jemandem gesehen zu werden. Womöglich würden sie ihre Abwesenheit erst beim Abendessen bemerken. Mr. Pike würde beunruhigt sein, weil er sich für das Kind seines Bruders verantwortlich fühlte. Mrs. Pike war immer noch so traurig, daß es ihr egal sein würde, aber Simon würde es nicht egal sein. Er würde wissen wollen, warum sie ohne Abschied gegangen war, und was würden sie ihm darauf antworten? Was würde sie selber antworten? »Weil ich es nicht wahrhaben will, daß ich tatsächlich weggehe«, würde sie sagen. Diese Worte hatte sie soeben zum ersten Mal gedacht. Sie ließ einen Unterrock halb zusammengefaltet liegen und schaute zu Simon hinunter, der im Schneidersitz auf dem Boden saß, über einem langen, geraden Stock hinweg zielte und dann den Abzug betätigte. Sobald sie zu Hause war, würde sie anrufen und ihn um Verzeihung bitten.
Später, nach dem Abendessen, würde James vorbeikommen. »Ist Joan soweit?« würde er fragen. »Sie ist weg«, würden die Pikes antworten. Was würde er dann tun? Sie konnte es sich beim besten Willen nicht vorstellen. Vielleicht würde er sagen: »Tja, das ist wirklich schade«, und dickköpfig und mit finsterer Miene bleiben, wo er war. Oder vielleicht würde er sagen: »Ich hole sie zurück.« Aber sie rechnete nicht damit, daß das passieren würde. Vor einer Woche hätte sie vielleicht noch damit gerechnet. Da hatte sie noch geglaubt, daß nichts unmöglich sei und jeder Mensch sich ändern könne. Aber inzwischen war sie einzig und allein davon überzeugt, daß James auch in zehn Jahren, und sogar in zwanzig Jahren noch, zusammen mit Ansel in dem kleinen vollgestopften Wohnzimmer sitzen würde; und sie konnte das keine Sekunde länger aushalten.

Sie wandte sich vom Fenster ab und ging zurück zu ihrem Koffer. Kurze Zeit später hatte sie alles eingepackt. Die Kommode sah aus wie die Kommode in einem unbewohnten Hotelzimmer; die Schubladen waren leer und rochen wieder nach Holz. Lediglich das Handtuch und der Waschlappen neben der Tür erinnerten noch an sie. Sie nahm sie von der Stange und warf sie in den Wäschekorb im Flur. Dann war sie fertig. Nichts wies mehr darauf hin, daß sie hier gewohnt hatte. Nachdem sie den zweiten Koffer geschlossen hatte und in die hochhackigen Schuhe geschlüpft war, die sie ausgezogen hatte, um keinen Lärm zu machen, blieb sie einen Augenblick in der Tür stehen, um sich der Leere des Zimmers zu vergewissern. Dann nahm sie die beiden Koffer und die Tasche und ging nach unten.

Das alles zu tragen war schwieriger als erwartet. Sie nahm den Riemen der Tasche mehrmals von einer Schulter auf die andere, und obwohl die Koffer nicht viel wogen, waren sie groß und unhandlich und stießen beim Gehen gegen ihre Beine. Bereits auf der Veranda war sie schon außer Atem. Und im Vorgarten bekam sie zusätzliche Probleme, denn ihre hohen Absätze sanken andauernd im weichen Boden ein. Jeder vernünftige Mensch, dachte sie, hätte telefonisch Mr. Carleton, den Taxifahrer, gerufen. Nur hätte dann die gesamte Nachbarschaft erfahren, daß sie wegfuhr. Erst als sie die Straße überquert hatte und auf dem Feld war, gönnte sie sich eine Pause; sie stellte die Koffer ab, rieb sich die geröteten Handflächen und schaute ängstlich zurück zum Haus. Bisher hatte niemand sie gesehen.

Nach den vielen abendlichen Spaziergängen, die sie mit James oder den Kindern über dieses Feld gemacht hatte, kannte sie den kürzesten Weg zur Stadt – ein gerader Trampelpfad durch Büsche und Kletten hindurch, der scheinbar nur zu weiteren Feldern führte, jedoch plötzlich bei Emmett Smiths Garten endete, von wo es nicht weit zur Hauptstraße war. Sie ging mit vorsichtigen Schritten, weil sie sich keine Laufmasche holen wollte, und hielt erwartungsvoll nach dem Haus der Smiths Ausschau. Der heiße Wind sang in ihren Ohren und verwandelte den Schweiß auf ihrer Stirn in einen kalten dünnen Film. Dann hörte sie noch etwas anderes; es klang wie ein Schreien, sie drehte sich um und erblickte Simon, der hinter ihr hergerannt kam. Mit seinen gebräunten Händen schob er wild fuchtelnd das Gras vor seiner Brust zur Seite und machte ein verzweifeltes Gesicht. »Jo-oan!« rief er. Es klang bei ihm wie ein Wort mit zwei Silben. Joan stellte die Koffer ab und wartete auf ihn, die Hände über der Tasche gefaltet. »Joan, *warte*!« rief er und stolperte weiter. »Ach, Simon«, sagte sie.

Als er sie erreicht hatte, atmete er schwer und war mit Kletten übersät. Eine Weile keuchte er laut, aber dann wurden seine Atemzüge ruhiger, und er stellte sich aufrecht vor sie hin. »Darf ich mitkommen?« fragte er.

»Ach, Simon –«

»Ich bin ins Haus gegangen, um nachzusehen, was du machst. Ich konnte dich nirgends finden. Ich dachte –« Er hielt inne und ließ den Blick von ihrem Gesicht auf das Feld hinter ihr schweifen. »Ich würde dir auch bestimmt nicht zur Last fallen«, sagte er leise. Sie beugte sich vor, um ihn verstehen zu können, und er wiederholte mit deutlicherer Stimme. »Ich würde dir *bestimmt* nicht –«

»Ja, das weiß ich.«

»James hat vorhin das Foto vorbeigebracht, das er gestern aufgenommen hat«, sagte er. »Du warst mit meinem Fahrrad weggefahren. Er hatte es in einen von seinen braunen Umschlägen gesteckt, so wie bei richtigen Kunden. Ich sagte: ›Mama, hier ist das Foto, das du haben wolltest.‹ Sie sagte: ›Was?‹ Ich holte es heraus, um es ihr zu zeigen. Sie sagte: ›Oh‹ und fing dann wieder an zu nähen, ohne es richtig anzuschauen. Ich habe es James wieder vor die Tür gelegt.«

»Also, mach dir keine Sorgen –«, sagte Joan, brach dann aber ab, weil sie sich nicht sicher war, worüber er redete. Sie schaute ihn an, während der Wind ihr Haar zerzauste und ihre Hände sich krampfhaft an die Tasche klammerten.

»Ich würde dir *bestimmt* nicht zur Last fallen«, sagte er erneut.

Sie sagte: »Nein« und beugte sich dichter zu ihm hinunter. »Ich kann dich nicht mitnehmen«, sagte sie. »Ich muß weg, Simon. Und du mußt bei deiner Familie bleiben. Wenn es deinen Eltern bessergeht, kannst du mich ja besuchen kommen.«

Simon stand stocksteif da. Sie wußte nicht, was sie tun sollte, denn er hatte den Kopf auf die für ihn typische Weise in den Nacken gedrückt und würde es ihr sicher übelnehmen, wenn sie ihn jetzt umarmte. Daher wartete sie einen Moment und sagte dann: »Also, mach's gut.« Er antwortete nicht. »Mach's gut«, sagte sie erneut. Sie schaute ihn jedoch weiterhin an, denn sie war nicht in der Lage, sich als erste umzudrehen und wegzugehen. Als sie schon glaubte, sie würden beide ewig so stehenbleiben, wandte er sich jäh ab und ging los. Und sie schaute ihm nach. Er stolperte im Zickzack über die Wiese, schob jedoch das Gras nicht beiseite, sondern kämpfte sich mit herabhängenden Armen vorwärts. »Simon?« rief sie noch ein letztes Mal. Aber Simon gab keine Antwort.

Als sie sich schließlich umdrehte und ihre Koffer wieder in die Hand nahm, kam ihr der Gedanke, daß dies von all den schlechten Taten, die sie in ihrem Leben jemals begangen hatte, die einzige echte Sünde war. Sie fühlte sich plötzlich müde und alt. Ihre Traurigkeit zerrte an ihr wie das Gewicht eines zusätzlichen Koffers, und sie zwang sich, nicht hochzuschauen, sondern nur an ihre Schritte zu denken und stur einen Fuß vor den anderen zu setzen.

Das Haus der Smiths tauchte unvermittelt, kurz hinter einer kleinen Erhebung auf. Auf dem eingezäunten Hof pickten die Hennen mißmutig herum, und im Haus sang jemand. Joan setzte die Koffer ab und schaute zurück, in der Hoffnung, etwas von dem, was sie zurückgelassen hatte, zu erblicken, aber vor ihren Augen dehnte sich nur der mit wildem Gras bewachsene Abhang aus. Dahinter befand sich James, der, tiefbraun und bedächtig, im Schaukelstuhl schaukelte und völlig ahnungslos war. Und die lange Veranda, auf der sie und Simon an Sommerabenden oft Erbsen geschält hatten, während Janie Rose hinter dem offenen Fenster »The Murder of James A. Garfield« sang. Sie nahm ihre Koffer und lief mit einem plötzlichen Gefühl von Leichtigkeit und Verlorenheit weiter, das daher kam, daß sie zielstrebig von den Menschen wegging, die sie liebte.

Der Blick auf die Uhr im Drugstore, vor dem die Busse hielten, verriet ihr, daß sie noch zehn Minuten Zeit hatte. Tommy Jones,

der hinter der Erfrischungstheke stand, nahm ihre Koffer entgegen und gab ihr die Kontrollabschnitte, und sie sagte: »Vielen Dank« und lächelte ihn benommen an, ohne ihn richtig wahrzunehmen.
»Wollen Sie eine Cola, während Sie warten?« fragte er.
»Nein, danke.«
»Geht auf Kosten des Hauses.«
»Ach, nein.«
Ihre Stimme klang dünn und traurig. Sie stand, aufrecht wie ein Stock, allein und ohne Halt da. Eigentlich hätten die Leute es bemerken müssen, aber das war nicht der Fall. Tommy lächelte sie an, als sei es ein x-beliebiger Tag, und die beiden anderen Kunden im Laden waren in ihre Zeitschriften vertieft. Dan Thompsons Frau kam herein; sie hatte, wie so oft, eine von Dans weiten Druckerschürzen umgebunden und trug einen Stapel der aktuellen Ausgabe der Zeitung bei sich. Die Innenseiten ihrer Unterarme waren mit Druckerschwärze beschmiert. Als sie Joan sah, lächelte sie und ging zu ihr. »Hallo, Joan«, sagte sie. »Möchten Sie eine Zeitung?«
»Warum nicht«, sagte Joan. Sie holte Geld aus ihrem Portemonnaie und reichte es Carol, die ihr daraufhin die oberste Zeitung vom Stapel gab.
»Lauter erstaunliche Artikel«, sagte sie. »Sie kommen nämlich diese Woche von der Zeitung aus Rockland und nicht wie sonst aus Clancyville.«
»Das macht nichts«, sagte Joan. »Ich habe die Rocklander Zeitung auch noch nicht gelesen.«
»Gut. Wissen Sie, was ich mich manchmal frage?« Sie hievte die Zeitungen auf einen Barhocker und rieb sich die Arme. »Ich frage mich manchmal: Was wäre, wenn die Artikel in *allen* Zeitungen aus anderen Zeitungen stammen? Was wäre, wenn die Artikel, die wir lesen, schon zwanzig Jahre alt sind, weil sie ständig unter den Zeitungen zirkulieren.«
»Ich glaube, das würde nicht besonders auffallen«, sagte Joan geistesabwesend.
»Na ja, vielleicht haben Sie recht.« Sie griff nach ihren Zeitungen. »Kommen Sie demnächst mal wieder mit James zum Abendessen

zu uns. Sie waren schon seit einer Ewigkeit nicht mehr zusammen bei uns.«
»In Ordnung«, sagte Joan. Sie fand es unnötig, Carol zu erzählen, daß sie die Stadt verließ, wenn es Carol nicht aufgefallen war. Und das war es nicht. Sie verabschiedete sich fröhlich winkend, legte die Zeitungen vor dem Zeitschriftenregal auf den Boden und verließ den Laden. Obwohl Joan sich ganz offensichtlich feingemacht hatte und hochhackige Schuhe trug. Sie schaute sich nach den anderen Kunden um, aber die lasen immer noch in ihren Zeitschriften.
Als der Bus kam, war sie die einzige, die einstieg. Der Fahrer lächelte nicht, er schaute nicht einmal hoch. Sie befand sich bereits außerhalb der vertrauten Gemeinschaft der Einwohner von Larksville und war für die Leute im Bus bloß eine Fremde. Sie setzte sich auf einen freien Fensterplatz im hinteren Teil, strich ihren Rock glatt und betrachtete die anderen Fahrgäste. Niemand erwiderte ihren Blick außer einem Seemann, der aufhörte, sein Kaugummi zu kauen, und ihr zuzwinkerte, woraufhin sie schnell wegschaute und sich aufrechter hinsetzte. Der Bus fuhr um eine scharfe Kurve und beschleunigte auf der Hauptstraße sein Tempo. Das Geräusch, das er dabei machte, klang traurig und nach Abschied. Durch die grüngetönten Scheiben sah Larksville aus wie eine alte Fotografie, und das machte sie ebenfalls traurig, aber sobald sie die Stadtgrenze passiert hatten, fühlte sie sich wieder besser. Die Leichtigkeit von vorhin kehrte zum Teil zurück. Dann kam ihr, während sie ihre Handschuhe anzog, der Gedanke, daß diese Fahrt sie bloß in ein weiteres Schlafzimmer führen und sie die nächsten Jahre in einem Haus mit zwei alten Leuten verbringen würde, allein in ihrem Zimmer sitzen und lesen würde, darauf achten würde, daß sie nicht vergaß, auf der Straße die Freundinnen ihrer Mutter zu grüßen, und nachsichtig die Kinder anderer Leute anlächeln würde. Aber dann schüttelte sie den Gedanken ab, faltete die behandschuhten Hände in ihrem Schoß und schaute aus dem Fenster.
Erst nach fast einer Stunde hielt der Bus das nächste Mal, in einer Stadt namens Howrell, die Joan nie gemocht hatte. Magere Männer standen dort am Straßenrand, spuckten Tabaksaft aus und

machten Bemerkungen über die Fahrgäste, die hinter den Fenstern zu sehen waren. Joan hörte, wie unter ihr geräuschvoll Koffer in das Gepäckfach geschoben wurden, und dann half der Fahrer einer kleinen alten Frau die Stufen hoch. Sie trug einen Hut, der nur aus Blumen zu bestehen schien. Als Joan sah, wie sie näher kam und dabei mit beiden Händen ihre Handtasche umklammerte, das Gesicht jedes Fahrgastes eingehend betrachtete und beim Gehen immer wieder kurz schnüffelte, wußte sie, daß die Frau sich neben sie setzen würde. Alte Frauen setzten sich immer neben sie. Die Frau blieb neben Joan stehen, sagte: »Ist hier noch frei?« und nahm Platz, ohne die Antwort abzuwarten. Nachdem sie sich schnaufend und prustend zurechtgesetzt hatte, machte sie ein paar kurze halblaute Bemerkungen; offenbar gehörte sie zur gesprächigen Sorte. »Ich dachte schon, der Bus würde überhaupt nicht mehr kommen«, sagte sie. »Ich dachte schon, er wäre unterwegs irgendwo liegengeblieben.« Joan lächelte und wandte ihr Gesicht vollständig dem Fenster zu.
Als der Bus wieder losgefahren war und die letzten Ausläufer von Howrell durchquerte, schaute Joan auf die Uhr. Es war inzwischen fast Zeit fürs Abendessen. Wäre sie in Larksville, würde sie jetzt am Küchentisch sitzen und einen Salatkopf putzen. Sie malte sich aus, wie sie ihre nackten Füße hinter die Stuhlbeine hakte. In ihrer Vorstellung berührte sie die Sitzfläche des Stuhls nicht, sondern saß ein paar Zentimeter darüber in der Luft. Sie beschwor andere Bilder von sich selbst herauf – wie sie im Wohnzimmer ihrer Eltern saß, wie sie zusammen mit James auf der Veranda saß, sogar wie sie jetzt neben der alten Frau in dem nach Westen fahrenden Bus saß. Immer schien sie in der Luft zu schweben. Dann dachte sie an den Platz, an dem sie sich am meisten geborgen gefühlt hatte – auf James' Schoß, wo sie manchmal abends gesessen hatte, nachdem Ansel ins Bett gegangen war. Aber auch dort befand sich eine zentimeterdicke Luftschicht unter ihr, auf der sie unsicher zu balancieren schien, während ihre Arme James umschlungen hielten. Sie wandte sich rasch vom Fenster ab und sagte zu der alten Frau: »Bald wird es dunkel.
»Allerdings«, sagt die Frau. »Meine Tochter trägt bestimmt ge-

rade das Abendessen auf. Die verheiratete. Ich habe ihnen ein kaltes Hühnchen dagelassen, das ich nach meinem Spezialrezept gegrillt habe.«

Joan schaute wieder aus dem Fenster. Sie starrte regungslos auf die rote Lehmböschung am Straßenrand und die hohen, schmalen Tabakscheunen, aus denen kleine Gruppen buntgekleideter Frauen strömten, die zum Abendessen nach Hause gingen. Wer würde morgen ihren Platz am Tabaktisch einnehmen? Sie hörte auf, die Scheunen zu betrachten. Die anderen Leute im Bus hatten es sich in ihren Sitzen bequem gemacht, ihre Hände lagen entspannt auf den Armlehnen, und die Köpfe ruhten auf den weißen, gestärkten Schonbezügen, die über die Kopfteile der Sitze gestreift waren. Sie redeten leise miteinander, und das Murmeln ihrer Stimmen vermischte sich mit dem Motorgeräusch. Ein kleiner Junge blies auf einer Flöte.

»Ich bin unterwegs zu meiner *anderen* Tochter«, erklärte die alte Frau ihr. »Zu der unverheirateten. Sie hat ein Nierenleiden.«

»Das tut mir leid«, sagte Joan.

»Sie hat furchtbare Schmerzen, und es ist niemand da, der sich um sie kümmert.«

Aus den Augenwinkeln sah Joan ihre Zeitung, die, sorgfältig zusammengefaltet, zwischen ihrem Sitz und der Außenwand des Busses steckte. Joan zog sie rasch heraus und faltete sie auseinander, und die alte Frau wandte sich wieder ab.

Es stand vermutlich nichts Interessantes darin, aber sie las sie trotzdem. Sie begann mit der ersten Seite und las anschließend die gesamte Zeitung durch, inklusive der Tagesordnung für die Frauenversammlung und der Werbeanzeigen. Sie erfuhr, daß es in der letzten Woche zwei Geburten in Larksville gegeben hatte und ebenso zwei Todesfälle. Beim ersten Todesfall handelte es sich um Jones, Laramie D., von dem sie noch nie etwas gehört hatte, aber sie las dennoch alles, was über ihn berichtet wurde – die Umstände seines Todes, die Höhepunkte seines Lebens, die Liste der Verwandten, die ihn überlebt hatten. Beim zweiten Todesfall handelt es sich um Pike, Janie Rose. Ihren Namen dort gedruckt zu sehen traf sie wie ein Schlag in den Magen, so als habe sie von ihrem Tod bis zu diesem Augenblick nichts gewußt.

Sie übersprang die Meldung, aber dann schweifte ihr Blick zurück, und sie las:
Pike, Janie Rose. Im Bezirkskrankenhaus, in ihrem sechsten Lebensjahr, an inneren Verletzungen als Folge eines Unfalls. Geliebte Tochter von Mr. und Mrs. Roy J. Pike, Schwester von Simon Lockwood Pike. Die Trauerfeier fand am 16. Juli in der Collins-Memorial-Kapelle statt, die Beerdigung auf dem Familienfriedhof.
Sie las es zweimal, aber es wirkte immer noch irreal, wie etwas, das man verschwommen in der Ferne erahnt. So etwas Schlimmes konnte einfach nicht passiert sein. Als sie die Meldung zum zweiten Mal durchgelesen hatte, faltete sie die Zeitung sehr sorgfältig in der Mitte, damit sie die Nachrufe nicht mehr sah, und wandte sich dem Rest der Zeitung zu. Sie las jetzt alles, Wort für Wort, und bewegte dabei sogar die Lippen, so als wolle sie das, was sie zuvor gelesen hatte, aus ihren Gedanken verbannen. »Die Teller-Hokes-Hochzeit fand in der Kirche der Baptisten-Gemeinde statt«, las sie, und obwohl keiner der beiden Namen ihr etwas sagte, war sie sorgfältig darauf bedacht, alles über das Brautkleid und die Namen der Gäste herauszufinden. Als nächstes kamen die Gedenkanzeigen, die, genau wie Traueranzeigen, schwarz umrandet waren. Sie hatte sich Gedenkanzeigen noch nie angeschaut. Sie las von einer gewissen Tante Peg Myers, die am 16. Juli 1937 gestorben war und an die sich ihre beiden Nichten voller Liebe erinnerten. Dann las sie von einem Nathan Martin, den seine Frau 1941 verloren hatte. Bei dieser Anzeige war ein Spruch hinzugefügt. »Zu innig geliebt, um je vergessen zu werden«, lautete er. Weiter unten waren, für andere Verstorbene, kurze Gedichte abgedruckt, aber Joan hörte auf zu lesen. Sie hatte plötzlich ein Bild vor Augen, bei dem das ganze Jahrhundert aus einer Kette von Zeitungsseiten bestand, die immer stärker vergilbt waren, je weiter die Jahre zurücklagen. 1937, ein Jahr, in dem sie noch nicht geboren war, sah beinah orangefarben aus. 1941 war an den Kanten brüchig. Wie würde das jetzige Jahr eines Tages aussehen? Die Schrift vom Januar war schon verschwommen. Und dann stellte sie sich vor, wie es in vielen Jahren sein würde, wenn die heutige Gegenwart ebenfalls vergilbt war,

wenn die Pikes nicht mehr lebten und Simon ein alter Mann war. Er würde dann in der dritten Juliwoche eine Anzeige abdrucken lassen: »In Gedenken an Janie Rose, die am 13. Juli vor genau fünfzig Jahren starb. Ihr Bruder Simon erinnert sich voller Zärtlichkeit an sie.« Er würde sich an sie als ein kleines bebrilltes Mädchen erinnern, das in dem Anbau des Hauses gewohnt hatte. Aber er selbst wäre dann bestimmt schon Großvater und für Janie gar nicht mehr wiederzuerkennen. Wie würde Simon in fünfzig Jahren aussehen? Joan versuchte es sich vorzustellen, aber sie sah ihn nur so vor sich, wie sie ihn kannte – die Schultern unsicher hochgezogen und den Kopf leicht geduckt.

Sie schaute schnell aus dem Fenster und bemerkte, daß sie sich einer Stadt namens Graham näherten, dann kam die Busstation in Sicht, vor der etliche Getränkeautomaten standen. »Steigen Sie hier aus?« fragte die alte Frau.

»Nein.«

»Oh. Weil Sie sich so ruckartig aufgesetzt haben, dachte ich –«

»Nein«, sagte Joan. »Aber ich glaube, ich hole mir eine Cola.«

Sie stand auf und quetschte sich an den Beinen der Frau vorbei, und sobald sie im Gang stand, rutschte die Frau rasch auf den Fensterplatz. Joan war es egal. Sie ging, ohne jemanden anzuschauen, nach vorne zum Ausgang. Vor der Tür wartete eine Sportmannschaft darauf, einsteigen zu können; es war eine Gruppe Jungs in weißen Satinblousons mit aufgenähten Nummern, und als Joan ausgestiegen war, blieben sie seelenruhig im Weg stehen und beachteten sie gar nicht. »Verzeihung«, sagte sie. »Verzeihung bitte«, und da immer noch niemand von ihr Notiz nahm, brüllte sie schließlich: »Verzeihung!« Die Jungs verstummten und starrten sie an, dann traten sie zur Seite, um sie durchzulassen. Sie ging sehr schnell, mit hocherhobenem Kopf. Die Jungs der Mannschaft schauten ihr auf dem langen Weg zum Getränkeautomaten nach, und sie fühlte sich noch dünner und einsamer als zuvor. Und als sie beim Automaten ankam, stellte sie fest, daß sie gar keine Cola trinken wollte. Aber sie steckte dennoch eine Münze in den Schlitz, und gerade als sie nach der Flasche greifen wollte, sagte jemand: »Madam?«

Es war ein junger Mann mit Sonnenbrille, der neben ihr stand

und ihr direkt ins Gesicht schaute. Plötzlich hatte sie, trotz der vielen Menschen, Angst (konnte er ihr etwa *ansehen*, wie einsam sie sich fühlte?) und sie beschloß, nicht zu reagieren. Statt dessen machte sie ihre Colaflasche auf, drehte sich um und wollte weggehen.
»Madam?« sagte der Mann erneut.
Jetzt, nach der zweiten Frage, war es ihr nicht mehr möglich, ihn einfach so stehenzulassen. »Was ist?« sagte sie.
»Können Sie mir zeigen, wo die Toilette ist?«
»Na ja, vermutlich in dem Gebäude da drüben.«
»Wo?«
»Da drüben.«
»Ich kann es nicht sehen.«
»Da *drüben*.«
»Ich kann es nicht sehen. Ich bin blind.«
»Oh«, sagte Joan und kam sich albern vor, und ihre Traurigkeit wurde noch trauriger. »Warten Sie bitte einen Augenblick«, sagte sie zu ihm. Sie drehte sich um und sah zwei Busfahrer auf sich zukommen, die beide freundlich und gutgelaunt wirkten. Als die beiden an ihr vorbeigingen, berührte sie den älteren am Arm und sagte: »Ähem, Entschuldigung.«
»Ja?«
»Könnten Sie diesem Mann bitte zeigen, wo die Toilette ist? Er kann nicht sehen.«
»Na klar«, sagte der Fahrer. Er lächelte sie an und faßte den blinden Mann am Ellbogen. »Kommen Sie mit«, sagte er.
»Danke, Sir. Danke, Madam.«
»Gern geschehen«, sagte Joan.
Der andere Fahrer blieb bei Joan stehen. Er sagte: »Können Sie sich vorstellen, wie es ist, als Blinder auf Reisen zu sein?« und starrte den beiden Männern hinterher.
»Nein, das kann ich nicht«, sagte Joan. Sie folgte automatisch dem Blick des Fahrers. Sie verstand jetzt nicht mehr, warum sie sich anfangs vor dem Blinden gefürchtet hatte. Er schien gehorsam die Sachen zu tragen, die jemand anderes ihm angezogen hatte – einen sauberen dunklen Anzug mit einem Einstecktuch in der Brusttasche, Schuhe, deren Schnürsenkel fürsorglich doppelt

verknotet waren. Er erinnerte sie an irgend jemanden. Einen Augenblick lang wußte sie nicht, an wen, aber dann fiel es ihr ein, und sie mußte lächeln. Der langsame Gang und die vertrauensvolle Art, sich mit sanft vor dem Körper gefalteten Händen führen zu lassen, erinnerten sie an Simon, der während ihres ersten Jahres bei den Pikes, als er sechs Jahre alt war, nachts aufgeweckt und zur Toilette gebracht werden mußte, weil er sonst ins Bett gemacht hätte. Er ging damals genauso folgsam mit, hatte die Augen geschlossen, und am Zucken seines Gesichts erkannte man, daß ihm noch Bilder aus einem Traum im Kopf herumschwirrten. (Man durfte keine Sekunde lang anhalten, weder auf einer Türschwelle noch in der Biegung des Flurs, denn sonst hätte er gedacht, er sei im Badezimmer angekommen, und hätte auf der Stelle seine Blase entleert.) Und weil es nachts kühl war, drückte er seine Ellbogen genau wie der Blinde an den Körper. Joan hörte auf zu lächeln und schaute zu Boden.

»Ist alles in Ordnung?« fragte der Busfahrer.

»Ich will zurückfahren.«

»Madam?«

»Ich will wieder dahin, wo ich losgefahren bin. Ist es möglich, daß ich mein Gepäck aus dem Bus hole und den nächsten Bus zurück nehme?«

»Na klar«, sagte der Fahrer. »Sind Sie mit dem Bus da drüben gekommen?«

»Ja. Ich weiß, es ist –«

»Frauen haben das Recht, ihre Meinung zu ändern«, sagte der Fahrer. Er war schon auf dem Weg zu ihrem Bus, und Joan folgte ihm, mit der noch vollen Colaflasche in der Hand.

»Das mache ich andauernd«, sagte sie. »Aber diesmal ist es –«

»Es ist Ihr gutes Recht«, sagte der Fahrer.

»Aber diesmal ist es anders. Ich kann diesmal nichts dagegen machen, ich habe es mir bloß nicht –«

Aber der Fahrer hörte ihr nicht zu. Er ging vor ihr her und lachte sie über die Schulter an, denn offensichtlich hielt er das Ganze für einen Witz. Sie versuchte nicht länger ihm zu erklären, daß er sich irrte.

13 Zu Hause stimmte etwas nicht. James merkte es sofort, als er mit seinen beiden Einkaufstüten aus dem Pickup stieg. Ansel, Mrs. Pike und die Schwestern Potter standen dicht beisammen auf der Veranda, und ein wenig abseits stand Mr. Pike. Er hatte das Gesicht zur Straße gewandt und betrachtete grimmig die indische Elefantenglocke, die er in der Hand hielt. Als er die Tür des Pickup zuschlagen hörte, blickte er auf und sagte: »James.« Im Licht der untergehenden Sonne sah sein Gesicht seltsam orangefarben aus.

»Was ist los?« fragte James.

»Wir können Simon nicht finden.«

»Wo ist er denn?« fragte er und fügte, um seine dumme Frage wettzumachen, eilig hinzu: »Heute mittag war er noch hier.«

»Wir dachten, Sie hätten ihn vielleicht mitgenommen«, sagte Mr. Pike.

»Nein.«

Alle starrten ihn an. Sogar Ansel. James umklammerte seine Einkaufstüten fester und sagte noch einmal: »Nein. Nein, ich habe den ganzen Nachmittag Besorgungen gemacht. Allein.«

»Tja«, sagte Mr. Pike. Er seufzte und drehte sich zu den anderen um, die schweigend dastanden. Schließlich sagte er: »Bei James ist er also auch nicht.«

»Vielleicht ist er bei Joan«, sagte James.

»Nein. Joan muß irgendwo hingefahren sein, aber Simon war noch hier, nachdem sie gegangen war. Das sagt Lou jedenfalls.«

James schaute zu Mrs. Pike hinüber. Ihre Augen waren trocken und ihr Blick wachsam; sie hatte die Arme über der Brust verschränkt.

»Wann haben Sie ihn zuletzt gesehen?« fragte er sie.

»Ich weiß nicht genau.«

»Wie bitte?«

»Ich weiß es nicht genau«, wiederholte sie mit leicht erhobener Stimme.

»Oh.«

»Wir haben schon bei seinen Freunden angerufen«, sagte Mr. Pike. »Und im Kino.«

»Haben Sie sich bei der Bushaltestelle erkundigt?«
»Nein. Warum?«
»Das würde ich an Ihrer Stelle tun«, sagte James. Er stieg an seinem Ende der Veranda die Stufen hinauf und stellte die Tüten auf Ansels Stuhl ab. Dann rieb er sich die Arme. »Rufen Sie im Drugstore an«, sagte er. »Fragen Sie, ob er –«
»Also, ich bin schon im Drugstore gewesen, um festzustellen, ob er dort war, um eine Limonade zu trinken. Mary Bennett hatte Dienst; sie hatte ihn nicht gesehen, aber sie war auch erst eine halbe Stunde zuvor gekommen.«
»Er könnte vorher dagewesen sein«, sagte James. »Haben Sie sich den Busfahrplan angesehen?«
»*Nein*, natürlich nicht. Warum sollte ich?«
»Nur für alle Fälle«, sagte James. »Wer hatte die Schicht vor Mary Bennett?«
»Tommy, aber der ist nicht zu finden. Normalerweise würde ich einfach warten, bis Simon zurückkommt, aber Lou glaubt, er ist absichtlich weggelaufen. Sie glaubt, sie hat ihn vielleicht durch irgend etwas vertrieben.«
James blickte zu Mrs. Pike hinüber. Sie schaute ihn eine Weile starr an, dann sagte sie zu ihm: »Sie meinen also, er hat einen Bus genommen?«
»Das habe ich nicht gesagt«, sagte James.
»Aber Sie glauben es.«
»Bitte, Lou«, sagte Mr. Pike.
»Ich merke es ihm doch an.«
»Na ja, es könnte nicht schaden, mal nachzufragen«, sagte James. »An Ihrer Stelle würde ich versuchen, Tommy zu finden.«
»Mein Gott!« sagte Mr. Pike und betätigte versehentlich die Elefantenglocke. Alle zuckten zusammen. »Entschuldigung«, sagte er. Zum ersten Mal verschwand der leere, angespannte Ausdruck aus Ansels Gesicht, und er lehnte sich mit einem gequälten Stöhnen gegen die Hauswand. Mr. Pike sagte: »Tut mir leid, Ansel. Aber wohin sollte er denn mit dem Bus fahren?«
»Es gibt viele Möglichkeiten«, sagte James.
»Nicht so viele, wie man meinen sollte«, sagte Ansel. »Die Welt wird immer kleiner.«

»Sei still«, sagte James zu ihm. Er spielte nachdenklich mit seinem Schlüsselbund. »Roy, darf ich mal telefonieren?«
»Wozu?«
»Laß ihn«, sagte Mrs. Pike. Die Schwestern Potter traten von zwei Seiten näher an sie heran und klopften ihr auf die Schulter, als hätte sie gerade einen Gefühlsausbruch gehabt. »Sie wissen ja, wo der Apparat steht«, sagte sie zu James.
»Ja, Madam.«
Unter den Blicken der anderen ging er zur Haustür der Pikes. Dann blieb er stehen und fragte: »Hat Simon Geld?«
»Er bekommt Taschengeld«, sagte Mr. Pike. »Ich weiß aber nicht, ob er es gespart hat.«
»Hat er diese Woche etwas bekommen?«
Er richtete die Frage an Mrs. Pike, aber sie schüttelte bloß den Kopf. »Ich weiß nicht«, sagte sie. Schließlich drehte sich James um und ging ins Haus.
Tommy Jones' Mutter nahm den Hörer ab. Sie klang atemlos, als sei sie vom anderen Ende des Hauses zum Telefon gerannt. »Hallo?« sagte sie.
»Mrs. Jones, hier spricht James Green. Ist Tommy da?«
»Nein.«
»Wissen Sie wo er ist?«
»Nein. Geht es immer noch um Simon?«
»Ja, Madam.«
»Sie haben ihn noch nicht gefunden?«
»Nein. Wissen Sie, ob Tommy bald wiederkommt?«
»Keine Ahnung«, sagte sie. »Er ist mit seiner Freundin irgendwo hingefahren. Soll er Sie zurückrufen?«
»Nein, vielen Dank. Entschuldigen Sie die Störung.«
»Das macht doch nichts.«
Er legte auf und dachte einen Moment nach, dann ging er wieder hinaus auf die Veranda. In der kurzen Zeit, die der Anruf gedauert hatte, war das Licht draußen vom Abendrot in die Dämmerung übergegangen. Die anderen standen noch genauso da wie zuvor und schauten in seine Richtung, als hätten sie ihre Augen nicht von der Stelle, wo er im Haus verschwunden war, abgewendet. »Tommy ist nicht zu Hause«, sagte er.

»Das hätte ich Ihnen gleich sagen können«, sagte Mr. Pike gereizt. Er ließ die Arme sinken, wodurch die Glocke erneut anschlug, und stieg hinab in den Vorgarten. »Ich werde ein paar Leute zusammentrommeln«, rief er. »Dann klappern wir alle Plätze ab, an die er manchmal geht, und wenn wir ihn finden, läuten wir mit der Glocke oder lassen einen Schuß los. Wollen Sie mitkommen, James?«
»Ich weiß nicht, ob das etwas bringt«, sagte James.
»Mir fällt nichts anderes ein. Leihen Sie mir Ihren Wagen?«
»Nein, warten Sie«, sagte James. Er stieg die Stufen hinunter und ging zu Mr. Pike. »Ich würde den Pickup gerne selber nehmen. Ich habe da so eine Idee. Ich glaube, ich –«
»Als *ich* ein kleiner Junge war...«, verkündete Ansel, und alle starrten ihn an. Er hatte sich vom letzten Glockenschlag erholt, stand wieder aufrecht und preßte die Fingerspitzen aneinander. »Als ich ein kleiner Junge war, mußte ich meiner Mutter immer sagen, wo ich hinging. Das war eine strikte Regel. Und ich durfte mich nie außer Hörweite des alten Signalhorns von der Armee begeben, auf dem mein Vater immer vor der Haustür blies, wenn es Zeit zum Abendessen war –«
»Wenn Sie mich begleiten«, sagte Mr. Pike zu James, »und etwas zum Krachmachen mitbringen, könnten wir zuerst –«
»Ich dachte an Caraway«, sagte James.
»Caraway?«
»Ich dachte, dort könnte er vielleicht hingefahren sein.«
»Ach so, *Caraway*«, sagte Mr. Pike ungeduldig. »Da war ich schon mal. Nein, er macht wahrscheinlich einen langen Spaziergang und hat nur vergessen, uns Bescheid zu sagen.«
»Ich würde es trotzdem gerne in Caraway versuchen«, sagte James.
»Aber James, das ist doch reine Zeitverschwendung –«
»Laß ihn«, sagte Mrs. Pike, und wieder traten die Potter-Schwestern näher an sie heran und tätschelten ihre Schultern. »Na, na, ist ja gut«, sagten sie leise. James zog seine Brieftasche hervor und überprüfte, wieviel Geld er hatte. Für das Benzin würde es allemal reichen. Er wandte sich Mr. Pike zu. »Tut mir leid«, sagte er. »Aber ich habe das Gefühl, daß ich weiß, wo er ist.«

»Schon gut«, sagte Mr. Pike. »Nur schade, daß Sie mir Ihren Pickup nicht borgen.«
»Ich komme so schnell ich kann zurück.«
»Ja, sicher.« Mr. Pike seufzte und ging mit müden Schritten durch den Vorgarten. Er trug die Elefantenglocke falsch herum und hatte die Finger durch die nach innen gebogenen Zacken am Rand der Glocke geschoben, um den Klöppel festzuhalten. Als er an der Schotterstraße angekommen war, drehte er sich um und sagte: »Ansel? Haben Sie nicht Lust mitzukommen?«
»Ich glaube nicht«, sagte Ansel. »Diese ganze Geschichte macht mir furchtbar zu schaffen.«
Mr. Pike nickte mehrmals und ging dann die Straße hinunter, in Richtung der Farm der Terrys. »Der arme Mann«, sagte Miss Lucy, und sie und ihre Schwester klopften Mrs. Pike ein bißchen kräftiger auf die Schultern.
James sagte: »Ansel, bring die Lebensmittel rein. Und mach dir was zum Abendessen, falls ich nicht rechtzeitig zurückkomme.«
»Na schön«, sagte Ansel.
»Ich nehme nicht an, daß du mitfahren willst, oder?«
»Nein.«
James schaute Mr. Pike hinterher, der aufrecht und mit gleichmäßigen Schritten voranging. Er war schon ein ganzes Stück entfernt. Für James war es vollkommen klar, daß er Simon in Caraway finden würde – wo sollte er denn sonst sein? –, daher tat es ihm richtig leid, daß Mr. Pike sich soviel Mühe machte. Er hätte ihn am liebsten zurückgeholt, aber er wußte, es war zwecklos. Also drehte er sich um und sagte: »Ansel –« und stieß frontal mit Mrs. Pike zusammen, die direkt hinter ihm stand. »Oh, Verzeihung«, sagte er. »Ich habe Sie gar nicht kommen hören.« Sie schwieg, hielt die Arme immer noch vor der Brust verschränkt und schaute demütig auf den Boden. »Also dann«, sagte er. »Ansel, ich rufe bei den Pikes an, sobald ich in Caraway bin, um Bescheid zu sagen, was los ist. Geh du bitte ran, falls Mrs. Pike bei den Potters sein sollte.«
»Ist gut«, sagte Ansel. »Heißt das, ich darf bei den Pikes bleiben, bis du anrufst?«

»Mach, was du willst, verdammt noch mal.«
Er lief zum Pickup, und Mrs. Pike ging hinter ihm her. Er öffnete die Fahrertür, und sie öffnete die Tür auf der anderen Seite, und erst in diesem Moment begriff er, daß sie mitfahren wollte. Sie starrten sich ein paar Sekunden lang über die Sitzbank hinweg an, dann stieg Mrs. Pike ein und James ebenfalls. Die anderen schienen ebenso überrascht zu sein wie er – sie rückten auf der Veranda enger zusammen und tauschten Blicke aus –, aber Mrs. Pike machte keine Anstalten, eine Erklärung abzugeben. Sie saß still im Wagen, die Augen geradeaus gerichtet, die Hände im Schoß gefaltet. Selbst als James seinen Kopf drehte, um beim Rückwärtsfahren durch das hintere Fenster zu schauen, starrte sie weiter geradeaus. Ihre versteinerte Miene verlieh ihr einen Ausdruck der Ruhe und Gewißheit, und auch James spürte innerlich diese Gewißheit; sie wußte offenbar instinktiv, wo Simon war.
Auf dem Highway schaltete James das Licht ein. Die milchige Dämmerung wurde langsam blau und durchsichtig, und auch an den entgegenkommenden Autos gingen die Scheinwerfer an. Aber er konnte draußen noch alles deutlich erkennen: die wohlbekannten Kennzeichen des Weges in die Stadt und schließlich die Hauptstraße, auf die er einen kurzen Blick warf, als sie an ihr vorbeikamen. Es war ein komisches Gefühl, an der Kreuzung geradeaus zu fahren, anstatt wie sonst dort abzubiegen. Er spürte eine seltsame Beklommenheit im Magen und betrachtete die schwächer werdenden Lichter der Stadt im Rückspiegel. »Machen Sie sich keine Sorgen«, sagte er unvermittelt zu Mrs. Pike, aber Mrs. Pike sah gar nicht besorgt aus; sie nickte nur bedächtig.
»Ich warte ab«, sagte sie.
»Oh.«
»Was auch geschieht, ich habe es verdient und werde es hinnehmen.«
»Ja, Madam«, sagte James.
Er wich einem kleinen Jungen auf einem Fahrrad aus. Wo mochte Simon jetzt sein? Vielleicht lief er allein irgendeine Straße entlang und bemühte sich, den Eindruck zu erwecken, er habe ein Ziel. Vielleicht suchte er nach einem Zeichen – nach einem

Jungen mit einem Ohrring oder einer Frau mit einem Federhut, nach einer Person, die ihn erwartete, ebenso wie er sie erwartete. James runzelte die Stirn. Das Klacken von Simons Lederstiefeln übertönte das Motorengeräusch; den Flaum in Simons Nacken hatte er deutlicher vor Augen als die Straße.

»Heute war ein schöner Tag«, sagte er.

»Ja.«

»Wo ist Joan eigentlich?«

»Ich weiß nicht«, sagte Mrs. Pike. Sie schaute eine Weile auf die Straße, dann sagte sie: »Heute habe ich ein Kleid genäht.«

»Oh, tatsächlich?«

»Ja.«

»Aha«, sagte James. Er räusperte sich. »Ich dachte immer, es würde *tagelang* dauern, ein Kleid zu nähen.«

»Wenn ihm etwas zustößt«, sagte Mrs. Pike, »dann bin ich schuld. Ich allein.«

»Na, na«, sagte James.

Wir kommen zu schnell voran, dachte er. Die Landschaft sah bereits aus wie die Gegend um Caraway, nicht mehr wie die Gegend um Larksville. Im Geiste hatte er die Entfernung um viele Kilometer vergrößert, die Straße so sehr in die Länge gezogen, daß Caraway in Asien hätte liegen können. Aber kaum waren sie eine halbe Stunde unterwegs, kamen sie schon zu Stevens' Esso-Tankstelle – die genau auf halber Strecke lag –, und James bremste und bog ab. »Ich muß tanken«, erklärte er Mrs. Pike. Sie nickte. Die Anzeige stand auf halbvoll, aber durch die Unterbrechung der Fahrt gewann er ein bißchen Zeit.

Mr. Stevens persönlich putzte die Windschutzscheibe und füllte den Tank, aber er erkannte James nicht und lächelte ihm nur kurz zu. »Drei Dollar zehn«, sagte er. »Schöner Abend heute.«

Er stand vor James' Fenster und hielt die Hand auf. James zählte das Geld sehr langsam ab und gab es ihm passend. Als er bezahlt hatte, fragte er: »Ist das die Straße nach Caraway?«, um die Weiterfahrt noch ein bißchen hinauszuzögern.

»Allerdings«, sagte der Mann.

»Wie weit ist es noch?«

»In einer halben Stunde sind Sie da.«

»Vielen Dank«, sagte James. Er ließ den Motor an und schaute zu Mrs. Pike hinüber, aber sie schien sich nicht über seine Frage zu wundern. Sie betrachtete ihre Hände und wartete darauf, daß er weiterfuhr.

Außer ihnen war fast niemand unterwegs. Er fuhr schweigend, mit konstantem Tempo, und auf geraden Straßenabschnitten betrachtete er die Landschaft. Zuerst erkannte er nur ab und zu etwas besonders Auffälliges wieder – die bucklige Brücke, die aussah wie ein Bild auf einem Wandteller, das merkwürdige Grillrestaurant mitten in der Walachei mit den blinkenden Neon-Schweinen auf dem Dach. Aber nach weiteren zehn Minuten Fahrt kam ihm alles, was er sah, bekannt vor. Die Dinge, die vorüberzogen, wirkten alt und vertraut, als hätte er, ohne es zu wissen, Nacht für Nacht von ihnen geträumt. Selbst die Gebäude, die neu hinzugekommen waren – die Farmhäuser aus Ziegelsteinen, die schmucklos auf dem roten Lehmboden standen, die Drive-in-Restaurants und die Dairy-Queen-Lokale –, kamen ihm bekannt vor, und er betrachtete alles mit gleichmütigem Blick, ohne Überraschung. Als sie die Stadtgrenze erreichten, wurde es gerade richtig dunkel, und die Scheinwerfer des Pickup streiften die glänzende Oberfläche eines weißen, frisch bemalten Schildes. »Caraway, Vogelschutzgebiet«, stand dort. Als er das letzte Mal hiergewesen war, hatte das Schild nur die Aufschrift »Caraway« gehabt. Und er hatte gedacht: Dieses Schild werde ich nie wiedersehen, was immer auch geschieht. Damals hatte er die Pikes noch nicht gekannt und auch Joan und die Schwestern Potter nicht; er hatte nichts von Simons Existenz gewußt.

Als sie in die Stadt hineinfuhren, verlangsamte er das Tempo, und Mrs. Pike sah mit größerer Aufmerksamkeit aus dem Fenster. Vielleicht hielt sie bereits nach Simon Ausschau. James blickte geradeaus, bis sie die Hauptstraße erreicht hatten. Dann zeigte er auf ein rund um die Uhr geöffnetes Schnellrestaurant und sagte: »Da halten die Busse.«

»Aha«, sagte Mrs. Pike.

»Wollen Sie reingehen und fragen, ob ihn jemand gesehen hat?«

»Ja, sicher«, sagte sie, aber sie schien zu erwarten, daß er das übernehmen würde. Seufzend parkte er den Pickup.
»Bin gleich zurück«, sagte er.
»Ist gut.«
Kaum stand er auf der Straße und war nicht mehr durch den Wagen von der Außenwelt abgeschirmt, kam er sich unbeholfen und auffällig vor. Nebenan standen Mädchen in rückenfreien Kleidern mit ihren Freunden vor dem Kino Schlange, und als er den Bürgersteig betrat, schwenkten sie auf ihren hohen Absätzen herum und starrten ihn an. Er starrte ebenfalls hinüber, aber es war niemand dabei, den er kannte. Und die Kellnerin in dem Lokal war neu – eine dicke Blondine, die er noch nie gesehen hatte. Er ging zum Tresen, legte die Hände flach auf die Theke und sagte: »Waren Sie schon hier, als der letzte Bus aus Larksville angekommen ist?«
»Ja«, sagte sie. Ihre Stimme klang müde, und sie schien kaum die Energie zu haben, ihn anzusehen.
»Haben Sie gesehen, ob ein kleiner Junge ausgestiegen ist?«
»Ich habe nicht darauf geachtet«, sagte sie.
Sie wischte mit einem rosafarbenen Schwamm die Theke ab, und James verließ das Lokal, ohne sich bei ihr zu bedanken. Draußen schaute er sich um, schob die Daumen unter den Gürtel seiner Hose und ließ den Blick über die Köpfe der Passanten schweifen, aber von Simon war nichts zu sehen. Plötzlich fühlte er sich unsicher und ängstlich. Er ging zum Pickup.
»Sie hat nicht darauf geachtet, wer ausgestiegen ist«, erklärte er Mrs. Pike.
»Nein«, sagte sie bestätigend und schaute weiter aus dem Fenster.
James kannte das nächste Ziel, aber er hoffte, nicht dort hinfahren zu müssen. Deshalb fuhr er ganz langsam die Hauptstraße entlang, schaute abwechselnd nach rechts und nach links, spähte durch die Fenster der Restaurants und Cafés und musterte die abendlichen Spaziergänger. Er sah mehrere Leute, die er kannte. Sechs Jahre älter, in Kleidern, die James noch nie an ihnen gesehen hatte, wirkten sie, durch die Autofenster betrachtet, im Halbdunkel der Straße müde und traurig. Er schaute einigen von

ihnen verstört hinterher und vergaß darüber beinahe Simon, aber dann berührte Mrs. Pike seinen Arm, und er fuhr weiter.
Mrs. Pike fragte nicht, wo er hinwollte, als er von der Hauptstraße abbog. Sie schien zu glauben, daß sie eine Stadtrundfahrt machten, und betrachtete mit beinahe touristischem Respekt die ein Meter fünfzig hohe Statue von Major John Caraway. (»Das ist Major Caraway«, hatte James' Vater jedesmal erklärt, wenn sie daran vorbeikamen. »Er hat im Großen Krieg gekämpft.« Er meinte damit den Bürgerkrieg, obwohl es seitdem andere große Kriege gegeben hatte. »Er war ein ziemlich *kleiner* Mann«, sagte ihre Mutter meistens. James' Vater erwiderte auf diese Bemerkung nie etwas.) Auch als sie in die Hampden Street einbogen, wo es keine Statuen, sondern nur Wohnhäuser gab, sagte Mrs. Pike nichts. Sie suchte mit den Augen den Bürgersteig ab und hatte den Kopf so weit vorgeschoben, daß die Haut zwischen Kinn und Halsansatz eine gerade Linie bildete. James fuhr immer langsamer. Er bog links in die Winton Lane ein und ließ den Wagen auf dem Grasstreifen neben der Straße ausrollen. Sie standen vor einem alten grauen Haus mit zahlreichen Giebeln, dessen Vorgarten mit fedrigweißen Pusteblumen übersät war. Niemand war auf der Veranda. James saß eine Weile schweigend da und klopfte mit den Fingern gegen das Lenkrad. Dann schaute er Mrs. Pike von der Seite an. Sie blickte immer noch suchend aus dem Fenster, als habe sie gar nicht gemerkt, daß sie nicht mehr fuhren. »Ich komme gleich wieder«, sagte er.
»Ist gut.«
Er öffnete die Wagentür und stieg mit steifen Bewegungen aus. Er bemühte sich, möglichst wenig Lärm zu machen. Kein Hundegebell ertönte. Ihm wurde klar, daß er erwartet hatte, zuerst den Hund bellen zu hören. Er hatte die Vorstellung gehabt, daß alle, noch ehe er die Verandastufen erreicht hatte, an die Haustür kommen würden, um nachzusehen, was los war. Er hatte schon das schmale Rechteck aus gelbem Licht im Türrahmen und die Umrisse mehrerer Menschen, die ihn beobachteten, vor sich gesehen, während er linkisch zwischen den Pusteblumen hindurchging. Aber er erreichte die Haustür unbemerkt und in völliger Stille. Er öffnete das quietschende Fliegengitter, klopfte

mehrmals an die verwitterte Holztür und wartete. Niemand kam. Dann hörte er Schritte und trat ein Stückchen zurück. Er richtete die Augen auf eine Stelle knapp über seiner eigenen Augenhöhe, an der das blasse, harte Gesicht erscheinen würde, sobald die Tür aufging.

Aber als die Tür schließlich geöffnet wurde, mußte er seinen Blick wider Erwarten bis auf die Höhe seiner Schultern senken, um in das kleine, faltige Gesicht mit den tiefliegenden Augen zu schauen. Das Haar des alten Mannes war vollkommen weiß und glänzte vor Sauberkeit. Er trug Hosenträger über einem zerschlissenen, kragenlosen weißen Hemd ohne Knöpfe, dessen Vorderteile übereinandergelegt waren. Seine Hose war an den Knien ausgebeult.

»Der Hund hat nicht gebellt«, sagte James.

»Er ist tot«, sagte sein Vater und trat einen Schritt zur Seite, um James hereinzulassen.

14

Das erste, was Simon sagte, war: »Wenn ich gewußt hätte, daß du auch kommst, wäre ich mit *dir* gefahren.« Er saß in Mr. Greens altem Schaukelstuhl, hatte die Ellbogen entspannt auf die Armlehnen gelegt und die Finger vor dem Bauch verschränkt. »Bis du einfach losgefahren, ohne jemandem Bescheid zu sagen?«

»Ich habe *allen* Bescheid gesagt«, sagte James und schaute zu den anderen hinüber. Die drei standen nebeneinander hinter Simon – sein Vater sowie Claude und Clara, die beiden Geschwister von ihm, die noch zu Hause wohnten. Sie standen reglos da, alle drei in fast derselben Haltung, und hatten die Augen auf James gerichtet. Als James sie anschaute, drehte sich Simon um und schaute sie ebenfalls an, und allein durch diese Drehung des Kopfes, bei der sein Haar aus der Stirn fiel und er sein Kinn emporreckte, schien er sie geradezu in Besitz zu nehmen. James' Vater schaute mit ernster Miene zu ihm hinunter, und Clara lächelte, aber in dem Moment hatte Simon sich schon wieder James zugewandt und konnte sie deshalb nicht sehen. »Ich bin mit dem Bus gefahren«, sagte er.

»Das habe ich mir gedacht.«
»Die Adresse habe ich im Telefonbuch gefunden.«
Clara sagte: »Willst du dich nicht setzen, James?«
»Lieber nicht«, sagte James. »Habt ihr die Polizei verständigt?«
»Ich halte nichts von der Polizei«, sagte sein Vater.
»Stimmt, das hatte ich vergessen.«
»Wir nahmen an, daß du ihm hinterherfahren würdest. Darum haben wir niemanden angerufen.«
»Ich verstehe«, sagte James. Er verschränkte die Arme und starrte auf einen seiner Schuhe. »Seine Mutter hat sich gefragt, wo er sein könnte.«
»Nun wird sie es ja erfahren«, sagte sein Vater. »*Deine* Mutter hat sich das auch oft gefragt.«
»Wie bitte?«
»Was hat sie gesagt?« fragte Simon. »Hat sie gemerkt, daß ich weggefahren bin? Was hat sie dazu gesagt?«
Statt zu antworten, drehte James sich um und schaute durch die offene Haustür. Dort war Mrs. Pike zu sehen, die zwischen den Pusteblumen hindurch auf das helle Rechteck jenseits der Veranda zusteuerte. Sie kam aus eigenem Antrieb, denn die Wartezeit im Pickup war ihr zu lang geworden. Da sie nicht wußte, wer das Haus bewohnte und warum sie hier war, machte sie ein verwirrtes Gesicht. Auf der Veranda stolperte sie kurz, ging aber weiter und schaute blinzelnd in das hell erleuchtete Zimmer.
»James –«, fing sie an, sah dann Simon und brach ab. »Ist das Simon?« fragte sie. Sie blieb auf der Veranda stehen und zupfte an ihrem Rock.
Simon stand auf und schaute James an, sagte aber kein Wort.
»Bist du es, Simon?« fragte seine Mutter.
»Ja.«
»Wo warst du?« rief sie von der Veranda aus ins Zimmer; anscheinend brachte sie es nicht über sich hineinzugehen. »Warum bist du weggelaufen?«
»Na ja«, sagte Simon verunsichert. Er schaute zu James' Verwandten hinüber, so als könnten sie ihm erklären, was los war, aber sie starrten alle Mrs. Pike an. »Ich bin bloß hergekommen, um diese Leute zu besuchen«, sagte er.

»Oh«, sagte seine Mutter. Sie schaute auf ihren Rock hinunter. Je länger sie dort draußen stand, desto weiter entfernt wirkte sie, und James konnte sich nicht mehr vorstellen, daß sie je von selbst hereinkommen würde. Er sagte: »Wollen Sie nicht eintreten, Mrs. Pike?«, und dann wurde Clara, die mit offenem Mund gegafft hatte, plötzlich wieder lebendig und sagte: »Oh. Ja, treten Sie doch bitte ein.«
Mrs. Pike machte, ohne den Blick von Simon abzuwenden, ein paar Schritte vorwärts, bis sie im Zimmer stand. »Was ist mit deinen Haaren passiert?« fragte sie Simon.
»Mit meinen Haaren?«
»Wollen Sie sich nicht setzen?« sagte Clara.
»Simon, hattest du vor, nicht wiederzukommen?«
»Na ja, ich weiß nicht«, sagte Simon. »Ich wollte einfach abhauen.«
»Oh«, sagte Mrs. Pike. Sie befeuchtete die Lippen und sagte: »Wirst du denn jetzt mit nach Hause kommen?« – allerdings schaute sie inzwischen James anstelle von Simon an, so als sei die Frage an ihn gerichtet.
»Warum?« fragte Simon.
»Na ja – einfach, um wieder zu Hause zu sein.«
Simon ließ sich nicht anmerken, was er dachte. Er fing an, wie so oft, mit gesenktem Kopf in Kreisen herumzugehen. Und James überlegte plötzlich: Was wäre, wenn er *nicht* nach Hause käme? Mrs. Pike hatte offenbar den gleichen Gedanken. Sie sagte: »*Willst* du denn nicht mitkommen?«
»Tja«, sagte Simon.
»*Hier* kannst du doch nicht bleiben.«
»Wieso seid ihr hergekommen?« fragte er.
»Es war James' Idee.«
»Ich meine, aus welchem Grund? Seid ihr einfach so losgefahren?«
Mrs. Pike schaute ihn verständnislos an. »Es war *James'* Idee«, sagte sie. »Er vermutete, du wärst in Caraway.«
»Du meinst, ihr seid extra meinetwegen gekommen?«
»Ja, natürlich«, sagte Mrs. Pike. »Was dachtest du denn?«
»*Ach so*«, sagte Simon, und plötzlich erschien ein heiterer Aus-

druck auf seinem Gesicht, der bei James ein Gefühl der Erleichterung auslöste. So einfach war das, dachte er. Simon hatte nicht gewußt, daß sie nur seinetwegen gekommen waren. »Du meinst, ihr seid hier, *weil* ich weggelaufen bin?«
»Natürlich. Fährst du mit uns zurück?«
»Ich glaube schon.«
Daraufhin schienen alle aufzuatmen. James' Vater sagte: »Na also«, und Mrs. Pike ging zu Simon und schloß ihn fest in die Arme. Er stand stocksteif da, während sie ihn umarmte, und wirkte sehr erwachsen, aber ein schüchternes, zufriedenes Lächeln umspielte seinen Mund. »Ich bin mit dem Bus hergefahren«, sagte er.
»Ganz allein?«
»Ja.«
»Dann bin ich wirklich froh, daß ich nichts davon gewußt habe. Ich bin froh, daß ich – ach du meine Güte. Miss, ähem –«
»Green«, sagte James. »Darf ich vorstellen: Clara und Claude Green und mein Vater. Dies ist Mrs. Pike.«
»Ihre *Familie*?« sagte Mrs. Pike. Sie betrachtete die drei eingehend. »Also, ich hätte mir nicht träumen lassen«, sagte sie, »daß ich jemals – nun ja. Haben Sie ein Telefon, Miss Green?«
»Im Eßzimmer«, sagte Clara. »Ich zeige Ihnen den Weg.«
»Ich will versuchen, meinen Mann zu erreichen. Hoffentlich ist jemand zu Hause.«
Sie folgte Clara, hatte einen Arm immer noch um Simon gelegt, und James blickte ihnen nach, weil er nicht wußte, wohin er sonst schauen sollte. Obwohl der Arm seiner Mutter auf seiner Schulter lag, ging Simon kerzengerade und mit einem kleinen Abstand neben ihr, und Mrs. Pike bewegte sich beinahe forsch. »Sie werden schon ganz krank vor Sorgen sein«, hörte James sie sagen. »Oh, gut. Vielen Dank.« Sie waren jetzt nicht mehr zu sehen. Dann tauchte Clara wieder in der Tür auf, und James wandte sich ab und steckte die Hände in die Hosentaschen.
Er stand breitbeinig vor dem kleinen Kamin mit dem Sims aus Marmor. Das Zimmer sah noch haargenau so aus wie früher – das Linoleum mit dem Rosenmuster, die bestickten Vorhänge, die türkisfarbenen Nut-und-Feder-Wände. Auf dem Kaminsims

stand eine Seth-Thomas-Uhr, die seine Mutter mit in die Ehe gebracht hatte, und ein Bild von Jesus, auf dem er an eine Tür klopft, und ein Teller aus ziseliertem Glas. Weil er nicht wußte, was er tun sollte, beugte er sich geistesabwesend über die Feuerstelle und streckte die Hände aus, um sie zu wärmen. Erst einen Moment später fiel ihm ein, daß es Sommer war und kein Feuer brannte. Daher blieb ihm nichts anderes übrig, als sich aufzurichten, und er wandte sich, die Hände in den Gesäßtaschen, den anderen zu. Sie blickten ihn alle an. Clara hatte sich auf den Hocker gesetzt. Sie sah dünner und kantiger als früher aus, und um ihre Mundwinkel hatte ihr Gesicht bereits die Züge einer alten Jungfer. Claude saß auf dem Sofa und spielte mit einer Lederkordel. Er war mittlerweile erwachsen. Als James ihn zuletzt gesehen hatte, war er knapp fünfzehn gewesen und hatte einen roten Kopf bekommen, sobald man ihn direkt ansprach. Damals hatten noch mehr Menschen in diesem Haus gelebt. Seine kleine, dunkelhaarige Mutter, die ständig vor irgend etwas Angst hatte und beim Nähen mit blechener, monotoner Stimme halblaut Kirchenlieder sang. Seine Schwester Madge, deren einzigen Verehrer die Familie verjagt hatte und die jetzt Missionarin in China war. Und Ansel.

Sofern er sich jemals vorgestellt hatte, wieder zurückzukommen – und er hatte jetzt den Eindruck, als habe er es unbewußt getan –, hatte er sich jedenfalls nicht vorgestellt, daß er einfach so herumstehen würde, ohne ein Wort zu sagen. Er hatte geglaubt, in dieser verworrenen und komplexen Welt sei zumindest seine Abneigung gegen seinen Vater ein eindeutiges, unverfälschtes Gefühl, das allein ausreichte, um die Worte aus ihm hervorsprudeln zu lassen. Aber jetzt stand sein Vater wie ein kleiner gerupfter Vogel vor ihm, das knopflose Hemd sorgsam über der dünnen Brust geschlossen, und als er sich in Bewegung setzte, schlurfte er in seinen abgetragenen Lederpantoffeln mit zögernden Schritten über die Dielen. Er ging zum Schaukelstuhl. Als Simon dort gesessen hatte, hatte der alte Mann ihn bestimmt die ganze Zeit verstohlen und ungeduldig beobachtet und nur auf die Gelegenheit gewartet, seinen Stuhl wieder in Beschlag zu nehmen. (Es war immer allein *sein* Stuhl gewesen, und die Kinder hatten nicht darauf sitzen dürfen. An den Abenden, wenn beide Eltern bei der Bibelstunde waren, hatte James sich immer darauf gesetzt und wie wild geschaukelt, und die anderen Kinder hatten ihn mit angstvoll aufgerissenen Augen umringt.) Jetzt nahm James' Vater fast dankbar Platz. Zuerst tastete er hinter sich nach dem Sitz, und ließ sich dann langsam nieder. Als er schaukelte, ächzte der im Laufe der Jahre alt und störrisch gewordene Stuhl.

»Ja, der Hund ist tot«, sagte sein Vater. Er beobachtete seine drei Kinder mit seinen verblüffend blauen Augen, die genau dieselbe Farbe wie Ansels Augen hatten, und er lächelte kurz. »Er ist gestorben.«

»Es tut mir leid, das hören zu müssen«, sagte James.

»So etwas kommt vor.«

»Er hatte Krebs«, sagte Claude.

»Können Hunde Krebs kriegen?«

»Sie können alles kriegen, was Menschen kriegen«, sagte sein Vater, während er gleichmäßig schaukelte. »Das hat uns der Tierarzt damals gesagt.«

»Das habe ich nicht gewußt.«

Eine Pause entstand. Clara beugte sich plötzlich vor, umschlang mit ihrer typischen, schwungvollen Armbewegung ihre Knie und reckte den Hals, die anderen schauten sie an, so als erwarteten sie von ihr, daß sie etwas sagte, aber sie blieb stumm. Sie lächelte bloß mit fest verschlossenen Lippen.

»Du trägst die Haare jetzt anders«, sagte James zu ihr. Clara lächelte weiter und nickte.

»Ja, das stimmt«, sagte sie.

»Jeder Gedanke an Locken ist ein Triumph für den Teufel«, sagte ihr Vater. »Habt ihr daran schon mal gedacht? Aber unserer *Clara* ist das egal; sie *mag* kurze Haare.«

»Ja, das stimmt«, sagte Clara erneut. Ihr Tonfall klang gleichgültig, und ihr Lächeln galt auch ihrem Vater. Anscheinend waren sie alle nicht mehr die Menschen, die James in Erinnerung hatte.

Drüben im Eßzimmer sagte Mrs. Pike: »Ja? Miss Lucy, ich bin froh, daß Sie da sind. Ich hatte gehofft, Sie würden es klingeln hören und –«

»Du bist zurück«, sagte James' Vater.
Die anderen schauten ihn an.
»Du bist in dieses Haus zurückgekehrt.«
»Ja«, sagte James. »Aber nur –« Er brach ab.
»Aber nur für kurze Zeit«, sagte sein Vater. »Nur wegen des Jungen.«
»Ja.«
»Aha.«
Mrs. Pike sprach mit lauter Stimme. Offenbar versuchte sie, den Redefluß von Miss Lucy zu unterbrechen. »Ja, ich weiß«, sagte sie. »Ich weiß – Miss Lucy, könnten Sie versuchen, Roy zu finden? Rufen Sie laut nach ihm. Ja. Danke, es geht mir gut. Wenn er zu weit weg ist, um Sie zu hören, werde ich eine Nachricht für ihn hinterlassen. Aber ich möchte, daß Simon ihm selber sagt –«
»Das Telefon ist eine äußerst fragwürdige Erfindung«, sagte James' Vater.
»So ein Unsinn«, sagte Clara zu ihm. »Es gibt kein einziges elektrisches Gerät, von dem du das nicht behauptest.«
»Eine äußerst vage Angelegenheit«, fuhr der alte Mann fort, ohne auf die Bemerkung seiner Tochter zu achten. »Auf der Grenze zwischen wirklich und unwirklich. Einem wird vorgegaukelt, daß die Person, mit der man spricht, direkt neben einem sitzt. Als ich dich Weihnachten vor drei Jahren bei deinen Nachbarn anrief –«
»Wie bitte?«
»Als Clara dich an dem Weihnachten anrief und Ansel sich weigerte, mit ihr zu sprechen, sondern im Nebenzimmer blieb, war ich zufällig nahe genug am Apparat, um hören zu können, was am anderen Ende der Leitung gesagt wurde. Ich hörte, wie Ansel brüllte, daß er nicht ans Telefon kommen wolle. Und ich hatte den Eindruck, seine Stimme klang irgendwie zittrig. Ist seine Krankheit schlimmer geworden?«
»Nein«, sagte James. »Er fühlt sich nur gelegentlich etwas schwach.«
»Es ist die innere Einstellung, die den Menschen schwächt.«
»Es geht ihm eigentlich ganz gut«, sagte James.

Inzwischen sprach Simon am Telefon mit Miss Lucy. »Ja, Madam«, sagte er. »Dann bin ich in den Bus gestiegen. Ich habe im Drugstore auf dem Fahrplan nachgesehen.« James' Vater schaukelte mit einem Ruck nach vorne, und seine Pantoffeln klatschten auf den Fußboden.
»Der Junge sollte in seinem Alter noch nicht allein unterwegs sein.«
»Er ist weggelaufen«, sagte James.
»Das ist mir klar. Er hat an unsere Haustür geklopft und gefragt, ob er ein Zimmer mieten kann. Hast du ihm erzählt, daß wir ein Hotel betreiben?«
»Nein.«
»Das schien er aber zu glauben.«
Eine Zeitlang schaukelte er schweigend, und außer Simons Stimme herrschte Stille. Dann schaute Clara hoch, und weil sie den Blick ihres Vaters bemerkte, zog sie ihren Rock zurecht und sagte: »Er ißt gerne Mayonnaise.«
»Wer?« fragte James.
»Der Junge. Er wollte ein Mayonnaise-Sandwich.«
»Oh.« Er betrachtete sie einen Moment lang, und dann schaute er seinen Vater an. »Was hättet ihr mit ihm gemacht?« fragte er.
»Mit dem Jungen? Ich nahm an, jemand würde ihn abholen.«
»Und wenn niemand gekommen wäre?«
»Du bist doch gekommen«, sagte sein Vater. »Es ist jemand gekommen. Ich halte nichts von der Polizei.«
»Du hättest die Eltern anrufen können.«
»Ich telefoniere nicht.«
»Seine Schwester ist vor kurzem gestorben«, sagte James. »Seine Mutter hatte schon genug Sorgen.«
»Da ist sie nicht die einzige.«
»*Mehr* als genug. Clara hätte anrufen können.«
»Ich weise niemals einem Fremden die Tür«, sagte sein Vater. Er ließ den Kopf gegen die Lehne des Schaukelstuhls fallen. »Kannst du das von dir auch behaupten? Hast *du* noch nie einen Menschen enttäuscht?« Er schaute James unter seinen hellen, pergamentartigen Augenlidern an und wartete auf eine Antwort.

Niemand sagte etwas. Es kam James so vor, als habe sein Vater im Zimmer ein Banner gehißt – dasselbe große, dunkle, schwere Banner wie in den alten Zeiten. Sein gesenkter Blick schien zu fragen: »Was willst du dagegen unternehmen? Schaffst du es, meine Flagge einzuholen?«, und dabei lächelte er leise. Doch die tiefen Furchen, die seine Augen umgaben, verrieten Müdigkeit. Seine Kinder saßen teilnahmslos da, sie machten sich nicht die Mühe zu antworten. »Ach, ach«, sagte der alte Mann, rollte den Kopf einmal hin und her und schloß dann die Augen.
»Die Sache hat nichts mit mir zu tun«, sagte James. »Seine *Mutter* war deswegen in Sorge und nicht ich.«
»Hör auf«, sagte Clara zu ihm.
»Clara, hast *du* auch was gegen das Telefonieren?«
»Du hättest ja bei uns anrufen können«, sagte sein Vater plötzlich. Er machte die Augen auf und schaute zu James hinüber.
»Ich hatte gehofft, er wäre noch nicht bis hierher gekommen«, sagte James.
»Ich verstehe. Hast du eigentlich inzwischen ein Telefon? Ich habe dich noch gar nicht danach gefragt.«
»Nein.«
»Und was ist mit Geld. Verdienst du viel Geld?«
»Nein. Aber ich komme zurecht.«
»Aha, du kommst also zurecht.« Er nickte mehrmals vor sich hin. »Hast du dich geändert?«
»Nein.«
»Nein«, bestätigte sein Vater und lehnte sich entspannt zurück.
Mrs. Pike und Simon kamen aus dem Eßzimmer. Mrs. Pike, deren Hand noch immer auf Simons Schulter lag, sagte: »Es war ein R-Gespräch. Darüber sind Sie sicher froh«, und dann lachte sie kurz und schaute auf Simon hinunter. »Miss Lucy wird die Nachricht an Simons Vater weiterleiten«, sagte sie.
»Ich bin froh, daß Sie jemanden erreicht haben«, sagte Clara. »Wollen Sie sich nicht setzen?«
»Oh, das geht nicht. Es tut mir leid, ich weiß, ich habe noch kaum ein Wort mit Ihnen gewechselt. Mr. Green, ich freue mich, Sie kennenzulernen.« Sie ging geradewegs auf James' Vater zu

und streckte ihm ihre mollige Hand entgegen. Er mußte aus dem Schaukelstuhl aufstehen, um sie zu ergreifen. Mrs. Pike sagte: »Sie sind feingliedriger als James und Ansel. Aber Sie haben dieselbe helle Haut wie Ansel.« Sie sprach über ihn, als sei er ein Kind, das mit seinen Eltern verglichen wird, aber er schenkte ihr dennoch ein höfliches Lächeln.

»James hat die Hautfarbe von seiner Mutter«, sagte er zu ihr.

»Das habe ich mir gedacht.«

»Er ist zurückgekommen.«

Clara sagte: »Mrs. Pike, nehmen Sie doch Platz, und trinken Sie ein Glas Limonade.«

»Nein, wir können nicht bleiben. Ich muß Simon wieder nach Hause bringen – und ich möchte mich bei Ihnen dafür bedanken, daß Sie sich um ihn gekümmert haben.« Sie wandte sich jetzt direkt an Clara, und Clara lächelte sie mit ihrem typischen, leicht verkniffenen Lächeln an. »Er läuft sonst niemals weg. Ich will nicht, daß Sie glauben –«

»Er ist noch zu jung. In seinem Alter kommt er noch nicht allein zurecht«, sagte Mr. Green.

»Er ist nicht allein.«

»James ist früher oft weggelaufen.« Er setzte sich wieder in den Schaukelstuhl und schaute sie unter seinen weißen, gewölbten Augenbrauen hervor eindringlich an. Mrs. Pike wartete, und als sie merkte, daß er nichts weiter sagen wollte, wandte sie sich den anderen zu.

»Ich danke Gott, daß wir ihn gefunden haben«, sagte sie. »Ich fasse es als ein Zeichen auf, es wird mir eine Lehre sein.« Sie drückte Simon fest an sich, und er lächelte den mittleren Knopf ihres Kleides an und machte sich dann los.

James wollte offenbar auch gehen und stand auf, und Mrs. Pike sagte: »Wir können den Bus nehmen. Da Sie schon mal hier sind, wollen Sie wahrscheinlich noch ein bißchen bleiben.«

»Nein, ich fahre Sie nach Hause«, sagte James. Er ging zu seinem Vater hinüber. »Ich gehe dann jetzt.«

»Dein altes Bett ist immer noch da«, sagte sein Vater, aber er schien zu wissen, daß James nein sagen würde. Er stand sehr langsam aus dem Schaukelstuhl auf und gab James mit gesenktem

Blick die Hand. Es war eine kleine, saubere Hand, die sich ganz schlaff anfühlte, als James sie drückte. Zu Mrs. Pike sagte James' Vater: »Es fing an, als er vier war. Er rannte ständig weg.«
»Was?« fragte Mrs. Pike.
»James.«
»Ach so«, sagte sie. »Also, es hat mich gefreut, Sie kennenzulernen, Mr. Green –«, und sie schüttelte erneut seine Hand, knickte dabei aber das Handgelenk leicht ab und griff nur mit den Fingerspitzen zu. »Ich weiß nicht, wie ich Ihnen danken soll. Sollten Sie irgendwann einmal in Larksville sein, schauen Sie doch bei uns herein.«
»Wir haben ihn eingeschlossen und festgebunden«, sagte Mr. Green. »Aber er war der reinste Entfesselungskünstler.«
Mrs. Pike schüttelte Claude und Clara die Hand, und Simon tat dasselbe, nachdem seine Mutter ihn dazu aufgefordert hatte, und dann folgte James. Er schüttelte Claude die Hand, aber Clara gab er einen Kuß, weil er vermutete, daß ihr das lieber war. Ihre Wange fühlte sich knochiger an als erwartet, und ihre Haut war trocken. Sie wird wahrscheinlich niemals heiraten, dachte er. Niemand von ihnen würde heiraten.
Sie gingen hinaus, und James' Vater folgte ihnen in seinen Pantoffeln bis auf die Veranda. »Also dann, James«, sagte er. »Ich nehme an, du wirst irgendwann wiederkommen.« Aber das Lächeln, mit dem er zu James hochschaute, wirkte zaghaft und unsicher, und James lächelte zurück.
»Grüß bitte Madge von mir«, sagte er.
»Mach ich.«
Sie stiegen in den Pickup, der am Straßenrand stand – Mrs. Pike setzte sich ans Fenster und Simon in die Mitte, dicht neben James. Simon sagte: »He, James, darf ich lenken?«, aber James ließ gerade den Motor an und antwortete nicht. Er schaute in den Rückspiegel und sah seinen Vater auf der Veranda stehen, in seiner ausgebeulten Hose, die Arme um seine Brust geschlungen und den kleinen weißhaarigen Kopf in Richtung Wagen gereckt. Er blieb so stehen, bis James den Motor angelassen hatte, und als sie losfuhren, hob er einen Arm als Abschiedsgruß und verharrte in dieser Haltung, bis der Wagen außer Sichtweite war. James

starrte beim Fahren eine Weile stur geradeaus, den Anblick seines Vaters immer noch vor Augen.

Als sie wieder ins Zentrum von Caraway kamen, sagte Mrs. Pike: »Das scheint eine nette Stadt zu sein.«

»Wie man's nimmt«, sagte James.

»Ja.« Sie lehnte sich zurück und tätschelte Simons Nacken. Simon war, nach den vielen Abenteuern, überdreht und zappelig. Er saß auf der Kante des Sitzes, wackelte nervös mit einem Bein und knirschte mit den Zähnen, so wie immer, wenn er zuviel Aufregendes erlebt hatte. Das Licht der vorbeiziehenden Straßenlaternen fiel kurz auf sein Gesicht, und dann lag es wieder im Dunkeln, und er starrte mit aufgerissenen Augen in die Nacht.

»Setz dich richtig hin«, sagte James zu ihm.

»Ich sitz doch richtig.«

»Nein, tust du nicht. Du wirst noch durch die Windschutzscheibe fliegen.«

»Er hat recht, Simon«, sagte seine Mutter und zog ihn nach hinten.

Simon lehnte sich bei ihr an, wackelte aber immer noch mit dem Bein.

»James«, sagte er, »werden wir irgendwann wieder herkommen, um deine Familie zu besuchen?«

»Ich weiß nicht.«

»Ich muß es unbedingt Ansel erzählen.«

»Was willst du ihm erzählen?«

»Ich wette, New York ist viel interessanter.«

»Kann schon sein«, sagte James.

»Weißt du, die goldenen Ohrringe von den Jungs sind bloß aus ganz dünnem Draht. Und ich habe keinen einzigen Federhut gesehen.«

»Die gab es nur einmal, in einem Sommer«, sagte James. »Sie waren eine Art Werbegeschenk.«

»Warum hat er mir das nicht gesagt?«

»Ich weiß es nicht.«

»Warum hat er mir erzählt, daß es sie immerzu gibt?«

»Schlaf jetzt«, sagte James. »Ich weiß es nicht.«

15

Joan kam in Mr. Carletons Taxi zurück zum Haus der Pikes. Das Auto fuhr im Stockdunkeln klappernd über die Schotterstraße, die nur vom gelben Lichtkegel des einen funktionierenden Scheinwerfers erhellt wurde. Ihre Koffer lagen auf dem Rücksitz und hüpften bei jeder Unebenheit der Straße auf und ab. Sie saß vorne neben Mr. Carleton, ohne jedoch mit ihm zu sprechen. Zweimal machte er den Versuch, eine Unterhaltung in Gang zu bringen. Beim ersten Mal sagte er: »Sieh an. Ich wußte gar nicht, daß Sie weg waren, Miss Joan.« Als sie nicht antwortete, sondern nur eine leichte, nickende Kopfbewegung machte, fuhr er eine Weile schweigend weiter. Dann versuchte er es noch einmal. »Wo *immer* Sie auch waren«, sagte er, »ich hoffe, Sie hatten gutes Wetter.« Aber sie hatte das Gesicht abgewandt und starrte aus dem Fenster.

Als sie bei den Pikes vorfuhren, öffnete sie ihre Basttasche. Sie schaute nicht zum Haus hinüber. Mr. Carleton sagte: »Wird da eine Party gefeiert?«, und in dem Moment hörte auch sie den Lärm, der aus Ansels Fenster drang. Musik, Stimmen und Gelächter. Das Licht schien durch das Fenster in den Vorgarten und überstrahlte den blassen gelben Schimmer des Autoscheinwerfers. Der Rest des Hauses lag im Dunkeln. »Keine Ahnung«, sagte sie und hielt ihm das Geld hin. »Sie brauchen sich nicht um mein Gepäck zu kümmern; ich trage es selber hinein.«

»Es sieht ziemlich schwer aus.«

»Ich komme schon zurecht.«

Er stieg auf seiner Seite aus und zog die Koffer vom Rücksitz. Bei dem Koffer, der ihrem Vater gehört hatte, war ein Gurt gerissen, der jetzt lose herunterhing und lächerlich und überflüssig wirkte. Als Mr. Carleton ihr den Koffer gab, schwankte sie kurz, denn er war schwerer als erwartet, aber dann sagte sie: »Okay. Ich habe ihn.«

»Schaffen Sie das wirklich allein?«

»Ja. Vielen Dank, Mr. Carleton.«

»Keine Ursache«, sagte er. »Gute Nacht.« Er stieg wieder in das Taxi, schlug die Tür zu und fuhr rückwärts auf die Straße. Joan setzte sich in Richtung Veranda in Bewegung.

Die Koffer waren zu sperrig, um sie die Treppe hochzutragen.

Joan schleuderte sie nacheinander auf die Veranda, stieg dann die Stufen hinauf und nahm die Koffer wieder in die Hand. Die Prozedur kam ihr sehr bekannt vor; wie viele Male hatte sie diese Koffer schon in dieses Haus geschleppt? Sie mußte an das erste Mal denken, als sie mitten in einem Staubsturm hier angekommen war und Janie Rose sie nur in Unterhosen auf der Treppe empfangen hatte, mit einem Stück von einem braunen Gummilaken in der Hand, das sie damals gar nicht mehr hergeben wollte. Diesmal wurde Joan von niemandem erwartet. Sie öffnete die Haustür. Drinnen herrschte eine so tiefe Stille, daß jedes Geräusch hohl klang. Sie knipste eine Lampe an, und das Licht warf lange, einsame Schatten an die Wohnzimmerwände.

Zuerst brachte sie ihr Gepäck in ihr Zimmer. Sie wollte auf keinen Fall, daß die Pikes heimkamen und ihre Koffer sahen, egal, ob sie ihre Abwesenheit bemerkt hatten oder nicht. Dann schloß sie ihre Zimmertür und ging zu Simons Zimmer. Er war nicht da. Der Raum lag im Dunkeln, die Tür stand offen, und alles wirkte seltsam unbewohnt.

Sie ging hinunter in die Küche und goß sich aus dem Kühlschrank ein Glas Milch ein, dann schlenderte sie trinkend durchs Haus und schaltete unterwegs jede Lampe ein, an der sie vorbeikam. Bald brannten alle Lampen im Haus, aber die Stimmung änderte sich nicht. Als der Kühlschrank ansprang, zuckte sie erschrocken zusammen. Dann stellte sie ihr Glas ab und verließ langsam und bedächtig, mit einem prickelnden Gefühl von Einsamkeit im Nacken, das Haus.

Wegen der Musik konnte sie die von Ansels Fenster herüberdringenden Stimmen nicht unterscheiden. Sie hörte nur einzelne Wörter und Gesprächsfetzen und ab und zu Gelächter. Am Fenster der Potters blieb sie stehen und spähte hinein, aber drinnen brannte kein Licht, nicht mal im hinteren Teil der Wohnung. Also konnten sie nicht weit sein. Wenn sie vorhatten, eine Weile wegzubleiben, machten sie immer alle Lampen an und stellten ihre Pappschablone von dem lesenden Mann auf, die angeblich jeden Einbrecher zum Narren halten würde. Und im Bett konnten sie noch nicht sein; es war höchstens zehn Uhr. Sie wandte sich vom Fenster ab und ließ den Blick über den Vorgarten schweifen, in der Hoffnung, die Schwestern kommen zu sehen. Aber es war niemand in Sicht. Ihr blieb nichts anderes übrig, als zu Ansel und James zu gehen.

Niemand hörte ihr Klopfen, denn der Lärm war zu laut. Sie öffnete das Fliegengitter und klopfte noch einmal kräftig an die Innentür, und dann hörte sie Ansel sagen: »Still! Hat es gerade geklopft?«

»Ich habe nichts gehört«, sagte Miss Lucy.

Joan klopfte erneut, und Ansel sagte: »Na bitte, ich hatte recht!« Sie spürte, wie der Türknauf in ihrer Hand von innen gedreht wurde, dann stand Ansel leicht schwankend und lächelnd vor ihr und drückte seine Wange gegen die Kante der Tür. »Du bist also zurückgekommen«, sagte er.

»Was?«

»Ich habe dich weggehen sehen.«

»Ich –«

»Aber ich habe es keinem verraten«, sagte er, und dann riß er die Tür weit auf und schwenkte einladend den Arm. »Seht nur, was wir hier haben!« rief er den anderen zu. »Vielmehr *wen*! Seht doch.«

Joan trat ein und schaute sich um. Das Zimmer war voll. Es sah aus, als hätte jemand das Haus an einer Seite angehoben, bis alle Bewohner in James' Wohnzimmer gerutscht waren. Und jetzt saßen sie vergnügt auf einem Haufen beisammen – die Schwestern Potter, die Pikes, Ansel und James. Nach Ansels Ankündigung blickten sie alle Joan an und winkten ihr mit freundlichen, entspannten Mienen zu. Der einzige, der überrascht wirkte, war Simon. Er stand auf und sagte: »Joan!« Aber sie schaute ihn streng an. »Schscht«, sagte sie. Die Stimmen der anderen wurden wieder lauter, als sie ihre unterbrochenen Gespräche fortsetzten. Simon brüllte: »Was?«

»Ich sagte *›schscht‹*!« rief Joan.

»Oh, *ich* habe nichts verraten. Wie ich es dir versprochen habe. Ich –«

Der Rest des Satzes ging im Lärm unter, aber Joan hatte verstanden. Niemand hatte etwas gesagt. Vielleicht hatten die anderen gedacht, sie wäre im Kino oder mache einen Besuch. Vielleicht hatten sie auch gewußt, daß sie wiederkommen würde, egal, wo sie hingegangen war. Und jetzt saßen sie alle hier, fröhlich und in Partystimmung – aber was gab es zu feiern? Auf den ersten Blick war das nicht zu erkennen. Miss Lucy und Miss Faye machten einen Scherenschnitt von James' Kopf – Miss Lucy hielt eine Lampe so, daß James in dem grellen Licht das Gesicht verzerrte, und Miss Faye zeichnete den Schattenriß seines verzerrten Profils auf einem gegen die Wand gedrückten Bogen Papier nach. Aber das machten sie bei jeder Party; irgendein Instinkt schien sie dazu zu treiben, immer wieder Scherenschnitte herzustellen, und inzwischen besaß jeder im Haus mindestens einen Scherenschnitt von jedem anderen Bewohner. Mr. Pike war auch nichts anzusehen. Er wirkte leicht beschwipst von dem Wein, den er aus einem Meßbecher trank, und betrachtete selig lächelnd etwas, das außerhalb von Joans Gesichtsfeld lag, während er mit einem Finger im Takt der aus dem Radio ertönenden Jazzversion von »Stardust« gegen den Becher trommelte. Aber am meisten verwirrte sie Mrs. Pike, die mit gefalteten Händen in dem Sessel in der Ecke saß und das ganze Spektakel aufmerksam beobachtete. »Vierzehn!« rief sie; sie schien die Schlucke zu zählen, die Simon aus seinem Weinglas nahm. Aber ihre Stimme ging in dem allgemeinen Geplapper unter, und Joan konnte das Wort nur von ihren Lippen ablesen. Dann schaute sie auf der Suche nach einer Erklärung Ansel an. Er lag inzwischen wieder auf seiner Couch, wie ein römischer Kaiser bei einem Festbankett, und als er ihren Blick bemerkte, lächelte er und winkte.

»Nimm doch Platz!« rief er laut. Er deutete vage auf ein paar Stühle, die bereits besetzt waren. »Wir feiern.«

»Oh!« sagte Joan. »Ihr feiert.«

»Simon ist heute weggelaufen.«

»*Was?*«

Simon lächelte ihr zu und nickte. »Ich bin mit dem Bus nach Caraway gefahren«, sagte er.

»Oh, Simon!«

»Ich habe die goldenen Ohrringe gesehen.«

»Aber wie bist du –«

»James und Mama haben mich abgeholt. Sie sind mir extra nachgefahren«, sagte er. »Wir trinken Miss Fayes Kochwein.«
Joan tastete hinter sich nach einem Hocker und setzte sich. »Geht es dir auch gut?« fragte sie.
»Ja, natürlich.«
»O Gott, ich wünschte, ich wäre nicht weggegangen und –«
»Nein, wirklich, es geht mir gut«, sagte Simon. »Sieh mal, ich darf Wein trinken. Sie haben Eiswürfel reingetan, um ihn zu verdünnen, aber ich trinke ihn schnell, bevor das Eis schmilzt.«
»Das ist fein«, sagte Joan unbestimmt. Sie betrachtete erneut die anderen. Ansel beugte sich zu Joan hinüber und hielt ihr sein mit Wein gefülltes Marmeladenglas hin. »Hier, trink einen Schluck«, sagte er und legte sich wieder hin. »Ansel mußte sich sein Abendessen heute selber machen«, erzählte Simon ihr. »Er hat nur eine Scheibe trockene Knoblauchwurst gegessen. James will ihm morgen ein Steak braten, als Entschädigung.«
Joan trank einen großen Schluck Wein und schaute zu James hinüber. Der verdrehte die Augen nach seinem Schattenriß, während er den Kopf gerade hielt, so daß es aussah, als schiele er. Als er Joans Blick spürte, lächelte er und rief ihr etwas zu, das sie nicht verstand, und dann sagte Miss Faye: »Wenn Sie reden, bewegt sich Ihre Nase«, und radierte den zuletzt gemachten Strich wieder aus. Es blieb ein grauer Fleck zurück. Mr. Pike lachte. Dabei machte er ein klingelndes Geräusch, das Joan einen Augenblick lang verdutzte, aber als sie ihn eingehender betrachtete, stellte sie fest, daß er die Elefantenglocke, die sonst bei den Pikes auf dem Kaminsims stand, im Schoß hielt.
»Was will er denn mit der Glocke?« fragte sie Simon.
Simon zuckte die Schultern, und Ansel antwortete an seiner Stelle: »Er hat sie mitgenommen, als er Simon gesucht hat«, erklärte er. »Komisches Ding, nicht? Merkwürdige Form. Die Inder scheinen alles anders zu machen –«
»Fünfzehn!« sagte Mrs. Pike.
»Kommt mir jedenfalls so vor«, sagte Ansel. »He, James!«
Miss Fayes Bleistift fuhr gerade über die Nackenlinie von

James' Schatten. Sie beendete ihr Werk mit einer schwungvollen Bewegung, wie ein Bildhauer, der eine Marmorbüste fertigstellt, und James reckte sich und drehte sich zu Ansel um.

»Was ist?« fragte er.

»Ich habe ein komisches Gefühl in den Füßen, James.«

James stand seufzend auf und ging zum Sofa. »Vielen Dank, Miss Faye«, rief er über die Schulter.

»Gern geschehen. Joan, meine Liebe, jetzt sind Sie dran.«

»Wie wär's mit Simon?« fragte Joan.

»Meins haben sie zuallererst gemacht«, verkündete Simon. »Ich bin nämlich der Ehrengast.«

»Ach so.« Sie stand auf und ging mit dem Glas in der Hand zu den Schwestern Potter. »Meine Haare sind nicht gekämmt«, sagte sie.

»Macht nichts, das gleichen wir auf dem Papier aus. Setzen Sie sich bitte hierher.«

Sie drückten sie energisch auf den Stuhl. Der Lichtschein war so hell, daß Joan sich vorkam wie in einer eigenen Welt. Vor ihr hob und senkte sich Miss Lucys Busen bei jedem Atemzug, während Miss Faye, die ausnahmsweise keine Handschuhe trug, den Bleistift am Rand von Joans überlebensgroßem Schattenbild entlangführte. Außerhalb des Lichtkegels waren der Lärm und die plärrende Musik und die dunklen, gesichtslosen Gestalten der anderen. Ihre Gespräche vermischten sich zu einem Geräuschteppich.

»Ich hatte mal einen Vetter, der konnte Schattenrisse von ganzen *Gruppen* zeichnen«, sagte Miss Faye. »Ich frage mich, wie er das gemacht hat. Dazu fehlt mir das Talent – er schaffte es, daß alle eine so typische Haltung einnahmen, daß man selbst bei einem Schattenriß von zwanzig Leuten jeden einzelnen wiedererkennen konnte.«

»Das war Howard«, sagte Miss Lucy.

»Howard Potter Laskin. Ich erinnere mich gut an ihn. Wenn er heute abend hier wäre, könnte er sich gleich an die Arbeit machen. Ich wünschte, ich wüßte auch, wie das geht.«

»Wo lebt er eigentlich inzwischen?« fragte Miss Lucy.

»Ich weiß es nicht.«

Joan schaute ihren Schatten an. Sie schielte dabei zur Seite, genau wie James. »Es gibt bereits eine richtige *Sammlung* von Schattenrissen in diesem Haus«, sagte sie unvermittelt.
»Still, Kindchen, jetzt haben Sie sich bewegt.«
»Hatte ich diese Bluse nicht schon beim letzten Mal an? Ich erinnere mich an die hochstehende Krause um meinen Hals.«
»Stimmt«, sagte Miss Faye. Sie seufzte, und ihr Bleistift rutschte kurz aus dem Schatten der Halskrause heraus. »Simon hatte auch dasselbe Hemd an«, sagte sie.
»Woher wissen Sie das?«
»Der Kragen ist abgewetzt. Es stehen kleine Fusseln ab.«
Joan schaute Simon an. Er nickte und schlug seinen Hemdkragen hoch, um ihn ihr zu zeigen. »In diesem Hemd bin ich weggelaufen«, rief er.
»Hast du dich für die Reise nicht umgezogen?«
»Du hast ja die Wäsche noch nicht gewaschen.«
»Oh«, sagte Joan und wandte sich ab, um ihr Profil wieder dem Schattenriß anzupassen. Miss Faye begann ihren Hinterkopf zu zeichnen und überging dabei wie versprochen die abstehenden Haarsträhnen.
»Am Morgen nach einer Party«, sagte sie, »schneiden Lucy und ich immer die Umrisse aus und kleben sie auf. Nicht wahr, Lucy? Und dabei unterhalten wir uns über die Party.«
»Ich finde, wir sollten ein Bild machen«, sagte Simon.
»Ein was?«
»Ein Bild. Ein Foto. Mit dem Fotoapparat.« Er nahm einen Schluck Wein.
»Sechzehn«, zählte seine Mutter laut.
»Ich *weiß*. James könnte eins machen, wenn Sie mit Joan fertig sind. Ich in dem Hemd, in dem ich ausgerissen bin. Und alle anderen um mich herum.«
»Fotoapparate sind ja schön und gut«, sagte Miss Faye. »Aber es ist schließlich keine Kunst, auf einen Knopf zu drücken. Wenn Howard Potter Laskin hier wäre –«
»Howard konnte einfach *alles*«, sagte Miss Lucy.
»Ich könnte Sie und Miss Lucy beim Schattenrißzeichnen aufnehmen«, rief James. Er blickte von Ansels Füßen, die er gerade

massiert hatte, hoch. »Könnte Howard Potter Laskin das auch?«

»Nun, also –«, sagte Miss Faye. Sie ließ den Bleistift sinken und runzelte nachdenklich die Stirn. »Einen Schattenriß von einem Schattenriß machen? Ich weiß nicht recht. Aber Howard konnte ausgezeichnet –«

»Dann werde ich mal meine Kamera holen«, sagte James. Er bahnte sich einen Weg zwischen den Leuten hindurch zur Dunkelkammer. Aber kaum war er verschwunden, beendete Miss Faye den Schattenriß von Joans Kopf mit zwei energischen Strichen, die auf dem Oberkopf einen Höcker ergaben, der eigentlich gar nicht da war.

»Sie *sollten* doch noch nicht fertig werden«, sagte Joan. »Wie soll James Sie denn beim Zeichnen aufnehmen, wenn es gar nichts mehr zu zeichnen gibt?«

»Also ich bitte Sie«, sagte Miss Lucy. »Man fotografiert jemanden nicht beim Schattenrißzeichnen. Ich schlage vor, wir setzen uns alle schön hin – vielleicht auf Ansels Sofa, falls er nichts dagegen hat.«

Die Schwestern sammelten die Bleistifte und das Papier ein. Alle im Zimmer bereiteten sich auf das Foto vor. Simon hatte sein Hemd bis oben hin zugeknöpft, so daß er aussah, als würde er gleich ersticken, und Ansel hatte sich kerzengerade hingesetzt und seine tauben Füße auf den Couchtisch gelegt. Als James zurückkam, herrschte im ganzen Zimmer eine angespannte Stille. Jemand hatte sogar das Radio ausgeschaltet. James sagte: »Ihr seid ja kaum wiederzuerkennen«, und alle lachten kurz und schwiegen dann wieder. »Ihr müßt näher zusammenrücken«, sagte er.

Sie gruppierten sich um Ansel, der ausnahmsweise gestattete, daß sich jemand auf sein Sofa setzte. »Simon kann sich auf den Boden hocken«, sagte James. »Dann geht es besser. Miss Faye, würden Sie Ihre Schattenrisse bitte ins Bild rücken?«

»Oh, ich glaube nicht –«, sagte Miss Faye, aber James unterbrach sie, als wisse er bereits, was sie sagen wollte.

»Aber natürlich geht das«, sagte er. »*Alle möglichen* Leute lassen sich heutzutage beim Schattenrißzeichnen fotografieren.« Und obwohl Miss Faye lächelte, um zu zeigen, daß sie ihm kein Wort glaubte, holte sie doch eine ihrer Zeichnungen und stellte sie auf die Sofalehne. »Gut so«, sagte er. Er hatte seine kleine Boxkamera geholt. Er hielt sie vor seinen Bauch und schaute mit einem Auge durch den Sucher. »Na ja, fast«, sagte er. »Joan, wo bist du? Ich sehe nur deinen Fuß.«

Joan quetschte sich neben Simon, der vor dem Sofa auf dem Boden saß. »Autsch«, sagte Simon. »James, kommst du auch mit auf das Bild?«

»Nein, nicht wenn ich fotografiere«, sagte James.

»Sie sollten aber drauf sein«, sagte Miss Lucy. »Schließlich sind Sie derjenige, der ihn zurückgeholt hat.«

»Nein. Ich lasse mich nur ungern fotografieren.«

»Was soll das Ganze denn?« fragte Simon. Er schaute in die Runde. »James ist doch extra meinetwegen nach Caraway gefahren –«

»*Ich* kann ja das Foto machen«, sagte Joan. Sie erhob sich. »Zeig mir, wie man sie einrichten muß, James.«

»Wie man sie –«

»Nein, Joan soll auch drauf sein«, sagte Simon.

Aber da wurde Mr. Pike plötzlich lebendig. Er beugte sich vor und berührte Simons Schulter. »Man kann nicht alles haben, Junge«, sagte er. »Kommen Sie zu uns, James. *Joan* ist nirgends hingefahren, ihr wird es nichts ausmachen.«

»Nein, das macht es wirklich nicht«, sagte Joan zu James. »Gib nur her.«

»Na schön.«

Er gab ihr die Kamera und zeigte ihr, wo der Auslöser war. »Da mußt du draufdrücken«, erklärte er. »Es ist eigentlich ganz einfach.«

James setzte sich auf die Armlehne des Sofas, neben Ansel, und plötzlich wirkte auch er verlegen. Als Joan durch den Sucher schaute, sah sie lauter klar umrissene, winzige Gesichter, die angestrengt lächelten. Jeder hielt sein Weinglas fest in der Hand. Ansels Füße waren übergroß im Bild. Sie lagen immer noch auf dem Couchtisch, und als Joan den Kopf hob und sie anstarrte, warf er ihr einen trotzigen Blick zu und sagte: »Sie tun weh.«

»Sie sind im Weg«, sagte Joan.
»Sie tun weh.«
»Wenn du dir Schuhe in der richtigen Größe kaufen würdest –«, sagte James.
Mr. Pike lehnte sich vor und betrachtete Ansels Füße, dabei erklang wieder die Elefantenglocke, und Ansel unterbrach James unvermittelt und sagte: »Eine Cousine von mir war mal mit einem Inder verlobt. Habe ich euch das schon erzählt?«
»Nein«, sagte Joan. »Bitte, Ansel, deine Füße.« Sie neigte den Kopf und schaute erneut durch den Sucher, aber Ansel machte keine Anstalten, seine Füße vom Tisch zu nehmen.
»Das hatte ich fast vergessen«, sagte er. »Dieser Inder hatte die Angewohnheit, uns vorzusingen. Immer ausgesprochen lange, indische Lieder ohne erkennbare Melodie. Wenn er fertig war, klatschten wir und sagten: ›Das war wirklich –‹, und dann, uups, hub er zu einer weiteren Strophe an. Schließlich trauten wir uns kaum noch zu klatschen, denn er sang immer weiter und weiter.«
»Sollten wir uns nicht lieber auf Stühle setzen?« fragte Miss Lucy.
»Mittwoch ist auch schon wieder vorbei«, sagte James. »Wann wirst du endlich an deine Spritzen denken?«
Im Sucher der Kamera sah Joan, wie sie sich bewegten, jeder auf seine eigene Weise. Aber sie schienen hinter dem Glas des Suchers fixiert zu sein, wie Figuren in einem Briefbeschwerer mit Schneegestöber, die immer noch am selben Platz sind, wenn die Schneeflocken sich gesetzt haben. Jahre könnten vergehen, dachte sie, sie könnten geboren werden und sterben, sie könnten weggehen und wiederkommen, sie könnten heiraten oder jeder für sich allein ihr Leben leben, das Bild in diesem Sucher würde sich nicht ändern. Sie alle, auch Joan selbst, würden so bleiben, wie sie in diesem Moment waren, und zwar nicht wegen irgend jemand anderem, sondern weil es das war, wofür sie sich entschieden hatten und woran sie mit aller Kraft festhalten würden. James hatte sich über Ansel gebeugt, Mrs. Pikes Hand lag auf Simons Haar, und Mr. Pike lächelte unsicher ins Leere. »Es fängt immer unterm Spann an«, sagte Ansel, »ungefähr hier...«

»Sei still«, sagte Joan.
Sie hielt den Kopf gesenkt, schaute durch die Kamera und lächelte, als würde sie selber fotografiert. Die anderen lächelten ebenfalls; sie saßen reglos nebeneinander, und jeder hielt ein Glas Wein umklammert.

Anne Tyler

Atemübungen
Roman
Band 10924

Der Blechbüchsenbaum
Roman
Band 12809

Caleb oder Das Glück aus den Karten
Roman
Band 10829

Wenn je der Morgen kommt
Roman
Band 12806

Fast ein Heiliger
Roman
Band 12721

Nur nicht stehenbleiben
Roman
Band 11409

Mister Morgan und die Puppenspielerin
Roman
Band 12047

Fischer Taschenbuch Verlag

fi 1605 / 8